偽のプリンセスと糸車の呪い

シャンナ・スウェンドソン

ルーシーと親友のドーンは明日16歳の誕生日を迎える。これまで毎年いっしょに誕生日を祝ってきたというのに、今年はそれができなくなった。ドーンが育ての親である3人のおばたちに、明日一日家から出ることを禁じられたのだ。ドーンとは会えないし、運転免許の最終試験だしで、誕生日だというのにルーシーの気分はさえない。でも、本当の災難はそのあとに待っていた。ルーシーは試験会場に向かう途中、騎馬の男たちに拉致されてしまう。巨大な光る門を通ってたどり着いたのは、まるでおとぎ話《フェアリーテイル》の世界で……。〈㈱魔法製作所〉の著者が贈る、スイートでロマンチックなファンタジー。

登場人物

ルーシー・ジョーダン……十六歳の高校生
ドーン……ルーシーの親友
ジェレミー……ルーシーの幼なじみ
マリエル
マティルダ　}……ドーンのおば
ミリアム
セバスチャン・シンクレア……王政支持者《ロイヤリスト》の若者
アーガス卿……セバスチャンの主人
ヒュー……旅芸人の座長
リーアン……ヒューの娘
メランサ……魔女
プリンス・ハラルド……アーンストミード王国の王子
ラーキン
レイラ　}……言葉を話す犬
スピンク……言葉を話す小鳥

偽のプリンセスと糸車の呪い

シャンナ・スウェンドソン
今泉敦子訳

創元推理文庫

SPINDLED

by

Shanna Swendson

偽のプリンセスと糸車の呪い

1

「自分の誕生日に家から出してもらえないってどういうこと？　ていうか、あたしたちふたりの誕生日じゃん！」ルーシー・ジョーダンは憤慨する。

　ドーンはルーシーほど腹を立ててはいないようだ。この知らせをルーシーに告げたときほんの少し不満げな顔をしただけで、すぐにいつものご機嫌な彼女に戻り、鼻歌を歌いながらルーシーの横を歩いている。いまは放課後。ふたりはダウンタウンに向かっているところだ。

「あたしたちは明日、十六になるんだよ？」ルーシーは続ける。「十六歳の誕生日っていったら特別のなかの特別でしょ？　それに、いままでずっといっしょに誕生日を祝ってきたじゃん」ドーンの鼻歌が『サウンド・オブ・ミュージック』の劇中歌『もうすぐ十七歳』に変わり、足取りに小さなスキップが加わった。近くの木の枝から鳥たちが飛んできて、歌に合わせてさえずりながらドーンのまわりを舞いはじめる。この先どういう展開になるか、ルーシーは知っている。なんとかそれを阻止するために、声を張りあげて早口で話し出す。

「まあ、誕生日に学校に行きたがるのも相当イケてないけど、一日中家にこもってるよりはましだよ。おばさんたち、食事のあとうちにケーキとアイスクリームを食べにくることすらだめだって言うの？」

ドーンは返事をしない。これは危険なサインだ。オーケストラがイントロを奏ではじめた。実際は、なぜかいつもこうして彼女のそばを飛び回る鳥たちの声がそう聞こえるだけなのだろうけれど。それにしても、タイミングが悪い。ふたりはいままさに、テキサス州東部のこの小さな田舎町の繁華街と見なされるエリアに入ろうとしている。つまり、ドーンのミュージカルナンバーをだれかに聞かれる恐れがあるということだ。

案の定、ドーンは『もうすぐ十七歳』を声に出して歌いはじめた。鳥たちは相変わらずドーンのあとをついてくる。そこへ、学校の人気者女子たちを乗せたオープンカーが通りかかった。彼女たちは大音量でかけていたラジオのボリュームを下げてドーンの歌を聴きはじめる。彼女の歌はそれくらい素晴らしいのだ。その歌声があまりにピュアで美しいため、公共の場所で突然歌い出すという奇行に出てもとがめる人はひとりもいない。幸い、皆が彼女に加わって大規模なプロダクションナンバーが始まるということはなかった。そこまでいくと、さすがのルーシーも平静を保てる自信はない。

こうなると、おばたちの理不尽な言いつけについてこれ以上質問しても無駄だ。ドーンの頭のなかはいま、ナチス党員の電報配達員とガゼボで歌って踊るシーンの真っ最中で、ルーシーとしては彼女の横を歩きながら、ただひたすら存在感を消すよう努めるしかない。ドーンは店先のベンチに飛び乗ると、歌いながらベンチからベンチへと飛び移っていく。そこへ今度はフットボール選手を満載したジープが通りかかった。車はドーンの前でスピードを緩める。まずい……。ドーンが変人のレッテルを貼られないのは〝学校一の美少女〟というステータスがあってのこと。あらゆる人が、あらゆる生き物が、ドーンに魅了される。変わった子だと思っても、好きにならずにいられないのだ。一方、ルーシーには美貌と才能というアドバンテージがない。だから、たとえ歌わないエキストラという立場でさえ、ドーンのミュージカルショーの一員と見なされるのは危険だ。こういうときはいつも、ブラックホールに吸い込まれてどこか別の世界へ瞬間移動したくなる。だれかに見られて、変人の烙印を押される前に。

ショーがダンスだけの部分に入った。ドーンは依然として鳥たちの歌に合わせて踊っているが、ルーシーは会話を再開しようと試みる。「十六歳の誕生日に外出することの何がそんなにいけないの？　あたしたちが話してたのはせいぜい、放課後、デイリークイーン（アイスクリームのチェーン店）に行くとか、うちでやるパーティーに来るとか、そんなことでしょ？　ヴェガスに行ってタトゥーを入れようって言ってるわけじゃないんだから」

「わたし、チャンスあると思う？」ようやくショーが終わり、鳥たちの声が鳥本来のさえずりに戻ると、ドーンは訊いた。

「いまさら言いにくいんだけど、いまのはあなたがオーディションを受ける作品じゃないよ」

「わかってるわよ。いまのは、わたしたちの状況にふさわしい曲を歌って気分をあげようとしただけ。で、どう思う？　役、取れるかな」

「これまでもねらった役はすべてものにしてるでしょ？　あなたはトニー賞受賞者が劣等感に苛《さいな》まれていますぐフルタイムのウエイトレスに転職したくなるような声をもってるの。取れるに決まってるじゃん。ドーン以上にギネヴィアにふさわしい人はいないよ」

「いままでのは学校の舞台だもん。今回のは市民劇場の作品で、大人たちと役を競うのよ。実際に演技のトレーニングを受けてる人たちと。なかには演劇学校に行った人だっているんだから」そう言うと、ドーンは目を見開き、ルーシーの袖をつかんだ。「そうだ、コーラス部の先生もオーディションを受けるんだった！」

「まじで？　クラーク先生、ドーンが勝ったら、落第させたりしないかな」

「どうして？」ドーンは顔をしかめる。「先生に勝つくらいうまく歌えたということだから、むしろ成績をあげてくれるかもしれないわ」そう言うとにっこり笑った。嵐のあとに雲間から現れる太陽のような笑みだ。「本当に役を取れると思う？」

「うん、絶対取れる。間違いない」

ドーンは手をたたいて飛び跳ねる。「そしたら、ルーシーは舞台衣装をつくればいいわ。市民劇場の衣装をやったとなれば、履歴書にも箔がつくでしょ？」

市民劇場の舞台はふたりで何度か観たことがある。『キャメロット』の衣装なら、おそらくバスローブにカーテン用の縁飾りを張りつければこと足りるだろう。でも、もしドーンがギネヴィアを演じるなら、彼女用に少なくとも一着は素敵なドレスをつくれるかもしれない。「そうなったら、この夏、クリームソーダづくりのほかにやれることができるね」衣装デザインは実際のところ、ルーシーのというより、ドーンがルーシーのために抱いている野望だ。ふたりでいっしょにニューヨークの演劇界に旋風を巻き起こすというドーンの壮大な計画の一部なのだ。ルーシー自身は、衣装をつくるのは好きだけれど、それを仕事にしたいかと問われると即答できない。そもそも、将来何をしたいかまだよくわからない。ただ、アイスクリームに関わる仕事をしたくないことだけははっきりしている――アルバイトのおかげで。

ふたりは市民劇場のホームを兼ねている古い映画館に到着した。「さっ、思いっきり実力を見せつけてきて。終わったら店に寄って、どうだったか報告すること」

「了解！」ドーンははやくも踊っているような足取りで映画館のドアを開け、なかへ消えていった。ルーシーは思わず笑みをもらすと、そのまま角のドラッグストアへ向かう。その店内にあるソーダ売り場がアルバイト先だ。ブロードウェイのミュージカルか、もしくはディズニーアニメのなかに住んでいるような人物を親友にもつのは、なかなか苦労が多い。それでも、ルーシーとドーンは、ドーンが六年生のときにこの町に越してきて、ふたりの誕生日が同じだということがわかって以来、常にいっしょにいる――彼女の保護者である三人のおばたちが許す範囲で、ということにはなるけれど。

ドーンのおばたちが誕生日に彼女を外に出さないと言うなら、何か別の形で誕生日を祝うしかない。放課後のソーダ売り場の短いラッシュアワーが一段落すると、ルーシーは友人のジェレミーに電話をした。「ドーン、明日、家から出してもらえないらしいの」ルーシーはジェレミーに言った。

「誕生日に？　どうして？」

「さあね。あのおばさんたちのことを理解するのはもうあきらめた。外国人だから文化的に違うんだよ、きっと。とにかく、そういうわけだから、今日何かするしかないの。ドーンはいまオーディション中だから、五時半ごろドラッグストアの方に来れる？　ドーンが来たらいっしょにお祝いしようよ。従業員割引でアイスクリームご馳走するから」

「了解、行くよ」

　客がやってきたので、話の途中で電話を切らなくてはならなかった。さっき車で通り過ぎた学校の人気者女子たちのグループだ。ミュージカルモードのドーンといっしょにいた人物であることに気づかれないよう精いっぱい存在感を消してみたが、彼女たちはそもそもエプロンをつけて紙の帽子をかぶったルーシーになど目もくれない。同じ高校に通う生徒だということにすら気づいていないようだ。

　その後、処方薬を取りにいった母親を待つ子どもたち数人にクリームソーダをつくり、それが終わるとようやく客が途切れた。ルーシーはそのすきに買い物を済ませようと、カウンターから出る。ドラッグストアのギフト売り場でいいものを見つけ、プレゼント用に包んでもらった。

　五時を少し過ぎたころ、ルーシーが従業員用のトイレへ行って髪とメイクを直す前に、ジェレミーが現れた。「あれ、はやかったね！」不本意にも顔が熱くなる。最近、なぜかジェレミーの前でこうなることが多く、腹立たしいことこのうえない。彼とは文字どおり生まれたときからの仲だ。いまさらなぜうろたえる必要がある。ただ、いまのジェレミーはよちよち歩きのときの彼とはまったく違う。最近、急に背が伸びて、すでに百八十センチを超えている。金髪の長めの前髪が額にかかる様子は、モノクロ写真の香水の広告でふてくされた顔でポーズを取るモデル張りだ。幸い、ジェレミーは決してふてくされない。彼はドーン同様、常に呆れるくらい気立てのいいやつなのだ。

ジェレミーはスツールのひとつに座り、勢いよく一回転させてから、カウンターに両ひじをついた。「ドーンが来る前に確実に着いておこうと思ってさ」ウインクしてにっこり笑う。「それに、おまえだって話し相手がいるのはいやじゃないだろ?」

ルーシーはカウンターの端をぎゅっとつかむ。いまの発言は額面どおりに受け取るべきで、彼が言い寄ろうとしているわけではないことは明らかだ。あくまでいい友達として言ったにすぎない。わかってはいるけれど、やはり期待してしまう。お互いほかに気になる人がいるわけではない。きっとふたりはいずれくっつく運命にあって、ジェレミーの方は機が熟すまでもう少し時間がかかるということなのだ。

「まあね」ルーシーは言った。声が異様に高くなる。ごまかすために急いでタオルをつかんでせっせとカウンターを拭きはじめたら、重ねておいたミルクシェイク用の金属のキャニスターに手が当たってしまった。派手な音を立てて倒れ、カウンターから転がり落ちようとするキャニスターを、ジェレミーがすばやく押さえる。穴があったらいますぐ入りたいなどとはみじんも思っていないふりをしながら、ルーシーは言った。「来られてよかった。ほら、急な話だったからさ」

「大事な女子たちのバースデーパーティーをおれが逃すわけないだろ?」ジェレミーがそう言ったとき、ルーシーは彼の顔を見るという過ちを犯した。そのまばゆい笑顔に、ひざの力が抜けそうになる。ひょっとして、彼は友達のゾーンから出ようとしているのだろうか。それなのに、こっちがそのサインを見落としているってこと?「それに、今日の午後はけっこう暇だったから、ちょうどよかったよ」

「なら、お役に立ててよかった」ルーシーはちょっとしなをつくって言ってみる。「でも、明日のディナーは予定どおりうちに来るでしょ? 今日のはドーンといっしょにお祝いするためのもので、明日のかわりではないから」

「もちろん行くよ。サプライズだって用意してあるんだ」その言葉に思わず胸が高鳴る。ただの友達には絶対あげないようなプレゼントを渡されるところを想像していると、ジェレミーは続けて言った。「おまえのおじいちゃんに会うの、すごい楽しみだな。彼、まじ最高だから」

ルーシーは笑顔のまましばし固まる。え、会いたいのはおじいちゃんなの?

ソーダ売り場の近くの通用口のドアについている鈴が鳴り、ドーンが弾むように入ってきた。

「サプラーイズ!」ジェレミーが叫ぶ。

「一日早いお誕生日おめでとう!」ルーシーが続ける。「大したことはできないけど、一応パーティーだよ」

ドーンは息をのむ。そして、満面の笑みになると、小走りにやってきてジェレミーの横に座った。「うそ、信じられない。ありがとう！　ほんとにありがとう！」その反応は、リボンやバナーで飾りつけして、彼女の登場に合わせてテーマソングを演奏するバンドを呼んでいるような場合にふさわしいものだったけれど、これがドーンなのだ。

「お祝いしないまま誕生日を過ごさせるなんてあり得ないからな」ジェレミーがまるで自分のアイデアであるかのように言う。

ルーシーはあえて突っ込まず、ドーンに訊いた。「オーディションはどうだった？」

ドーンは形のいい美しい額にしわを寄せる。「わからない。うまくできたとは思うけど。残ってもう一曲歌うよう言われた数人のなかに入ったし。あっ、クラーク先生もそのひとりよ。『キャメロット』には女性の大きな役はふたつしかなくて、あとはコーラスなの。まあ、はじめての本格的な舞台だから、コーラスでも十分なのかもしれないけど、でも、わたしどうしてもギネヴィアがやりたい」

「ドーンなら絶対大丈夫」ルーシーは言った。「結果はいつわかるの？」

ドーンの表情が少しだけ曇る。「明日、チケット売り場のウィンドウに配役を張り出すって。でも、おばさんたちはきっと外出させてくれないわ。ねえ、ルーシー、明日の放課後、かわりに見にいって結果を電話で教えてくれない？」

「いいよ、任せといて。さてと、アイスクリームサンデーのトッピングは何がいい？　今日はあたしのおごりだから」

「そんなの悪いわ！」

「ほんとは今夜、カップケーキ焼いて、明日学校にもっていくつもりだったから、これはそのかわり。ほら、どんなサンデーがいいかちゃんと言わないと、あたしが勝手につくっちゃうよ？」

脅しは裏目に出た。ドーンはうれしそうに手をたたく。「わたし、それがいい！ ルーシーが好きなようにつくって！」

ドーンにそう言われると、史上最高のサンデーをつくらなければならないような気持ちになる。彼女はほかの人たちにもこの手の作用を及ぼすのだろうか。そうだといいのだけれど。でなければ、いざニューヨークへ行ってブロードウェイを目指すとき、かなり苦労することになる。

ルーシーはファッジアイスクリームの上にホットファッジソースとキャラメルとホイップクリームをかけ、最後にさくらんぼをのせると、大げさなジェスチャーでドーンの方に皿を押し出した。ジェレミーには何がほしいか訊く必要はない。赤ん坊のときからずっといっしょなので、彼のサンデーの好みは熟知している。

ジェレミーが上着のポケットから封筒を二枚取り出し、ルーシーとドーンに一枚ずつ手渡した。「ふたりともあの劇場は気に入ってるってことでいいよね。この先あそこでけっこうな時間を過ごすことになるから」ジェレミーは言った。封筒を開けると、映画館のギフトカードが入っていた。「おれに気を遣う必要はないからね。女子系のラブコメが見たけりゃ、ふたりで行ってもらって全然いいよ。おれはおれでほかにやることを見つけるから。キャンプとかハンティングとかサファリとか、なんか男っぽいことをね」

ドーンはジェレミーを抱き締める。「ルーシーとわたしでまず女子系映画を観にいって、そのあと宇宙船と爆発があるやつを三人で観るっていうのはどう?」

「剣で戦う系なら行ってもいいよ」

「この町の映画館じゃ、どのみち大して選択肢はないよ」ルーシーはそう言うと、小さな箱をカウンターの上に置き、ドーンの方へ滑らせる。「で、これはあたしから。お誕生日おめでとう。気に入るといいんだけど」

ドーンは包み紙をはがして箱を開け、音符の形のチャームがついたブレスレットを取り出した。「ドーンと言えば、音楽でしょ?」ルーシーは言った。「役をゲットするたびにチャームを足していくの。ブロードウェイでスターになるころには、ブレスレットはいっぱいになってるよ」

ドーンの目がみるみる潤《うる》む。「すてき……」

「大したものじゃないよ。本物の金とかじゃないし」

「わたしは何も……」

「いいの、いいの」ルーシーはドーンがお金をもっていないことを知っている。いっしょに住んでいるおばたちは働いている気配がない。少なくとも、ルーシーは彼女たちが仕事に行くところを見たことはない。

「ううん、だめ。十六歳の誕生日なんだから、わたしからも何かあげなきゃ」ドーンはいつもつけているネックレスを外すと、カウンター越しに腕を伸ばしてルーシーの首につけた。「これ、受け取って」

ドーンにあげたプレゼントよりはるかによいものであるのは明らかだ。「受け取れないよ。これ、ドーンのママのでしょ？　そんな大切なもの」ルーシーはネックレスを外そうと手を首の後ろに回す。

ドーンはルーシーの手首をつかんで言った。「お願い、受け取って。じゃなかったら、せめて誕生日の間だけでもつけていて。明日、歴史の授業で発表があるんでしょ？　幸運のお守りだと思えばいいわ」

「わかった」ルーシーは言った。「じゃあ、明日だけ」

ジェレミーがわざとらしくはなをすすり、ハンカチを絞るまねをする。「いやあ、感動的だ。おれ、なんできみらとつるんでるんだっけ」

「わたしたちのことが大好きだから」ドーンが言う。

「ああ、それね。あと、クラスの大半の男たちよりいい匂いがするからっていうのもある。ま、それはおいといて、ルーシー、バイトをあがる時間になったら言って。おれがきみらふたりを家まで送ってくよ」

ドーンとジェレミーに手伝ってもらい、片づけを終えると、ルーシーはふたりといっしょにジェレミーが母親から借りた車に乗り込んだ。ジェレミーはまずドーンを家まで送った。ドーンが玄関の前まで行くのを確かめてから、車をバックさせる。ルーシーは、玄関のドアが開き、おばのひとりが険しい顔でドーンを迎えるのを見ていた。その身振りから怒っているのがわかる。ふたりは家のなかに消え、ドアがばたんと閉まった。

「ドーン、大丈夫かな」ルーシーはジェレミーに言った。「誕生日に学校にも行かせず家に閉じ込めておくなんて異常だよ。だれかに言った方がいいんじゃないかな」

ジェレミーはブレーキを踏み、車寄せから出るところで車を止めた。「だったら、おばさんたちに直接訴えたらいいよ。おれここで待ってるから」

「だめだよ！　だいたいあたしの言うことなんか聞くわけないじゃん。それに、万一彼女たちが何かしてたら、かえって状況を悪化させることになるかもしれない」

ジェレミーは笑いながら車を発進させると、道路へ出た。「すごい想像力だな。明日一日だけ、彼女はしたいことをさせてもらえないってことだろ？　ていうか、より正確には、おまえがしたいことを、だよな。ドーンはそれほど腹を立ててない感じだったし」

「あの子はどんなことにも腹を立てたりしないの」

「わかった。じゃあ、今夜、極悪非道なおばさんたちからドーンを救い出そう。黒ずくめの格好で、ロープと懐中電灯をもって合流だ。ああ、そうそう、何か食べるものと水もね。長期戦になる可能性もあるから」

ルーシーはジェレミーの肩を軽くパンチする。「ばかにしてるんでしょ、あたしのこと」

「びびってんのが可愛いからだよ」

〝可愛い〟の正確な意味をどう聞き出せばいいか考えているうちに、車はジェレミーの家の車寄せに入って止まった。「送ってくれてありがとう」ルーシーはそう言ってから、隣の自分の家の車寄せが空なのに気づいた。「ママ、今夜は遅くまで仕事かな」

「夕飯、おれんちで食べる？　うちは気にしないよ」

ルーシーは迷った。もう少しジェレミーといっしょにいたいけれど、やらなければならないこともある。「ありがとう。でも、やっぱり夕食つくってママを待つことにする。それに、歴史の授業でやる発表の準備もあるし」

「ああ、例の、授業中に雑誌読んでた罰として科されたやつ？」

ルーシーはやれやれという顔をして見せる。「あの先生、絶対あたしを目の敵にしてる。それより、明日の放課後、何かする？　バイトはないんだ。誕生日だからオフにしてくれたの」

「悪い、明日はカブスカウト（通常七歳から十二歳の子ども向けのスカウト活動のプログラム）のサポートに入ることになってるんだ。でも、夜のパーティーには行くよ」

ルーシーは問題ないという口調を装う。「オッケー。じゃ、明日の朝ね」鍵を開けて入ると、家のなかはひどく空っぽに感じた。冷蔵庫に貼られたメモによると、母は七時ごろ戻るらしい。ルーシーはスパゲティソースをつくりはじめる――ドーンの状況について考えながら。ジェレミーがなんと言おうと、あのおばたちは絶対に変だ。

ふいに外から妙な音が聞こえ、ルーシーは顔をあげた。蹄《ひづめ》が道路を蹴るような音だが、この辺りは馬が通りを闊歩《かっぽ》するほど田舎ではない。窓から外を見ると、ちょうど母の車が車寄せに入ってくるところだった。

ルーシーが夕食を仕上げている間、母はテーブルの準備をし、それが済むと、ふたりで席についた。「明日は早番だから、食べ終わったらすぐに寝るわ」スパゲティを食べながら母は言った。「誕生日の朝にひとりにするのはいやなんだけど、夜の準備に間に合うように帰ってきたいから。あなたは何時ごろ帰宅する予定？」

ルーシーは肩をすくめる。「さあ。バイトはないし、ドーンは家から出してもらえないし、ジェレミーはカブスカウトの手伝いで忙しいみたいだし、何時でもママが帰ってきてほしい時間に帰れるよ」

「何かやることを考えてよ。パーティーの準備中に主役にいられたら困るわ」

「じゃあ、教習所でまだ最終試験の空きがあるか見てみようかな。本当は週末受けようかと思ってたんだけど……誕生日は忙しいと思ったから……」声がだんだん小さくなる。そして最後にまた肩をすくめた。

母は顔をしかめる。「もう受けられるような状態なの？」

「縦列駐車にまだ若干不安があるけど、修了証をもらうレベルには達してると思う。そしたら、あとは免許証を発行してもらうだけ。今週の後半どこかで、放課後、警察署まで送ってくれる時間ある？」

母はフォークにスパゲティを巻きつけながら言う。「さあ、どうかしら」

この〝どうかしら〟は、通常〝だめ〟を意味するやつだが、母の顔をちらりと見て、いまは食い下がるタイミングではないと判断した。ルーシーはサラダをおかわりして話題を変えた。

「そういえばさ、さっき帰ってきたとき馬を見なかった？」

「馬？」

「蹄の音が聞こえた気がしたんだけど」

母は片方の眉をくいとあげる。「この近所で？」

「キッチンにいて音が聞こえたけど」

母はフォークを置く。「ルーシー」そのひとことで母は実にたくさんのことを伝えた。疲れ、不信、子どもじみた空想に対して忍耐の限界が近いこと。

「うそじゃないよ。まあ、空耳って可能性はあるけど。だから、本当に聞こえたのかどうか確かめるために、ママに何か見たか訊いたの。注意を引くためにでっちあげたとか、そういうんじゃないから」ルーシーはそう言うと、立ちあがってテーブルを片づけはじめる。「宿題する間に洗濯するから、洗いたいものがあったら寝る前に出しといて」それを最後に、ふたりは会話をする努力を放棄した。

母が寝室に行ったあと、ルーシーがリビングルームで宿題をしていると、ふたたび蹄の音が聞こえた。急いで窓辺へ行き、カーテンを開ける。黒い馬が通りの先の角を曲がっていくのが見えた。ドーンの家の方だ。

2

　ドーンが鍵を差そうとすると、なかからおばのマリエルがドアを開けた。「遅いわよ」おばはぴしゃりと言う。「どこに行ってたの？」

『キャメロット』のオーディションがあったの。わたし、ちゃんと言ったわよ。オーディションはすごくうまくいったわ！」

「で、いまがオーディションの帰りなの？」

「そのあと、ルーシーに報告するためにドラッグストアに寄ったわ」ドーンはおばの横をするりと抜けて家に入る。「ひとりで帰りたくなかったから、ルーシーのアルバイトが終わるまで待ってたの。もう少しで終わるところだったし」

　マリエルはドアをばたんと閉めると、ドーンのあとについてリビングルームに入ってきた。

「じゃあ、車にいたあの男の子は何？」

「ジェレミーはわたしたちを送ってくれたの。彼には何度も会ってるでしょう？　十一歳のときから友達なんだから。後ろにルーシーも乗ってたわ」ドーンはつま先立ちになってマリエルの頬にキスをする。「心配しなくても大丈夫」

　ほかのふたりのおばもキッチンからやってきた。ミリアムはマリエルより背が低く、性格も柔和だが、それでも十分厳しい口調で言った。「じゃあ、あの男の子とは何もないのね？」

ドーンは笑った。「ジェレミー？　わたしたちはただの友達よ。それに、ルーシーが彼を好きなんだもの」

おばたちは意味ありげに顔を見合わせる。三人目のおば、マティルダが、ほつれた白髪の巻き毛を耳の後ろにかけながら、いたずらっぽくほほえんだ。「あなたは男の子とキスしたことはないの？」

「もうしてなきゃ変？　そういう年ごろだっていうなら、ボーイフレンドをつくるけど――」

「いいえ！」マリエルがさえぎるように言った。それから、口調を少し柔らげて続ける。「どんなことにも適時というものがあるわ。無理に急ぐことはありません」

「一応、訊いてみただけよ」マティルダがつけ加える。

ドーンはほっとして言った。「なんだ、そうなの。よかった。舞台のリハーサルやらコーラス部の練習やらで、正直、彼氏をつくってる暇なんてないもの。それに、演劇部の男子たちはガールフレンドをつくることにあまり興味はないみたいだし」

ミリアムが困ったように顔をゆがめて、ほかのおばたちをちらりと見る。「演劇はあなたに適した職業かしら」その口調はどこか不安げでさえあった。「演劇部の活動を楽しんでいるのは知っているけど、仕事にしたいわけではないわよね？」

「もちろんしたいわ！　それ以上にやりたいことなんかないもの。ニューヨークに行ってブロードウェイのスターになるのが夢なの」ドーンは満面に笑みを浮かべて『ニューヨーク・ニューヨーク』を歌い出す。そして、左右の手をそれぞれミリアムとマティルダの腕に通し、キックステップを踏んだ。

マティルダはドーンといっしょにステップを踏みかけたが、マリエルの言葉にばつが悪そうに足を止めた。「先のことはそのときがきたら考えます。さあ、夕食の時間よ。手を洗って着がえてきてちょうだい」

ドーンは歌いながら廊下を歩いていき、自分の部屋に入ったところで最後のサビを高らかに歌いあげた。ドーンの知るかぎり、夕食のために正装させられるのは学校じゅう探しても自分ぐらいだろう。おばたちはものすごく古風なのだ。でも、おばたちの気に入るようにすることは別に苦ではない。彼女たちは、赤ん坊のときに両親を亡くした自分を引き取り育ててくれた恩人だ。ドーンはおばたちが着ているようなシンプルな黒いワンピースに着がえると――ただし、彼女たちのドレスとは違って、歴史の教科書に載っている清教徒のようなあの硬い白襟はついていない――髪をとかし、色あせた黒いリボンで結んだ。

部屋を出て、リビングルームに向かっていると、おばたちの話し声が聞こえてきた。なぜか小声で話している。いや、小声で話そうとしているのだが、互いに相手の話をさえぎって話そうとするので、そのたびに声が大きくなっていく。ドーンは会話の邪魔をしないよう、廊下でそっと立ち止まった。

「あの子にあんなふうに期待を抱かせるのは酷だわ」マティルダが言った。「どうしたらいいのかしら」

「時間がすべて解決してくれます」マリエルが言う。「ときがくるまで、わたしたちは何もする必要ないわ」

「でも、相当なショックを受けるでしょうね」ミリアムが言った。

しーっという大きな声がしたあと、マリエルがささやいた。「そろそろ来るわ」

ドーンは抜き足差し足で自分の部屋まで戻ると、もう一度普通の足取りでリビングルームへ向かった——おばたちに聞こえるよう鼻歌を歌いながら。

「やっと来たわね」ドーンがダイニングルームに入ると、マリエルが言った。「着がえるのにどれだけ時間がかかるの?」

「でも、とても素敵よ」マティルダがドーンのリボンを直しながら言う。

マリエルが手をたたいて注意を促す。「はい、おしゃべりはそこまで。冷める前にいただきましょう」

四人はテーブルにつく。テーブルの上には、縁の欠けたばらばらの食器が並んでいる。おばたちは正式なマナーにきっちり則《のっと》って皿を回しながら料理を取り分ける。「いいえ、そうじゃないわよ」大皿から自分の皿へマッシュポテトを取るドーンにミリアムが言った。

「背筋を伸ばして」スプーンを口に運ぼうとすると、今度はマリエルが言った。それを口に入れると、すかさずマティルダがもっと少しずつ口に入れるよう注意した。いつか大スターになってロイヤルファミリーと食事をすることになったとき、きっとありがたく思うはず——ドーンはそう自分に言い聞かせる。

マリエルがふたたび口を開いたが、そのまま何も言わずにドーンをじっと見て、眉をひそめた。「あなた、ネックレスはどうしたの？」

ドーンは首もとを触り、ルーシーに渡したことを思い出した。いつも肌身離さずつけているので、いまもそこにあるような感じがする。「ルーシーがつけてるの」おばたちの表情がいっせいに険しくなったので、ドーンは慌てて説明する。「ルーシーが誕生日のプレゼントにこのブレスレットをくれたの」手首をあげて振って見せる。「チャームをつけ足していけるのよ。新しい舞台をやるごとにひとつずつ増やしていくの。でも、わたしはルーシーに何も用意してなくて。だから、誕生日の一日だけネックレスをつけてもらうことにしたの。彼女、明日、歴史の授業で発表があるんだけど、わたしはそばで応援してあげられないから、かわりに幸運のお守りにしてもらおうと思って」

「いったい何を考えて――」マリエルがそう言いかけると、ミリアムがさっと彼女の腕に手を置いた。

「それはとても優しい心遣いね」ミリアムは言った。「彼女の誕生日にあなたのネックレスを貸してあげるなんて、素敵なことだわ」

顔をしかめて細くなっていたマリエルの目が、はっとしたように見開かれた。何かに気づいたかのように。一拍遅れてマティルダが息をのみ、そして笑顔になった。「ああ～、たしかに……」

「そうね、それはよいことをしたわ」マリエルも言った。「あなたは明日、だれにも会わないけれど、彼女はあちこち出かけるだろうから、あのネックレスをつけるにはとてもいい日だわ」マティルダが勢いよく立ちあがる。「さあ、デザートにしましょう！」そう言うと、空になった皿を重ねてキッチンへ消えた。ドーンはネックレスを貸したことを怒られずにすんで、ほっと安堵のため息をつく。数秒後、皿が落ちて割れる音が聞こえた。「マリエル！」マティルダがキッチンで叫ぶ。

マリエルは慌ててキッチンへ行ったが、ミリアムは座ったまま、立ちあがろうとするドーンの手首をしっかりとつかんだ。「ふたりに任せておけば大丈夫よ」

まもなく、マティルダがトレイにパイとデザート皿をのせてダイニングルームに戻ってきた。後ろからついてきたマリエルは、そのままダイニングルームとリビングルームの窓とブラインド、そしてカーテンをすべて閉めはじめた。マティルダは何ごともなかったかのようにパイを取り分けているが、その顔は着ているドレスの硬い襟と同じくらい白くなっている。テーブルに戻ってきたマリエルもひどく青ざめていた。マティルダが割った皿はきっと相当お気に入りだったに違いない。

四人は黙々とデザートを食べた。おばたちは何かに耳を澄ましているように見えた。しばらくすると、外から蹄《ひづめ》のような音が聞こえた気がした。でも、勘違いかもしれないと思い、ドーンは何も言わなかった。

＊

ルーシーは自分史上最悪の誕生日を過ごしていた。母はワッフルとプレゼントを置いていったけれど、誕生日にひとりで朝食を食べるのはやはり味気ない。プレゼントは腕時計だった。悪くはない。車寄せにリボンをかけた新車がとまっているなんて幻想はさすがに抱いていなかった。でも、腕時計はリクエストしたものでも、特に必要だったものでもない。

歴史の授業での発表はルーシーとしてはかなりうまくいったと思ったのだが、先生の意見は違うようだった。中世の奢侈《しゃし》禁止令についてのレポートは、衣服が歴史にとって重要であることを証明してはおらず、したがって、授業中に『ヴォーグ』を読むことを正当化するものにはなっていない、と結論づけられた。そして、何より気がふさぐのは、今日の午後、運転免許の最終試験を受けるというのに、ルーシーが免許を取ることについて母がいまだに首を縦に振らないことだ。夫、つまりルーシーの父を交通事故で亡くして以来、母はずっと車に対して恐怖心を抱いたままなのだ。

今日という日に唯一光をくれているのがドーンのネックレスだ。これを見るたびに、自分には心優しい寛大な親友がいることを思い出す。ネックレスを首につけているだけで、なんだか強く、いや、ほとんど無敵になったような気分になる。ルーシーはその気持ちのまま、運転免許の試験が行われるバック駐車用のエリアへ行った。今日こそは縦列駐車を成功させて試験に合格する。そして、バースデーパーティーの準備がととのった家に帰り、ジェレミーがどんなサプライズを用意してくれたのかを知るのだ。もしかすると、ロケットペンダントかもしれない。あるいはハート形の何か。ふたりがただの友達ではないことを示すような——。

教習所にはルーシーが一番乗りだった。教官もまだ来ていなかったので、ルーシーは近くにある大学の農学部の飼育場に羊を見にいった。ここの羊たちは甘やかされていて、かなり人懐こい。「ごめんね、いま何ももってないんだ」エサをくれると思ったのか競うように寄ってくる羊たちに、ルーシーは笑いながら言った。

バースデープレゼントの腕時計をちらりと見る。試験が始まるまでまだ十分ほどある。それだけあれば、ダウンタウンまで走っていってドーンのオーディションの結果を見てこられるだろう。そうすれば、家に帰ったらすぐにドーンに報告できる。でも、時間ぎりぎりに戻って、運転するのが最後になったりするのはいやだ。一番乗りなら、最初に運転させてもらえるかもしれない。ほかの人たちが運転するのを見ながら延々と順番待ちすることなく、さっさと試験を受けて家に帰れる。

アスファルトに響く蹄の音に、ルーシーは顔をあげた。昨夜聞いた音と似ているが、今回はもっと近くからはっきりと聞こえる。馬に乗った三人の男がダウンタウンの方から駐車場に向かって走ってくるのが見えた。フットボール練習場の裏の森へ行こうとしているのだろうか。男たちは全身黒ずくめで、甲冑《かっちゅう》を身につけ、腰には剣を差し、黒いマントをなびかせている。『キャメロット』のオーディションを受けにきた人たちだとしたら、とんでもない気合いの入り方だ。

そのまま通り過ぎていくのかと思ったら、先頭のリーダーらしき人物がルーシーの前で急停止し、片手をあげてほかのふたりにも止まるよう合図した。三人はそろってルーシーの方を向く。特にリーダー風の男はすごい目力でルーシーを見ている。外見のあらゆるディテールはもちろん、なんだか内臓まで見透かされているような気分になる。

「この子だ！」リーダーがそう叫ぶと、三人はいきなりルーシーに向かってきた。直感的に逃げなければと思ったが、後ろはフェンスだ。飛び越えるには高すぎるので、とりあえずフェンスに沿って走り出す。この先には金属加工の小さな工場《こうば》がある。放課後のこの時間帯はたいてい、ガタイのいい男たちが何人かたむろしている。彼らはいわゆる騎士道的正義感にあふれたタイプではなさそうだけれど、喧嘩は嫌いではないはず。それに、噂によると、彼らは常になんらかの武器を身につけているらしい。

一応、こちらの状況を知らせるべく走りながら叫んでみる。「助けて！　だれか！」

工場のドアが開き、ぼさぼさ頭の男が顔を出した。「うわっ、なんだなんだ！」黒装束の騎士三人を背後に引き連れ、猛烈な勢いで走ってくるルーシーを見て、男は言った。

「助けて！　何かして！」ルーシーは叫ぶ。

「何かって、何を」

「この騎士たちをなんとかして！」

男は首を傾げて騎士たちの方を見る。「まじか、じゃあ、ほんとにそこにいるんだ、幻じゃなくて」

この人が率先して何かしてくれそうな気配はないので、ルーシーは自ら工場のなかに飛び込んで、ドアを閉めてもらう作戦に切りかえた。なかにいる男たちがその意図を瞬時に理解してくれることを願いながら。あいにく、馬はルーシーよりずっとはやく、騎士たちは馬の操作に長《た》けていた。彼らはすぐに追いついて少しの間並走したあと、リーダーが体をかがめてルーシーの腕をつかみ、鞍の上に引きあげた。ルーシーは悲鳴をあげて工場《こうば》の男たちに警察を呼んでもらおうとしたが、その寸前に騎士の大きな手が口をふさぎ、鉄骨のような腕で胸もとに引き寄せられた。騎士たちは馬を方向転換させると、森に向かって走り出す。

まもなく前方に何か大きなものが見えてきた。町のこちら側にはあまり来たことがないけれど、こんなところに巨大な光る門があったという記憶はない。近づくにつれ、本物の門ではないことがわかった。それは門の形をした光で、その向こう側に見えるのはこちら側とはまったく別の風景だった。森は森でも、異なる種類の森で、町を囲んでいる松林ではなく、古い広葉樹の森だ。これはもはやテキサスではない。

門が近づいてきて、ルーシーは息をのむ。通り抜けた瞬間、びりっという刺激があり、思わず声がもれた。振り返ると、背後にも延々と森が続いていた。

どうやらルーシーは、三人の黒い騎士たちに拉致され、どこか異次元の世界に連れてこられたらしい。これは間違いなく人生史上最悪の誕生日だ。

3

今日は誕生日だというのに、おばたちは朝から家の大掃除をしている。いっさい手伝わせてくれないなら、なぜ家にいる必要があるのだろう。ドーンは朝からずっと、掃除をするおばたちのそばに座り、歌を歌っている。おばたちがそうするように言うからだ。歌うのに飽きてほかのことがしたくなるなんて、おそらく人生ではじめてかもしれない。モップで床を拭くのでもいい。とにかく何か別のことがしたい。でも、おばたちは自分たちがいる部屋から出ることを許してくれない。

「あと数時間で日没だわ」午後遅く、バスルームの掃除が終わると、マティルダが言った。やけにうれしそうだ。

「急いで終わらせてしまいましょう」マリエルが言う。

「わたし、手伝うわ」ドーンは言った。

「いいのよ。あなたはそこに座って歌っていてちょうだい」マティルダはそう言って、ドーンの頭のてっぺんをぽんぽんとたたく。「あなたの歌を聴いていると作業がはかどるの」

「日没の時間は場所によって違うわ」ミリアムが言った。ミリアムは掃除道具の入ったバケツをもつと、リビングルームを抜け、キッチンへ向かう。皆も彼女のあとをついていく。「ここで日が沈んでも大して意味はないわ」

「日没に何かあるの？ ここか、どこか別の場所で」ドーンは訊いた。

マリエルとマティルダはミリアムをにらみつける。ミリアムは赤くなった。「わたしはただ、日没前に作業を終わらせたいけれど、もし終わらなくても、別の場所ではまだ日は沈んでいないと思えばなぐさめになると言いたかっただけよ」

ドーンは笑った。「今度、就寝時間になっても寝たくないときがあったら、それを思い出すわ。よそはもっと早い時間なんだからしかたないって」

おばたちのあとについてリビングルームを通るとき、振り子時計をちらりと見ると、四時少し前だった。放課後、ルーシーがダウンタウンの劇場へ行ってオーディションの結果を見てくるには十分な時間がたった。どうして電話してこないのだろう。

まさか、おばさんたちが電話代を払うのを忘れているとか？ ドーンはトイレに行くと言って廊下に出ると、廊下の途中にある電話の受話器を取り、ダイヤルトーンをチェックする。電話は止められてはいないようだ。ふと、今日はルーシーの誕生日でもあって、夜は家でパーティーをすることになっているのを思い出す。きっと忙しいのだろう。そもそもこんな日にお使いを頼むなんて自分勝手だった。オーディションの結果は、焦らなくてもいずれわかることなのに。

掃除がすべて終わると、おばたちはドーンに夕食用の服に着がえてくるよう言った。「いちばんいいドレスを着なさいね」マティルダが言った。「今日は特別な日なんだから。髪もちゃんととかすのよ」ドーンはレコードをかけると、歌に合わせてハミングしながらレースのついた白いワンピースに着がえ、髪にリボンをつけた。

自分の部屋からリビングルームに戻ると、マティルダがカーテンの隙間から裏庭を見ていた。

「日は沈んだわ！」マティルダは言った。

マリエルはサイドボードまで行き、クリスタルのデキャンタに入った赤い液体を三つの小さなステムグラスに注ぐ。少し躊躇《ちゅうちょ》してから、ドーンの方をちらりと見ると、四つめのグラスに少しだけ注いだ。マリエルはたっぷり注いだグラスをおばたちに渡し、ほんの少し入ったグラスをドーンに差し出す。「もう十六歳になったし――」珍しく笑みを浮かべている。「最初のひと口を味わってもいいわね」

「さっきも言ったように、日の入りの時刻は場所によって違うのよ」ミリアムが小声で言う。「日にちさえ違うかもしれない」

マリエルはミリアムを無視してグラスをあげた。マティルダがすぐさまそれに続く。勢いがよすぎて、グラスの縁から少し中身がこぼれた。マリエルがミリアムをにらむと、ミリアムもようやくグラスをあげた。「ドーンの十六回目の誕生日と、彼女のこの先の人生のはじまりに乾杯」マリエルは言った。ミリアムは顔をしかめたままひと口でグラスを飲み干し、マティルダは小指を立てて少しずつ上品に飲んでいる。「さあ、あなたも飲みなさい」マリエルがドーンを促す。ドーンはひと口飲んで、思わずあえいだ。さくらんぼとガソリンを混ぜたような味だ。学校の人気者たちが週末のパーティーで飲んでいるのは絶対にこれではないはず。咳き込むドーンの背中をマリエルがそっとたたく。

「さあ、夕食にしましょう」マティルダが皆をテーブルの方へ促した。

今夜は食事中、一度も小言を言われなかった。誕生日だからなのか、すべて正しくできたからなのかはわからない。食事がほぼ終わろうとしていたとき、電話が鳴った。「わたしが出る」

ドーンは椅子を倒しそうな勢いで立ちあがると、電話の方へ走った。

ところが、それはドーンがギネヴィア役を勝ち取ったことを知らせるルーシーからの電話ではなかった。かけてきたのはジェレミーだった。「今日、ルーシーと話した?」ジェレミーは訊いた。

「ううん、放課後、オーディションの結果を知らせてくれることになってたんだけど、まだ電話がないの。どうして? 今夜は彼女のうちでパーティーなんじゃないの?」

「ルーシーがいなくなった」

「いなくなった?」ドーンは叫ぶ。「どういうこと?」

「学校が終わったあと、だれも彼女を見てないんだ。教習所で試験を受けることになってたんだけど現れなかったらしくて、家にも帰ってない」

ドーンはポジティブな理由を考えようとした。ルーシーが自分のバースデーパーティーをすっぽかしてしまうほどの素晴らしい理由を。でも、何も浮かばない。「そんなことになっているのに、わたし、オーディションの結果を知らせてくれない彼女に腹を立ててた」涙で鼻がつんとなり、声が震える。

「今日は全然話してないの？　昨日、放課後どこへ行くとか、何も言ってなかった？」

ドーンは首を横に振ってから、電話の向こうのジェレミーには見えないことに気づいた。「ううん」ほとんど泣き声になる。「配役表を見にいってくれるってこと以外は何も。ルーシーから電話がこないなと思った時点で、ジェレミーかルーシーのお母さんに連絡すればよかった。そしたら、もっと早く捜しはじめることができたのに」

おばたちがダイニングルームからやってきた。会話が聞こえたのだろう。心配そうな顔をしている。マティルダがそっとドーンの肩を抱く。マリエルはドーンの手から受話器を取った。

「ドーンのおばのマリエルです」聞き間違いは許さないと言わんばかりに、ひとことずつはっきりと言う。「何があったの？」顔をしかめながらしばし話を聞く。「なるほど、それは心配ね。何かわかったら連絡をくださる？」マリエルはそう言うと電話を切り、ドーンの方を向いた。「行方がわからなくなっているというそのお友達は、あなたのネックレスをつけている子？」

恐怖とも安堵とも取れるような微妙な表情をしている。ほかのふたりも似たような顔をしていたが、互いに視線を交わすと、三人そろって無表情になった。

「そう、ルーシーよ」ドーンははなをすすりながら言った。

マティルダが縁にレースのついたハンカチを差し出す。「さあ、デザートにしましょう」マティルダはドーンをダイニングテーブルの方へ促し、椅子に座らせると、ほかのふたりのおばたちに言った。「盛りつけを手伝ってもらえる？」おばたちはキッチンへ行った。ドーンはテーブルが片づけられていないことに気づき、慎重に皿を重ねていちばん上にフォークやスプーンを置くと、それをもってキッチンへ向かった。

ドアの前まで来たとき、マティルダの声が聞こえた。「本当にこれで終わったのかしら」盗み聞きはよくないとわかっているが、好奇心が勝って、ドーンはドアの前にとどまる。

「まだ合図はきていないわ」ミリアムが言った。

「そうね、合図を待つ必要はあるけれど——」マリエルが言う。「でも、終わったと考えていいと思うわ。わたしたちは幸運だった。ネックレスは護身の機能をもつけれど、一方で、身元を明かすものともなる」マリエルはそこでぎこちなく笑う。「それにしても、十六年間の潜伏と綿密な計画が、十代の少女の軽率な思いつきがなければ水の泡になるかもしれなかったなんて……」

「寛大な思いつき、よ」マティルダが言葉をはさむ。

「そうね、寛大な、だわ。でも、そのおかげで、最悪の事態をまぬがれたかもしれない」マリエルは言った。「こちらにいるかぎり見つかることはないと思っていたから、まったく対策を講じていなかった。あの子がネックレスを渡していなかったら、連れていかれていたかもしれない。でも、これで安心だわ。彼らがあの子を捜しにくることはもうないから」

いったいなんのこと？　ドーンは頭を振る。おばたちはルーシーに貸したネックレスの話をしているようだ。でも、十六年間の潜伏って？　ルーシーがいなくなったと思ったら、今度はおばたちがわけのわからないことを話している。ドーンは唇を噛んでドアに近づき、さらに聞き耳を立てる。

「でも、その子はどうなるの？」マティルダが訊いた。

「それはわたしたちが考えることではないわ」マリエルはきっぱりと言った。「重要なのはドーンが安全であることよ」

「いいえ、考えるべきよ」マティルダが言う。彼女がマリエルに反論することはめったにないが、いざそうするときは一歩も引かない。「その子に罪はないわ」

「遅かれ早かれ、向こうも人違いに気づくでしょう」ミリアムが言った。「そうなれば、きっと解放するわ」必ずしも確信があるような口調ではない。「とにかく、それについてわたしたちができることは特にないわ。合図のないうちはあの子を連れ帰るわけにはいかない。危険すぎる。十六年近くたって、いまあちらがどういう状況なのかはまったくわからないわ。もしかすると、メランサはすでに国を乗っ取っているかもしれない。プリンセスを殺さずして」

「たとえそうだとしても、ポータルの準備はするべきね。合図がきたらすぐに発《た》てるように」マリエルが言う。

「そろそろ戻らないと変に思われるわ」ミリアムが言った。「はやくろうそくに火をつけて」

ドーンは急いでテーブルに戻る。頭のなかの混乱をいっさい顔に出さずに素知らぬふりをするのは、これまで挑戦したなかでいちばん難易度の高い演技かもしれない。

おばたちがダイニングルームに戻ってきた。マリエルはピンクのフロスティングを施したバースデーケーキをもっている。ケーキの上にぎっしり立っているのはバースデーキャンドルではなく、色も形も大きさもばらばらの家庭用のろうそくだ。マリエルの後ろから、ボウルを四つもったミリアムと半ガロンのアイスクリームを抱えたマティルダがついてくる。頭は混乱したままだが、おばたちがこんな準備をしていてくれたことには素直に感動した。「わあ、すてき！　ありがとう！」感謝の気持ちをつくろう必要はなかった。それでも、ろうそくの火を消そうとかがんだとき、マティルダの手が肩に置かれると、少しびくりとしてしまったし、おばたちが互いにかわす視線や表情はいちいち気になった。

＊

魔法の門を抜けたあと、ルーシーは抵抗するのをあきらめた。もしここが本当に異次元の世界なら、どこだかわからない場所でひとりになるのも、かなりのスピードで走っている巨大な馬の上で自分を抱えている人の手を振り払うことも、賢明な行為とは言いがたい。ルーシーはじっとして、観念したというメッセージを全身で伝えた。

まもなく騎士はルーシーを抱えている腕の力を少し緩め、口から手を離した。いまなら叫ぼうと思えば叫べるが、あまり意味はないだろう。ここはひとけのない森の奥だ。たとえ人がいたとしても、ルーシーを助けるかわりに黒装束の騎士たちに声援を送る可能性もある。

「あなたたちだれなの？　あたしをどこへ連れていく気？」ルーシーは自分を抱えている男に訊いた。そして、思わず顔をゆがめた。まるでB級映画の台詞《せりふ》だ。でも、この状況では普通訊くだろう。騎士は答えない。質問が聞こえたそぶりすら見せない。ルーシーを捕まえるとき英語をしゃべっていたから――少なくとも、英語のように聞こえた――質問の意味はわかるはず。

もしかすると、拉致した相手とは話さないよう命令されているのかもしれない。「あっそ、じゃ、好きにすれば」ルーシーは小声でつぶやく。

一時間ほど走ったころ、森が途切れ、村が見えてきた。藁葺《わらぶ》き屋根の半木骨造《ハーフティンバー》りの家が曲がりくねった細い道沿いに身を寄せ合うように立っている。村の男たちは細身のズボンの上にゆったりとしたチュニックを着てベルトをつけている。女たちは、男たちのチュニックを長くしたようなドレスを着ている。目の粗い布、簡素なデザイン、着古した感じから言って、彼らは小作人のようだ。歴史の授業はあまり真面目に聞いていなかったかもしれないけれど、服飾の歴史は得意分野。こんな状況にもかかわらず、もっと近くで生地を見てみたいと思ってしまう。きっと『キャメロット』の衣装づくりに役立つはず。もちろん、向こうに帰れたらの話だけれど。


　騎士たちが村に入っていくと、人々は仕事の手を止め、急いで道の端に移動した。それは賢明な行動だった。騎士たちはスピードを緩めることなく走り抜けていく。邪魔なものはためらいなく踏みつけていくつもりらしい。実際、少なくともニワトリを一羽轢いたような気がする。ルーシーは寸前で目をつむったので、もしかしたらぎりぎりで難を逃れたかもしれないけれど。

村の外れまで来たとき、女性がひとりルーシーを見あげて目を見開くと、息をのみ、そして叫んだ。「見つかったんだわ！」

　その声にほかの村人たちがいっせいに集まってきた。彼らはくわや熊手を振り回しながら騎士たちに向かってくる。なんだかよくわからないけれど、もし助けようとしてくれているなら大歓迎だ。ルーシーも力いっぱいもがいてみる。騎士がルーシーを押さえるのに忙しければ、村人たちに反撃できないかもしれない。残念ながら、ほかのふたりの騎士には邪魔する者がいなかった。彼らは剣を抜き、馬を方向転換させる。ルーシーを乗せた馬はそのまま走り続けた。何が起こっているのかは見えなかったが、背後で人々の怒号が聞こえ、その後、悲鳴やあえぎ声、ドスッという衝撃音が続いた。悲鳴はいつまでも続いた。村人が勝ち目がないにもかかわらず戦い続けているか、騎士たちがひとり残らず始末しようとしているかのいずれかだろう。ルーシーは力なく騎士に身を預け、涙を堪える。まもなくほかのふたりの騎士も追いついてきた。この男たちが悪いやつだということがこれではっきりした。なんとか逃げる方法を考えなければ——。

渓谷に近づくにつれて、木立がまばらになってきた。川の向こう側の山腹に大きな城がそびえ、その下の斜面に張りつくようにして町がある。おとぎ話《フェアリーテイル》のプリンセスが住むような、輝く優雅な尖塔のある城ではない。ぶ厚い石壁に囲まれ、左右の端に頑丈そうな塔が立つ、威圧感のある城だ。地下牢や、ひょっとすると拷問部屋もあるかもしれない。お城はロマンチックなものばかりではないのだ。

騎士たちは橋を渡り、人でごった返した細い通りを抜けて城の方へ向かっていく。人々は皆、慌てて道を空けた。親は子どもたちを急いで道の端に寄せる。女性がひとり涙を流しながら、ルーシーに向かって懇願するように手を伸ばした。ルーシーを見てひざまずく老人もいる。どこを見ても、希望のない顔ばかりだ。なかには完全に生気を失っているような人もいる。

でも、ルーシーにはそれが自分とどう関係しているのかわからない。自分がここに来たのは、彼らにとってそれほど悪いことなのだろうか。だとしたら心外だ。それとも、彼らはこのあとルーシーを待ち受けていることについて悲しんでいるのだろうか――ルーシーを哀れんで。いや、違う。また別の悲嘆に暮れた顔を見ながらルーシーは思った。彼らが恐れているのは、彼ら自身の身に起こることだ。見ず知らずの人間の運命にここまで動揺するはずはない。それがどんなにひどいものであっても。

町は何かの祭りの真っ最中のようだった。色鮮やかな垂れ幕があちこちから下がり、通りの上には屋根から屋根に花綱が渡されている。ティンセルと電飾こそないが、ルーシーの町のクリスマス飾りを上回る派手さだ。先にこの飾りを見ていれば、楽しげな人々でいっぱいの通りを想像しただろう。世界の終わりが近づいているかのような顔をした人たちではなく。

城の中庭に入ったところで、ルーシーは馬からおろされた。衛兵がやってきてルーシーを城のなかへ連れていき、そのまま階段をおりていく。逃げるときのために通った場所を覚えておこうとしたが、むりやり引っ張られて何度も転びそうになりながらいくつも階段をおり、何度も廊下を曲がるうちに、すっかりわからなくなった。

最後の階段をおりると、地下牢があった。たいまつの灯ったせまい廊下に沿って鉄格子の扉が並んでいる。衛兵はベルトから鍵束の輪を取って扉のひとつを解錠し、ルーシーをなかに押し込むと、扉を閉めて鍵をかけた。ルーシーは藁の上に倒れ込んだが、藁がかび臭くてすぐに立ちあがった。光源は、壁の高い位置にある小さな格子窓から入る光と、鉄格子の扉から差し込む廊下のたいまつの灯りだけだ。監房の石壁はぬるぬるした苔《こけ》で覆われ、壁についた金具から鎖がぶら下がっている。少なくともこれにつながれなくてよかった。

いや、全然よくない。誕生日に異次元の世界で地下牢に閉じ込められるって、いったいどういうこと？　おかげで、運転免許の試験は受けられず、自分のバースデーパーティーにも出られず、ジェレミーが用意してくれたサプライズもわからずじまいだ。ルーシーは泣きそうになるのを必死に堪える。めそめそしていないでできることを考えなさいという母の声が聞こえる気がした。母のことを考えたら、ますます涙が浮かんできた。いまごろきっと、どこへ行ったのかと心配しているだろう。いや、案外、免許証を取りにいくとき車で送ると言わなかったからすねていると思っているかもしれない。注意を引くためにまた子どもじみたまねをしているのだと。

孤独なのと恐いのとで、ルーシーはもう涙を堪えることができなかった。武装した男たちが少女を捕まえて地下牢に放り込む理由がお茶会に招待するためでないことだけはたしかだ。ここから出たい。家に帰りたい。

「ああ、やっぱりここでしたか」背後で声がして、ルーシーはすばやく振り返った。

だれもいない。学校のリュックサックからミニサイズの懐中電灯を取り出し、監房のなかを照らす。存在を確認できた唯一の生き物は、壁の高いところにある窓から格子の間を通って入ってきたらしい小さな黒い鳥だけだ。「だれかいるの？」だれであれ、泣いているところを見られていないことを祈る。

「わたしです」窓の方から声が聞こえた。どうやらその鳥がしゃべっているらしい。「あなたがついに捕まったという噂を聞いたから、自分の目で確かめるために地下牢に来てみたんです」

鳥がしゃべってる。うそでしょう？　鳥ってしゃべるんだっけ？　「あなたがしゃべってるの？」念のために訊いてみる。

「もちろん、わたしですよ。ほかにだれかいます？　それで、殿下、怪我はありませんか？　もし、彼らに怪我をさせられたなら、手当てをしなくてはなりませんから」

ルーシーは首を横に振る。「ううん、怪我はしてない」

「よかった。じゃあ、ちょっと待っていてください。助けを呼んできます。なかにわれわれの仲間がいるんです。あと、糸車には触らないように」

それだけ言って、鳥は飛び立った。茫然とするルーシーをあとに残して。訊けなかった質問がたくさんある。たとえば、どうして鳥がしゃべれるの？　とか。われわれってだれ？　とか。糸車ってなんのこと？　とか。そして、そもそも、いったい全体何がどうなってるの？　とか。あれ、ちょっと待って。そういえば、あの鳥、あたしのこと殿下って呼んでなかった？　窓の下へ行って鳥を呼び戻そうとしたら、後ろからまた別の声が聞こえた。扉の方からだ。「無駄なことはやめるんだな。脱獄は不可能だ」ルーシーはおそるおそる振り返る。今度は何？　しゃべる番犬？

声の主は衛兵だった。普通の人間だ。衛兵は監房の鍵を開けて言った。「ついてこい。おまえにお会いになりたいそうだ」

＊

就寝時間が過ぎても、ドーンは眠れなかった。部屋のなかを行ったり来たりしながら、今日起こったことを整理しようとしてみる。情報が足りなくて、おばたちの会話からだけでは何もわからないが、どうもよくないことである気がしてならない。ドーンにとっておばたちは基本的に優しい人たちだけれど、もしルーシーの身を危険にさらそうとしているのだとしたら、それはどう考えてもよくないことだ。だいたい、おばたちは何が起こっているのか知っているようなのに、ドーンにいっさい話そうとしないのはどうして？

裏庭で音がした。窓辺へ行き、カーテンの隙間からそっと外をのぞく。物置小屋のドアが開いていて、なかでおばたちが何かしている。窓を開けると話し声が聞こえたが、なんの話かはよくわからない。やがて声が途切れ、おばたちが出てきて少し離れた場所から小屋の方に向き直った。すると次の瞬間、小屋のなかから閃光《せんこう》が走った。

ドーンは思わず叫びそうになり、慌てて口をふさぐ。「さあ、これでいいわ」手で黒いスカートをはたきながら、マリエルが言った。「あとは合図が来たらただちにポータルを抜けるだけ。ようやく帰れるわね」

「ドーンに話すべきじゃない？」マティルダが言う。「あの子にとってはとてつもなく大きな変化だわ。適応する時間が必要よ」脚の力が抜けそうになって、ドーンは窓枠をつかんだ。突然、足もとの地面が消えたような感じだ。

「適応は向こうへ帰ってからでもできるわ」ミリアムが言った。「いま話したら、行きたくないと言い出すかもしれない。そんなリスクは冒せないわ」

ドーンは、今日、なぜ学校へ行かせてもらえなかったのか理解した。これは今日だけのことではない。これからずっとなのだ。おばたちはこの町を発とうとしている。ドーンを連れて。

「あの少女のことはどうするの？」マティルダが訊いた。

「彼女の居場所はほぼ明らかだわ」マリエルが言う。「でも、一応、わたしが向こうへ行って姉妹《シスター》たちに知らせるわね。必要なら介入できるように」

「それがいいわ」マティルダは言った。「かわいそうに。あの子を助けるために少しでもできることがあるならするべきよ」ドーンはおばの優しさに胸が熱くなった。ドーンにとってマティルダはいつも、三人のなかでいちばん母親的な存在だった。

「では、行ってくるわね」マリエルはそう言うと、小屋のなかに入っていった。残ったふたりがドアを閉める。それから何分たっても、マリエルは出てこなかった。

ドーンは壁にもたれてしゃがみ込んだ。頭がくらくらする。いま目撃したことのせいなのか、それとも、長い間息を殺していたからなのかはわからない。裏口のドアが開いて閉まる音が聞こえ、ドーンは慌ててベッドに飛び込んだ。おばたちが様子を見にくるかもしれない。案の定、まもなく寝室のドアが開いた。ドーンは眠っているように見えるよう、体の力を抜き、できるだけゆっくり呼吸をした。おばたちが出ていって寝室のドアが閉まり、そのあと家のなかの別のドアが開いて閉まる音が聞こえてからさらに三十分ほど待って、ドーンはそっとベッドから出た。

物置小屋のなかに何があるのか確かめなければ。その思いは刻一刻と強くなっていく。気が急《せ》くあまり、靴を履くのを忘れそうになった。そっと部屋を抜け出し、庭に出る。物置小屋のドアは施錠されておらず、かんぬきがかけてあるだけだった。かんぬきを外し、きしまないよう祈りながら、ゆっくりドアを開ける。

物置小屋のなかは月夜に照らされた庭だった。ドーンは目をぱちくりさせて頭を振る。あり得ない。もう一度あらためて見ると、小屋のなかにほのかに光るアーチがあり、庭はその向こうに広がっていた。無意識にアーチの方に一歩足を踏み出して、はっとわれに返る。向こう側へ行きたい。これまでの人生でこれほど強烈な衝動は感じたことがない。『キャメロット』で主役を演じたいという気持ちよりもさらに強い。必死に足を踏ん張るものの、上半身がアーチの方へ引っ張られる。

光るアーチの向こうに、これまで訊こうと思いすらしなかったすべての質問の答がある。自分はだれなのか、どこから来たのか、両親はだれなのか——。おばたちの会話から推察すると、自分はあの庭がある世界から来たようだ。いまとなっては、あの人たちが本当のおばなのかもわからないけれど。ルーシーがいなくなったのはあのネックレスをつけていたかららしい。つまり、ルーシーはドーンと間違われて連れていかれたのだ。それなら、ルーシーを見つければ、自分がだれかわかるかもしれない。

ドーンはまた一歩アーチに近づいたが、頭を振り、小屋から出てドアを閉めた。寝間着のままで、どこへ行こうというのだ。それに、ひとりではできることもたかが知れている。信頼できる助っ人が必要だ。ルーシーがいなくなったいま、頼れる人はひとりしかいない。

4

ルーシーは衛兵の一団に取り囲まれて廊下を歩いた。がっちりつかまれている腕にはきっと青あざができているだろう。階段をいくつものぼり、廊下をいくつも歩いて、ようやく謁見室のようなところに到着した。巨大な部屋は縦に長く、高い天井ははるか頭上でアーチを描いている。木の梁《はり》からは紋章旗が下がり、壁に沿って並ぶたいまつの火が夕暮れの室内をゆらゆらと淡く照らしていた。

部屋のいちばん奥の壇上に二脚の大きな金の玉座があり、そのまわりをまたさらにたいまつが囲んでいる。片方の玉座に赤いドレスを着た女性が座っていた。光沢のある赤は黒に見えるほど濃い深い赤だ——例えるなら乾いた血の色のような。光の当たり具合によって赤がひときわ鮮やかになるときは、まるでドレスが燃えているかのように見える。もし生きて家に帰ることができて、プロムにいっしょに行く相手が見つかったら(それにはおそらく奇跡が二度起こる必要がある)、プロム用にああいうドレスをつくろうとルーシーは思った。

玉座に近づくにつれ、女性がそのドレスを着こなせるほど美しくはないことがわかってきた。おそらく本当はもっと美しくていいはずなのに、これはまさに母がよく言う〝美しさは内面から〟があてはまるケースだろう。顔かたちはこれ以上ないくらい整っているのに——ボトックスの使いすぎみたいなところは別にして――その表情に造作の美しさを台無しにしてしまう醜さがあった。

「ここへ連れてきなさい」女性は言った。衛兵たちが二列に並んで道をつくり、ひとりがルーシーを連れてその間を歩いていく。壇の前まで来ると、衛兵はルーシーをひざまずかせてから一歩下がった。女性は立ちあがる。すると、光が当たってドレスが輝き出した。ミラーボールやストロボライトの下ではさぞかし映えることだろう。そんなことを考えている場合ではないけれど、ドレスに気を取られているおかげで、完全なパニックにならずにすんでいる。

女性は壇上からルーシーを見おろす。近くで見ると、最初の印象より老けていた。ボトックスのやりすぎに見えたのは、しわにおしろいを埋め込んでいるせいのようだ。それも、肌の色に合ったパウダーではなくベビーパウダーみたいなものを使っているので、顔が異様に白い。眉は細い線になるまで抜かれ、目は真っ黒なアイラインで縁取られている。赤い口紅はドレスの赤とまったく色味が合っていない。この人、はっきり言って、全面的なメイクオーバーが必要だ。

「やはり来たわね。わたしの予言どおりに」女性は言った。とても低い、男のような声だ。

「予言?」ルーシーは訊き返す。心臓がばくばくして、自分で自分の鼓動の音が聞こえるようだ。

女性はルーシーの質問を無視する。「おまえの洗礼式の日、わたしは宣言したの。おまえは十六歳の誕生日の日没までに死ぬ、と」

「でも、あたし、バプティストで、洗礼はやってないし」ルーシーは言った。「バプティスト派は献児式をやるだけなんで」

女性はルーシーをにらみつける。ルーシーは口を開いたことを後悔した。「わたしの話をさえぎるとは無礼千万。おまえが隠されていた世界の奇妙な慣習になど興味はないわ。わたしはあの日、あの場にいたの。あの場で起こったことはすべて見ているのだから、うそをついても無駄よ。さあ、ついにこのときがきたわ」女性は両手を高々とあげ、勝ち誇ったように言った。「おまえはこれで死ぬ。わたしの予言どおりに」女性は優雅に腕を伸ばし――ドレスのゆったりとした袖がきらきら光る――玉座の横にある糸車を指さした。

糸車で死ぬ？　なんだか聞いたことあるな。思い出そうとしていると、衛兵がルーシーの腕をつかんで立ちあがらせ、むりやり壇上にのぼらせた。

女性はルーシーが何かするのを待っているようにじっとこちらを見ている。ルーシーはこちらの世界でも通じることを願いつつ〝？〟のジェスチャーと表情をしてみる。

「さあ、衝動に従うのよ！」女性は叫んだ。「逆らっても無駄よ。わたしはおまえより強い。最後に勝つのはわたしよ」

いまにも平手打ちが飛んできそうで、ルーシーはおずおずと訊いた。「衝動って？」

女性の勝ち誇った表情がいくぶん曇る。「何かをしたいという強烈な衝動はないの？　何かに強く引き寄せられるような感じがするでしょう？」

ここから出たいという衝動以外に？　そう訊いてみたかったが、訊かない方が身のためだと思い、やめた。「ないです」

女性はため息をつく。「たしかに、魔法をかけたのはずいぶん昔だから、効力が弱まっている可能性はあるわね」そして、気を取り直したように言った。「さあ、わたしの勝利のときがきたわ」女性はふたたび両手をあげ、甲高い声で笑い、そして叫んだ。「触るのよ！　糸車に触りなさい！」

ルーシーは肩をすくめ、糸車に手を伸ばすと、女性が指し示している箇所に指先で触れた。ちくっとする。ルーシーは手を引っ込めて指をなめた。部屋のなかが静まり返る。全員が固唾《かたず》をのんで何かが起こるのを待っているようだ。

でも、何も起こらなかった。女性はルーシーを見る。首筋と額に血管が浮き出てくる。「どういうこと？　どうして何も起こらないの？」女性は金切り声でそう言うと、ルーシーのところへやってきて手首をつかみ、自分の顔の前にもちあげて指先の血を確かめる。「おまえはこれで死ぬはずよ。めまいがするでしょう？　目の前が暗くなってきたでしょう？」

「いや、特に……。正直、びびってはいるけど、具合は悪くないです」女性の剣幕があまりにすごくて、身の安全を考えるとこれ以上怒らせるのは得策ではないと思えたので、一応つけ加える。「指は痛いです」死なないことの埋め合わせにはならないだろうけれど。

女性は衛兵たちの方を向く。「この子は死ぬはずなのよ。わたしが自ら魔法をかけたのだから。十六歳の誕生日の日没までにオーロラ姫は糸車の紡錘《つむ》に指を刺して死ぬと。この国が真にわたしのものとなるために」

ルーシーはようやく、この一連の流れになぜ既視感があるのかわかった。これは『眠り姫』だ。悪い魔女だか妖精だかが糸車に指を刺して死ぬようプリンセスに呪いをかける。それにしても、指を糸車に刺させるなんて人を殺す方法としてどうなの？『００７』の悪役たちだって、こんな奇妙な殺し方は思いつかない。でも、たしか、よい妖精のひとりが魔法で呪いの威力を弱めたので、プリンセスは死ぬかわりに長い眠りについて、真の愛《トゥルー・ラブ》の相手とのファーストキスで目覚めることになったはず。そして、少なくともディズニー版では、よい妖精たちがプリンセスを城から連れ出し、十六歳になるまで世間から隠して育てることになっている。

しかし、ここにはひとつ問題がある。今日はたしかにルーシーの十六歳の誕生日ではあるが、ルーシーはオーロラ姫ではない。というか、何姫でもない。ホームカミング・クイーン（学園祭の王女）にすら選ばれたことはない。

「この子で本当に間違いないの？」魔女とおぼしき女性は衛兵たちに訊いた。「あの魔法使いたちも馬鹿じゃないわ。いままであの子をしっかり隠し通してきたのだから」

「彼女は王家の印を身につけています」衛兵はそう言って指をさす。

魔女はルーシーの前まで来ると、骨張った指でルーシーのあごをくいとあげ、ドーンのネックレスをじっと見た。「そうね、たしかに王家の印だわ。もしかすると、糸車には少し早かったのかもしれない。あと五日あるのだし、もう少し待ってみましょう。この子を地下牢に戻してちょうだい」

衛兵に腕をつかまれ、引きずられるように歩きはじめてから、ルーシーはようやく気がついた。気づいてみれば実に明白だ。〝オーロラ〟には〝夜明け《ドーン》〟という意味がある。そして、これはドーンのネックレス。

つまり、親友は眠り姫だったのだ。

ルーシーはふたたび地下牢に放り込まれた。日の光がまったくなくなったいま、監房のなかは暗く、薄気味悪い。廊下のたいまつの灯りは部屋を照らすよりも、影をつくる方に貢献している。ルーシーは監房のなかを行ったり来たりしながら、この状況をできるだけ冷静に分析しようとした。どうやら自分は童話の世界にワープしたらしい。ここでは動物たちが――少なくとも鳥は――しゃべることができて、おとぎ話《フェアリーテイル》のなかの出来事がまさに現在進行形で起こっている。眠り姫本人はいまのところぱっちり目覚めていて、危険な糸車の近くにはいない。というか、糸車に近づく心配はない。なぜなら、ルーシーの知るかぎり、彼女はだれも彼女の正体を知らないテキサスにいる。物語のなかに来てしまったのはルーシーの方だからだ。

眠り姫が眠らなかった場合、その物語は果たして『眠り姫』と呼べるのだろうか。そして、その姫が特に美しくなかった場合は？

監房の扉の向こうで音がした。魔女が予言を現実にする方法を見つけて衛兵をよこしたのかもしれない。ルーシーは暗がりに入って小さくなる。格子の向こうに現れたのは若い男だった。たいまつの灯りで見るかぎりでは、せいぜいルーシーより二、三歳年上といったところだ。衛兵の制服は着ていない。

ルーシーがおそるおそる暗がりから出ていくと、若い男は「しーっ」と言った。そして、べルトにつけた小袋から大きな鉄の鍵をそっと取り出して、音を立てないよう注意しながら扉を解錠すると、ひざまずいて頭を下げた。「殿下」

　さて、どうしたものか。自分に向かって頭を下げている人にお礼を言うのは変だろうか。というか、ひょっとして、頭をあげるよう命じないと彼はずっとこのまま？

「あなたはだれ？」ルーシーは訊いた。これは重要な質問だし、プリンセスの台詞《せりふ》としても変ではないだろう。

　若い男は顔をあげてルーシーを見た。なかなかハンサムだ。ウェーブのかかった茶色の髪はトップが長めで耳のまわりと襟足は短くカットされている。ベルトに剣を差し、紋章のついた緑と黒のサーコートを着ている。これ、『キャメロット』の衣装に使えるな。ここから無事生還できたらの話だけれど――。「セバスチャン・シンクレアと申します。アーガス卿に仕える者です。王政支持者《ロイヤリスト》の命で殿下の救出に参りました」

　救出という言葉は実に魅力的な響きだけれど、彼を信用していいのだろうか。本人確認のためにＩＤ写真を見せろと言うわけにもいかないし。「ロイヤリストって？」ルーシーは訊いた。

「われわれは魔女の支配を拒否し、王家による統治の復活を目指しています。いま最も重要なのは、姫のお命をお守りすることです」

　知らない人についていったことを知ったら母は激怒するだろうが、同じ知らない人なら、少なくとも友好的な態度を見せてくれている人の方が、こっちを殺すつもりであることを表明している人よりましだろう。「そうなんだ。じゃあ、行こう」ルーシーはリュックサックをもって扉の方へ向かう。

セバスチャンは立ちあがり、ルーシーのひじをつかんだ。「姫、ご注意ください」そう言うと、マントを脱いでルーシーの肩にかけた。彼が着ているときはひざ下ぐらいの丈だったが、ルーシーが着ると足もとまで届いた。フードをかぶり、顔を隠す。セバスチャンは前に立って廊下の様子をうかがうと、ルーシーに手を差し伸べた。ルーシーはその手を取り、ふたりは廊下を歩き出す。怪しまれない程度の早足で。

セバスチャンは城のなかをよく知っているようだった。廊下を曲がるときも階段をあがるときもまったく躊躇《ちゅうちょ》はない。セバスチャンはかなり背が高く、ルーシーは小柄な方なので、彼の大きなストライドについていくためにほとんど小走りになった。彼は城内では知られた人物のようだ。それなりに高い位にあるのだろう。あるいは、高い位の人に仕えているかだ。すれ違う人たちは皆、彼に会釈していく。なかにはしっかり頭を下げる人やひざを曲げてあいさつする人もいる。いまふたりがいるのは台所や洗濯室のある下の方の階だから、会う人のほとんどは召使いだ。ルーシーの印象では、城主の魔女は皆に愛される理想の上司という感じではなさそうなので、たとえセバスチャンが囚人を逃がそうとしているように見えたとしても、彼らは止めない気がする。

ようやく厩舎《きゆうしや》までやってきた。「ふたり乗りでもよろしいでしょうか、姫」セバスチャンは大きな栗色の馬の綱を解きながら訊いた。「馬が二頭同時にいなくなると、怪しまれる可能性が高くなります」

「あたしはかまわないけど」ルーシーは言った。乗馬の経験はあるが、祖父の牧場で年老いた馬に乗っただけだから、命がけで逃げることになったとき、馬を操れる自信はない。

セバスチャンはさっと鞍にまたがり、ルーシーに手を差し出した。ルーシーがあぶみにのった彼のブーツの甲に片足を置くと、セバスチャンはルーシーを引っ張りあげて、自分の前に座らせた。ルーシーはリュックサックを前に回し、脚の間に置く。「乗り心地はよくないかもしれませんが――」片腕でルーシーの体を抱えて、セバスチャンは言った。「こうすると、姫のお姿は後ろから追ってくる者に見えません」鍛えあげられたイケメンに体をぴったり寄せられて、文句などあるだろうか。こんなことめったに――いや、この先一生あるかどうかわからない。

セバスチャンは馬を走らせ、城門へ向かう。大きなアーチの下を通るとき、ルーシーは思わず息をのんだ。囚人が逃げたとだれかが叫ぶのではないかと思ったが、だれも何も言わなかった。馬は町のなかを駆け抜け、橋に向かっていく。あれが次の関門になりそうだ。橋は跳ね橋で、魔女からひとこと指令がいけば、いまのところルーシーが知るただひとつの町から出るルートがふさがれてしまう。

橋はおりたままで、ふたりが橋を渡るのを止める者はいなかった。馬は小走り程度の速度を保っている。ルーシーとしてはもっとはやく走らせてほしいが、人目を引かないためにはしかたがない。橋を渡りきったとき、だれかが背後で叫んだ。振り返ると、城の高い方の塔の上に巨大な火の玉が見えた。あれが合図に違いない。スマートフォンもトランシーバーもない世界では、たぶんあれが最も有効な方法なのだろう。橋の向こう側にいる衛兵たちがいっせいにこちらに向かってくる。

セバスチャンは馬をひと蹴りし、ルーシーを抱える腕に力を入れた。馬がスピードをあげる。セバスチャンがしっかり抱えてくれていてよかった。いまは彼がイケメンだからではない。馬から落ちたら一巻の終わりだからだ。先にスタートを切っているとはいえ、追っ手はどんどん増えている。セバスチャンに安全な行き先の当てがあることをせつに願う。馬だって、人をふたり乗せてずっとこのスピードを維持することはできないだろう。

びゅんという音とともに何かが耳のそばをかすめて、ルーシーは首をすくめた。「矢です」セバスチャンが言った。

ルーシーは前に乗せてもらえたことを心底ありがたく思った。後ろだったら格好の標的だ。でも、それはつまり、いままさに彼の背中が標的になっているということだ。馬を駆れるのも、行くべき場所を知っているのも、彼だけなのに。

森の方から犬の群れがこちらに向かって走ってくる。ああ、いまこそドーンがいてくれたら……。彼女はどんなに凶暴な野良犬でもひとこと発するだけで手なずけてしまう。ところが、犬たちはふたりの横を通り過ぎ、そのまま追ってくる衛兵たちに向かっていった。犬たちに交じってシカやキツネもいた。すれ違うとき、だれかが「野営地へ行ってください。連中はわれわれが食い止めます」と言うのが聞こえた。でも、群れのなかに人間の姿は見えなかった。

前方に黒々とした木々のシルエットが見えてきた。突然、セバスチャンの体ががくっと揺れ、ルーシーを抱える腕が一瞬離れそうになった。ルーシーは片手で鞍をもち、もう一方の手で彼の腕をつかむ。有能な騎手がそうであるように、セバスチャンはひざでしっかり馬をはさんでいるので落ちる心配はなさそうだが、念には念を入れた方がいい。「どうしたの?」

「大丈夫です」セバスチャンはそう言ったが、声がこわばり、少し苦しそうだ。

森に入ったときには、背後の音はだいぶ遠くなっていた。馬は次第に速度を緩め、やがて歩きはじめた。森のなかの道なき道をフルスピードで走るのは難しいし、馬もかなり疲れているのだろう。

「こっちです」地面の方から声が聞こえた。暗くてルーシーには何も見えないが、セバスチャンは声の主を信頼しているらしく、あとをついていく。

セバスチャンの息づかいが荒くなっている。やはり何かおかしい。「まじで、本当に大丈夫?」ルーシーは訊いた。

もしかすると、彼はルーシーのために自ら盾となって怪我を負ったのかもしれない。きっとそうだ。身を賭して守ろうとしてくれたのだとしたら、彼を信頼する理由としてこれ以上のものはないだろう。いや、正確には、身を賭してオーロラ姫、つまりドーンを守ろうとしたと言うべきだ。

そう思ったとき、ふとある問いが頭に浮かんだ。ルーシーが本当はプリンセスではないことを知ったら、セバスチャンやそのロイヤリストとかいう人たちはどうするだろう。本物ではないとわかった時点でルーシーを置き去りにするだろうか。それとも、家に帰る方法をいっしょに考えてくれるだろうか。いまのところ、あの魔女はルーシーのことをオーロラ姫だと思っている。魔女にねらわれている間は、だれかに守ってもらう必要がある。ルーシーは基本的にうそはよくないと考えているが、いまは非常事態だ。

藪が深くなってきた。木の枝から蔓草《つるくさ》が垂れさがり、馬は歩きにくそうにしている。細い枝がルーシーの顔に当たったった。目深にかぶったフードがクッションになっていなかったら、立派なミミズ腫れができていただろう。やがて、小さな空き地に出て、セバスチャンは馬を止めた。

「さあ、着きました」さっきと同じきびきびした声が足もとから聞こえた。

「ありがとう、コットン」セバスチャンは言った。ルーシーには依然として彼の話し相手は見えない。セバスチャンが馬からおりたので、ルーシーは彼が手を貸そうとする前に急いで鞍から滑りおりた。セバスチャンがぐらりとよろめき、手綱をつかんで体を支えるのを見て、ルーシーは確信した。絶対に怪我をしている。

もう少し明るければいいのだが、日はとっぷりと暮れ、木々の隙間から差し込む月の光があるだけだ。ルーシーはリュックサックからミニサイズの懐中電灯を取り出し、セバスチャンの体を照らした。肩の後ろに矢が刺さっている。「医者にみせなきゃ」ルーシーは言った。

「あとで手当てします。先に馬の様子を見ないと」そう言うと、セバスチャンは少し大きめの声で続けた。「水場はある？」

さっきと同じ声が足もとのどこかから返事をする。「近くに小川があります」見おろすと、小さな白い綿尾ウサギがいた。

「あたしが馬を連れていく。あなたはそこに座ってて」ルーシーは言った。

どうやら、王族からの直々の命令に背くことはできないらしい。「仰せのとおりに、姫」セバスチャンは力なく言うと――皮肉っぽい響きはまったくない――木の根もとに腰をおろす。プリンセスってけっこういいかも――ルーシーはひそかに思った。

「ぼくがいっしょに行きます」また別の声が聞こえた。見ると、ルーシーの横をキツネが歩いている。敵が襲ってきたとき、キツネがどれほどの役に立つかは疑問だが、まあ、足首に嚙みつくことくらいはできるか……。

水の流れる音を頼りに馬を小川まで連れていく。馬が水を飲んでいる間、ルーシーはマントを手に巻きつけて、馬の体をこすってやった。祖父の牧場で馬の世話を手伝ったときそうしたのを思い出したからだ。馬が水を飲むのを見ていたら、ランチのあとまったく水分を取っていないことに気がついた。あれからもう何時間もたっている。

馬の唾液を飲まないよう、馬より川上に回り、ひざをついて手で水をすくったところで、ふと思った。このなかには馬のつばよりもっと悪いものがうじゃうじゃいるかもしれない。いまここで下痢になんかなったら最悪だ。ルーシーはそのまま水を捨てた。きっとセバスチャンが飲み水をもっているだろう。いや、でも、彼がもっている水もこのての小川から調達したものかもしれない。とりあえず、童話の世界には病原菌が存在しないことを祈るしかない。

馬を連れて空き地に戻ると、小さな焚き火が起こしてあった。ルーシーは懐中電灯を消し、ジーンズの前ポケットに入れた。セバスチャンはサーコートを脱ごうとしていたが、矢が引っかかって手こずっている。

「ちょっと待って、手を貸すから」ルーシーはそう言うと、馬が自由に草を食《は》みにいけるよう端綱を外してから、セバスチャンのところへ行った。セバスチャンはサーコートの下にぶ厚い皮のベストを着ていて、それがある程度、防護の機能を果たしているようだが、矢はちょうどベストが覆っていない肩のところに刺さっていた。袖が血で黒っぽく染まっている。ルーシーは自分が血を見て卒倒するタイプでなくてよかったと思った。

「この矢、抜いた方がいいね」不安が声に出ないよう気をつけながら言う。怪我の基本的な応急処置の仕方は母から教わっているけれど、残念ながら、そのなかに矢で負った傷は入っていない。でもきっと、ほかの刺し傷と同じような扱いでいいはず。幸い、それほど深くは刺さっていないようなので、抜いても出血多量で死ぬことはないだろう。それに、ここは救急病院があちこちにあるような世界ではなさそうだから、医者にみてもらえるまで矢をそのままにしておくという選択肢はない。

ルーシーはリュックサックの内ポケットから去年のクリスマスにジェレミーがくれたスイスアーミーナイフを取り出し、刃を出して焚き火の炎にくぐらせた。それから、傷がよく見えるよう、ナイフについているハサミでシャツの矢のまわりの部分を切り取る。このしゃべる動物たちのだれかが懐中電灯をもってくれると助かるのだけれど、彼らの手の構造ではさすがに無理か――。あ、でも、リスは木の実をもてるよね？

「あなたたちの仲間にこのライトをもてる子はいない？」ルーシーは訊いた。

「チャターズ！」コットンが呼ぶと、頭の上でカサカサという音が聞こえた。

「はい、はい、はーい！　手伝います！　ぼく手伝います！」リスだ。やる気満々という感じで両手をこすり合わせている。

シュールな悪夢を見ているような気分になりながら、ルーシーは懐中電灯をつけてリスに渡した。「傷を照らすようにもっていてくれる？」

「仰せのとおりに、姫！　お手伝いできるのは光栄の至りです！　ぼくにお任せ——」

「どうもありがとう」ルーシーはさえぎるように言った。リスって、もししゃべれたらかなりおしゃべりなんじゃないかという気がしていたけれど、思ったとおりだった。ルーシーはセバスチャンの方に向き直る。「抜くとき、たぶんかなり痛いと思うけど……」

「わかっています。痛みには強いので大丈夫です」

ルーシーはやれやれという顔をしそうになるのをなんとか堪える。この感じ、ジェレミーとそっくりだ。深刻な事態になりそうなとき、妙にマッチョぶる。そのくせ、ちょっと鼻がぐずぐずしようものなら、すぐにベッドに潜り込んで、あれこれ世話を焼かれたがるのだ。まあ、彼がそのタイプかどうかはまだわからないけれど。

「そうだね、あなたなら大丈夫だと思う」ルーシーはそう言うと、ひとつ深呼吸し、これから切り込みを入れようとしているのが人間の皮膚であることを忘れようと努める。そして、意を決し、矢のすぐ横にナイフを滑り込ませて傷口を少し広げた。引き抜くときのダメージを小さくするためだ。セバスチャンは食いしばった歯の隙間から少し声をもらしたが、体は動かさなかった。「じゃ、これから抜くから心の準備をして。三つ数えたら抜くよ。一、二――」二で、矢をつかんでいっきに引き抜く。セバスチャンは声をあげかけて、なんとかのみ込んだ。ルーシーは矢の先がちゃんとついていることを確認する。

「三つ数えたらとおっしゃったのでは」セバスチャンは震える声で言った。

「準備ができる前に抜いた方がいいと思って。三で緊張がマックスのときに抜くと、かえってダメージが大きくなるでしょ？」

セバスチャンは痛みに顔をこわばらせながらも、驚きの表情でルーシーを見あげた。「矢の傷の手当てについてこれほどお詳しいとは、姫が暮らしておられたのはよほど危険な場所だったのですね」

「まさか！　矢の傷の手当てなんかしたの、これがはじめてだよ。でも、友達のジェレミーが裏庭の塀を越えるとき、よく棘《とげ》が刺さって、あたしが抜いてあげてたから、それがけっこう練習にはなってるかな。いまのはそれをもうちょっと大がかりにしたやつって感じ？」ジェレミーのことを考えたら、胸がきゅっと痛んだ。もう一度彼に会うことはできるのだろうか。さすがにもう、ルーシーが行方不明になっていることは知っているはず。自分が主役のバースデーパーティーに現れなかったのだから。せっかくサプライズのプレゼントを用意してくれたのに無駄にさせてしまった。

でも、いまはとりあえず、こっちの男子のことを考えなければならない。傷口からの出血は心配したほどひどくはないので、このまま失神したり、ショック状態になったりすることはないだろう。でも、化膿するリスクは十分にある。こっちの世界にはたぶんペニシリンは存在しないだろうし。そうだ、リュックサックのなかに役立ちそうなものがある。ルーシーはリュックサックの外ポケットから、除菌ローションを取り出す。学校のカフェテリアで何か食べるときやトイレに行ったあとに必ず使うよう、潔癖症の看護師の母にもたされているものだ。リュックサックには携帯用の裁縫セットも入っている。裁縫が得意なルーシーは、クラス内で、裾がほつれたりボタンが取れかかったりしたときに頼るべき女子という地位を確立している。

「これ、ちょっとしみるかも」傷口に除菌ローションをスプレーする前に、ルーシーは警告した。セバスチャンはうなずき、スプレーした瞬間もほとんど動かなかった。これはかなりのタフガイだ。さっきのマッチョな態度も、格好をつけたわけではなかったらしい。「それじゃあ、これから傷口を縫うよ。人間の皮膚を縫うのははじめてなんだけど。まあ、意図的に縫うのはね。一回だけ、裾を縫うときちょっとした事故が発生したことはあるから」ルーシーが傷口を縫う間、セバスチャンは微動だにしなかった。彼の強さと勇気、そして、皮膚の下のみごとな筋肉に意識を集中することで、ルーシーは人の体に何度も針を刺すという作業をどうにか吐かずにやり遂げた。

「たぶん傷跡は残っちゃうと思うけど――」縫合を終えると、これも母にむりやりもたされている携帯用救急セットのなかからいちばん大きな絆創膏《ばんそうこう》を出して、傷口を覆った。「でも、出血はだいぶ収まってきたみたい」

「ありがとうございます。このご恩は生涯忘れません」

「やだ、何言ってんの？　あたしをあの牢屋から助け出してくれたせいで怪我したんじゃない。恩があるのはあたしの方だよ。ほんと、ありがとう」

近くで下草の揺れる音がし、セバスチャンの手がすばやく剣に伸びる。自分はいま、剣を携帯し、かつ、それをちゃんと使える男子といっしょにいるのだ。思わずくらっときそうになったところで、リスが懐中電灯をもったままであることを思い出した。だれかがやってきたら、懐中電灯の光は格好の目印になる。ルーシーはリスに向かって手を差し出す。「ありがとう、チャターズ。すごく助かった」

リスから懐中電灯を受け取ると、急いでスイッチを切った。どのくらい電池がもつかわからないし、近くにウォルマート（大手スーパーマーケットチェーン）があるとも思えない。「やった、やった、ぼく手伝った！　やった、やった！」リスはうれしそうに飛び跳ねたが、セバスチャンににらまれて、そそくさと木の幹の穴に潜り込んだ。

セバスチャンは音を立てないようゆっくり立ちあがると、ルーシーの前に移動した。草の音はだんだん近づいてくる。ルーシーは泣きたくなった。こんなに苦労してここまで来たあげく、また捕まるなんて勘弁してほしい。

5

「国王陛下、ばんざい」という声が聞こえた。セバスチャンがほっとした表情になる。藪のなかから大きな二匹の犬が姿を現した。続いて数頭のシカが、蔓草《つるくさ》や下生えのなかを繊細《せんさい》な足取りでやってきた。

「やつらのことは完全にまきました」先頭の犬がうなるような低音で言った。「ここは安全です」

「きみは、ラーキンだね？」セバスチャンはややためらいながら訊いた。

「そうです。こっちは相方のレイラ。われわれがあなたがたを集合場所に案内します」ラーキンはルーシーの方を向いて鼻をひくひくさせた。「こちらがプリンセスですか？」

「ああ、このかたがプリンセスだ」セバスチャンは言った。「メランサはまだ姫に手をかけていない。間に合って本当によかった」

「これで希望が生まれましたね」ビロードのような声で一頭のシカが言った。

「希望だ！　希望だ！」空き地に集まった動物たちがいっせいにささやく。ルーシーはへなへなと座り込んだ。オーロラ姫は、いや、ドーンか……とにかく、プ、、、プリンセスはこの世界の人たちにとって、ものすごく大切な存在らしい。ああ、まじで、どうしよう。ここにいるのがしがない一般人のルーシーだと知ったら、この人たち、どんなにがっかりすることか――。

「プリンセスはお疲れのようだわ」別のシカが言った。

「あ、申しわけありません、姫」セバスチャンが言った。「姫のご体調に配慮が不十分でした。どうかお許しください」セバスチャンは鞍袋から皮の袋と布の包みを取り出す。「パンとチーズとエール（ハーブや香辛料で苦みをつけた醸造酒）しかありませんが、今夜はこれで凌《しの》いでいただけますでしょうか。明日は安全でここよりずっと居心地のよい場所へ移動しますので」

セバスチャンは包みを開くと、ベルトからナイフを取ってパンとチーズを切り分け、ルーシーに渡した。ルーシーは死ぬほど空腹だったので、セバスチャンがくれたパンとチーズは――もともとパンもチーズも大好物だ――これまで食べたどんな食事より美味しく感じられた。食べ終わると、セバスチャンはエールの入った皮袋を差し出した。エールは飲んだことがないし、どういう飲み物かもよくは知らない。記憶が正しければ、たしかビールの一種じゃなかったっけ。まあ、ビールだって飲んだことはないけれど。ルーシーは小さな田舎町のバプティスト派の家に育ったごく普通の女の子だし、芝生に座って皆でビールを飲むパーティーに誘われるようなイケてる生徒のグループにも属していない。

鼻をつまみたいのをぐっと我慢しながら、のどの渇きを癒やすのに必要な量をなんとか口に含んでのみ込む。食道が焼けるように熱い。むせそうになるのを必死に堪える。とりあえず、アルコールが病原菌を殺してくれることを期待しよう。

皮袋を返すと、セバスチャンはごくごくといい飲みっぷりを見せた。きっと飲み慣れているのだろう。ふたたび袋を差し出されたが、ルーシーは首を横に振った。「あとはあなたが飲んで。あたしより必要だよ。肩がそんなだし」

「肩？」ラーキンが訊いた。

「矢が刺さったの」

「でも、姫が手当てをしてくださった」セバスチャンは急いで言う。

「どうりで血のにおいがすると思った。怪我をしているなら、少しお休みください」

ひとまず安全が確認できて、救出劇の緊張からようやく解放されたのか、セバスチャンは大きく息を吐いた。「そうだな、わたしたちには休息が必要だ。見張りを任せていいかな」

「われわれが見張ります」犬は言った。

セバスチャンはうなずくと、怪我をしていない側を下にして横になった。ルーシーは借りていたマントを脱ぎ、セバスチャンにかける。セバスチャンはすぐに眠りに落ちた。

ラーキンの相棒のレイラがルーシーのところにやってきた。「姫もお休みになってください」そう言って頭を垂れる。犬はルーシーの横に腹ばいになった。「どうぞわたしの体を枕に」その瞬間、ルーシーはプリンセスというものがどういう存在なのかをあらためて思い知らされた気がした。冠をつけてきれいなドレスを着ているのがプリンセスではない。プリンセスとは、人々にとって――この世界では動物たちにとっても――よりよい未来をもたらしてくれる特別な人であり、希望そのものなのだ。まじで、これはとんでもない重責だ。

＊

自分の部屋に戻ると、ドーンはもっている服のなかでいちばん丈夫で動きやすいものに着がえた。Tシャツの上にポケットのたくさんついたシャツを着て、下はカーゴパンツとランニングシューズ。学校用のリュックサックから教科書を全部出し、下着と靴下の替えを二セットずつと、歯ブラシと歯磨きのチューブを入れる。あとは何をもっていけばいいだろう。ポータルの向こうに見えた庭の先がどんな世界なのか見当もつかない。ふと思いついて、ルーシーがくれたブレスレットを手首につけた。

おばたちがまだぐっすり眠っているうちに、ドーンはこっそり家を抜け出した。鳥たちがいつものようにいっせいにさえずり、ドーンにあいさつする。「お願い、いまはやめて！」鳥たちはぴたっと静かになった。気を悪くしていないことを祈りながら、通りを走る。家から見えないところまで来ると、走るのをやめ、ジェレミーの家に向かって歩いた。ジェレミーはイーグルスカウト（二十一個以上の技能章を獲得した最高位のボーイスカウト団員）だから、キャンプやハイキングについての知識がある。地図を読むのは得意だし、もしかしたら、太陽や月や星を頼りに移動することもできるかもしれない。どのスキルもこのミッションではきっと役に立つだろう。それに、彼はいつも冒険を求めている。問題は、こちらの言うことを信じてもらえるかどうかだ。

ジェレミーにどう話すかを考えていたら、このまま引き返したくなってきた。彼の両親が仕事に行くのを待っていないで、いますぐポータルを抜けた方がいいんじゃないだろうか。いや、ひとりではとても無理だ。ドーンは茂みの裏に寄りかかるのにちょうどいい木を見つけ、夜が明けるまで眠った。日の出とともに目を覚ますと、ジェレミーの両親が車で出勤するのを待つ。そして、彼らがいなくなるとすぐに立ちあがって、服についた土や草を払った。寝ている間に何かに刺されたらしく、右手の人差し指の先がかゆい。

玄関のドアをノックし、カーゴパンツの粗い布目に指先をこすりつけながら待っていると、ジェレミーが出てきた。「朝からひとりで何してるんだよ」ジェレミーは言った。「ルーシーは昨日、白昼堂々だれかに連れ去られたんだ。今日はおまえを迎えにいって、いっしょに学校に行くつもりだったのに」

「そこまで考えなかったわ」実際、そういう心配はしていなかった。ルーシーを連れ去ったのは普通の誘拐犯ではない。「でも、話があるの。すごく大事なこと」

ジェレミーは一歩下がって、ドーンに入るよう促した。「出る前にちょっと準備するものがあるから、支度しながら話を聞くよ。朝飯は食べた?」

ドーンは異次元の世界だと思われるところへ空腹のまま行こうとしていたことに気がついた。あまりお腹は空いていなかったが、ジェレミーに電子レンジでパンケーキを温めてもらい、それを食べながら、彼がマシュマロやグラハムクラッカーやチョコレートバーや袋入りのキャンディをバックパックに詰めるのを眺めた。「家出でもするつもり?」

「スモア(焼きマシュマロと板チョコレートをグラハムクラッカーで挟んだキャンプの定番デザート)の材料だけじゃ、大して遠くには行けないと思うよ」ジェレミーは笑いながら言った。「放課後、小学生のハイキングの引率をするんだ。最後にキャンプファイヤーをやることになってて。ルーシーがこんなことになったからキャンセルしようかとも思ったんだけど、そうしたところでおれにできることは特にないし、九歳の子たちに何カ月も前から楽しみにしていたことを中止にするとはやっぱり言いづらいしね」ジェレミーは水のボトルもバックパックに入れる。「で、話って何？」

すでに予定があることを知って、ドーンは話すのをやめかけたが、やはりジェレミーの助けがなければ無理だと思い、言うことにした。「ルーシーのことなの。そして、わたしのことでもあるんだけど、たぶん。ルーシーの身に起こったことは、わたしと関係があると思うの」

「どういう意味？」

「ルーシーがいつも、わたしのおばさんたちは本当のおばじゃないかもしれないって言ってたの、知ってるでしょ？」

「ああ、捜索願が出てる子どものなかにおまえと特徴が一致する子がいないかどうかネットで調べたことさえあるよ」

「ルーシーの言うとおりかもしれないの。誘拐されたのかどうかはわからないけど、もし、彼女たちが本当のおばだったら、わたし、自分のことについてもう少し知っててもいいと思わない？　本当のおばなら、わたしのママかパパが子どもだったころの話とかしてくれるんじゃない？　ジェレミーはママやパパの子どものころの写真とか親戚の写真とか見たことある？」

「もちろん」

「わたしはない。本当のおばだったら、死んだ両親についていろいろ教えてくれるものじゃないの？　わたしは両親の名前すら知らない。自分がどこで生まれたのかも。おばさんたち以外の親戚にも会ったことがない。両親に関わるものは唯一ネックレスだけ。これって、変じゃない？」

「まあ、たしかに変だけど、それがルーシーとどんな関係があるんだよ」

「ルーシーはわたしのネックレスをつけてた。そしてわたし、聞いちゃったの。おばさんたちがそのことについて話しているのを。おばさんたち、ルーシーはネックレスをつけていたためにわたしと間違われて連れ去られたと考えているみたいなの。犯人はわたしをわたしの故郷に連れ帰ろうとしたみたい。そして、おばさんたちはなぜかその人違いについてよかったと思ってる感じなの。その方が彼女たちにとって都合がいいみたいな。でも、それだけじゃない。庭の物置小屋に何があったと思う？」

「死体？」

「いやだ、やめて！　違うわよ！　でも、説明が難しいわ。自分の目で見てもらわないと」

「このこと、おばさんたちには話してないんだね」

「これまでずっと隠してきて、ルーシーがこんなことになっても相変わらず何も話してくれないなら、いまいろいろ訊いたところでちゃんと答えてくれると思う？」

「まあ、くれないだろうな」

「それに、下手に質問したら警戒されて、かえって本当のことを知るのが難しくなるわ」

「本当のことを知るって、何か考えがあるの？」

「まずは物置小屋のなかを見て」

「わかった。そこまで言われちゃさすがに気になる」ジェレミーはバックパックを背負う。「行こう」

ドーンの家に到着すると、ふたりはこっそり側庭に回った。「おばさんたちに見られずに裏庭に行かないと」ドーンは言った。

「なんかすごい悪いことしてる感じだな」

「悪いことかもしれない。もうどう考えればいいのかわからなくなったわ」

「ルーシーの悪い影響だな。彼女の妄想癖が移ったんじゃないか？」ドーンが〝お願い〟という顔をしてみせると、ジェレミーはため息をついた。「いたずら電話の出番かな」そう言って、携帯電話を取り出す。「おまえの家の電話、発信者番号出ないよな？」

「うちのはものすごく旧式だから大丈夫」

「わかった。おまえが学校で問題を起こしたってことにする」

「たぶん学校に行ったとは思ってないわ。夜が明ける前にこっそり家を抜け出したから」

「だとしたら問題はより深刻だから、おばさんたちがおまえを迎えにいく可能性はかえって高くなる。三人とも行くと思う？」

「マリエルは家にいない。ゆうべどこかへ行って、まだ帰ってきてないと思う。学校に行くとしたらマティルダね。学校関連ではいつもマティルダが親がわりなの。となると、家に残るのはミリアムだけだわ」

「じゃあ、彼女ができるだけ長く表の窓から外を見るよう仕向ければいい。その間に裏庭に回って、おまえが見せたいってものを見る」

「きっとあの子たちも協力してくれると思う」ドーンはすぐそばの木の枝にすでに集まっている鳥たちを見あげて言った。

ジェレミーは電話をかける。おばのひとりが電話に出ると、声色を変えて言った。「ロイヤルさんですか？　こちらは校長のジェイドです。あなたの姪御さん、ドーンのことでお電話しました。いますぐ学校へ来ていただけますか？」電話の向こうから心配そうな声が聞こえ、ドーンは罪悪感で胸がきゅっと痛んだ。「ええ、彼女は学校に来ています」しばし間があって、ジェレミーは続ける。「いいえ、本人は元気です。ただ、彼女の行動についてちょっとお話ししたいことがありまして。友達が行方不明になっていることで動揺しているだけだとは思いますが、授業を妨げるようなことはやはり困ります。ありがとうございます。では、のちほど」

ジェレミーは携帯電話を閉じ、ポケットに戻した。「食いついてくれた感じだな。こっちも準備しよう」ふたりは裏庭に入って、家のなかから見えない場所に身を潜めた。前庭の方から声がする。「すぐに戻るわ、ミリアム」マティルダが言った。「合図に注意していてね。それから、マリエルからの連絡にも」

「いまだ」ジェレミーがささやく。ドーンは短く口笛を吹き、鳥たちに手でサインを送った。鳥たちはいっせいに舞いあがり、大きな声で騒ぎはじめる。前庭の方から鳥たちを追い払おうとするミリアムの声が聞こえる。ジェレミーはドーンの手をつかみ、芝生を突っ切って物置小屋へ走った。

「で、おれに見せたいものって？」

ドーンはかんぬきを外し、小屋のドアを開けた――ポータルがまだそこにあることを祈って。でなければ、ただの間抜けな人騒がせだ。

果たして、ポータルはあった。向こう側の庭には朝日がさんさんと降り注いでいる。そのせいで小屋のなかが異様なほど明るい。ポータルに引き寄せられる感覚は、昨夜よりさらに強くなっていた。向こう側の世界がきっと自分の真の故郷に違いない――こんなに引きつけられるのだから。「まじか……」ジェレミーが茫然とした表情で言った。「あれって窓みたいなもの？それとも、実際に向こう側に行けるの？」

「たぶん行けると思う。ゆうべマリエルが小屋に入ったきり出てこなかった」

「つまり、ルーシーが連れていかれた場所っていうのは、というか、ルーシーがおまえと間違われて連れていかれたおまえの故郷っていうのは、あのポータルの向こう側にあるってこと？」

「そうだと思う。おばさんたち、これをつくるとき、わたしを連れて帰るっていう話をしてたの。たぶんそれは、ここを通っていく場所なんだと思う」ドーンは背筋を伸ばし、ジェレミーの方を向く。「わたし、向こう側へ行ってルーシーを捜そうと思うの。そして、見つけたらなんとかしてこっちへ連れて帰る。ついでに、わたし自身について何かわからないか調べてみるつもり。もしジェレミーがいっしょに来てくれたら、とても心強いんだけど」

「そんなことしていいのかな」

きだって」

「しなきゃいけないって体じゅうの細胞が言ってる。そのポータルを通って向こう側へ行くべきだって」

「危険じゃないの？」

ドーンはポータルの向こうに見える静かな風景を指さす。「だって、庭よ？　それに、そもそもおばさんたちは向こう側に行くためにこのポータルをつくったんだし。彼女たちが自ら危険なところへ行くとは思えないわ。というか、わたしを向こうに連れていこうとしていたのは明らかだから、わたしはおばさんたちがわたしを行かせたいと思っていた場所に行くだけ。彼女たちの都合じゃなくて、自分のタイミングで行くっていう違いがあるだけだわ」

ジェレミーは顔をしかめてポータルを見ると、ふたたびドーンの方を向いた。その目がきらきらと輝き出す。あとでやっかいなことになりそうなことを決行しようとしているサインだ。

「子どもたちには悪いけど、ハイキングは延期だな。まあ、速攻でルーシーを見つけて、おまえの隠されたアイデンティティを暴いて、放課後までにこっちへ戻ってこれたら別だけど」

ドーンはジェレミーに抱きつく。「ありがとう！　ひとりで行くのは不安だったの。ジェレミーならきっと助けてくれると思ってた」

ジェレミーはポケットナイフを取り出すと、刃を出して構えた。「向こうで何が待ち構えてるかわからないからな」

ポータルを抜けるときドーンが最後に耳にしたのは、ドーンの名を呼ぶミリアムの声だった。

＊

翌朝、目を覚ましたとき、セバスチャンが最初に感じたのは、左上腕部の痛みだった。鋭い痛みが昨夜起こったすべてのことを思い出させた。夢ではなかったのだ。武器庫でフォルク軍曹に呼び止められ、城の地下牢からオーロラ姫を救出するよう命じられたのも、地下牢の鍵を盗み、奇妙な身なりのプリンセスを連れて城を出たのも、すべて現実に起こったことなのだ。セバスチャンはいま、お尋ね者となったわけだ。少なくとも、プリンセスがこの国の統治者となるまでは。プリンセスを無事に王政支持者《ロイヤリスト》たちのもとに送り届けるまで、セバスチャンの仕事は終わらない。

うめき声をもらさないよう歯を食いしばって起きあがる。肩からマントがずり落ちた。なんということだ。プリンセスを夜風にさらして、自分だけぬくぬくとマントにくるまって寝ていたなんて。騎士失格だ。まあ、厳密にはまだ騎士ではないが。セバスチャンは自分が先に寝入ってしまったことを思い出す――プリンセスに命じられて。そういえば、眠りに落ちる寸前、プリンセスがマントをかけてくれたような気もする。自分はプリンセスをお守りする身。こんなはずではなかった。

もっとも、今回の使命に関しては、すべてが想定外だ。どんな小さな危険からも守る必要がある繊細な女性を想像していた。ところが、実際に現れたのは、傷の手当てをしてくれたり、こちらの体調を気遣ってくれたりする、イメージしていたよりはるかにしっかりしていて何でもできる人だった。刺繍（ししゅう）やダンスが得意というならわかるが、肩から矢を抜くのがうまいプリンセスなど聞いたことがない。

プリンセスはまだ眠っている。体を丸め、レイラの背中に頭をのせて。伝説によると、プリンセスは生まれたとき魔法使いから特別な美しさを与えられたという。だから、セバスチャンはいつも、波打つ金髪と磁器のように滑らかな肌をもつ、背の高いほっそりとした女性を思い描いていた。でも、真の美しさとはそんな型どおりのものではないのかもしれない。そのようなタイプの美しい女性はいくらでもいる。濃い蜂蜜《はちみつ》色の巻き毛をもつ、この小柄なプリンセスには、何か独特の魅力がある。

セバスチャンが小川で顔を洗って戻ってくると、プリンセスはちょうど体を起こし、あくびをしているところだった。「どうやら夢じゃなかったみたいね」プリンセスは苦笑いを浮かべて言った。

「はい、残念ながら」セバスチャンは鞍袋から食料の包みを取り出し、プリンセスにパンを渡す。プリンセスはエールを飲んで顔をしかめたが、文句は言わなかった。

「肩はどう？」パンを食べながらプリンセスは訊いた。

「痛みはありますが、腕を使うことはできます」

「無理しないでね。傷口がくっつくまではあまり動かさない方がいいよ。糸のところがぶちっとなったらけっこうやばいからね」

どういう意味なのか完全に理解できたわけではないが、状況から判断して、傷口が再度開かないよう怪我をした腕に過度な負担をかけない方がいいということだろう。彼女の話し方はかなり個性的だ。

「で、これからどうするの？」

「姫がよろしければ、まもなく出発します。姫を集合場所にお連れし、王政支持者《ロイヤリスト》のリーダーたちにお預けするのがわたしの役目ですので」

「オッケー、じゃ、行こう」プリンセスは立ちあがると、服についた土や葉を払って、リュックサックを背負った。

セバスチャンは鞍袋から自分の荷物を取り、馬の尻をたたいて言った。「さあ、家に帰れ！」

馬は振り返り、傷ついたような目でセバスチャンを見る。心が痛むがいたしかたない。

「馬を連れていかないの？」プリンセスが訊いた。

「森の奥ではかえって歩みが遅くなりますし、軍馬といっしょでは目立ちます」

「たしかに。それに、むちゃくちゃ食べるしね」

セバスチャンは笑いそうになるのを堪えて、馬の方を向いた。無礼に思われては困る。セバスチャンは心を鬼にし、馬に向かってもう一度より強い口調で言った。「さあ、帰れ！　帰ればちゃんとエサをもらえる。さあ、行け！」

馬は二、三歩あとずさりして、また立ち止まった。ため息をつき、どうすればわからせることができるか考えていると、オオカミが一頭、空き地に飛び込んできた。プリンセスが悲鳴をかみ殺したような声をもらして、セバスチャンの後ろに隠れる。セバスチャンは剣に手を置き、言った。「国王陛下、ばんざい」オオカミは合い言葉を返す。

「同じく、王妃陛下ばんざい」

セバスチャンは安堵して訊いた。「どうした」

「連中が犬を使って森のなかを捜索しています」オオカミは言った。魔女に仕える犬たちについてどう思っているかが、ゆがんだ口もとに表れている。「あなたがたは先を急いだ方がいい。われわれが連中を攪乱《かくらん》します」

こちらが何か言う間もなく、オオカミは森のなかに戻っていった。セバスチャンはもう一度馬の尻をたたく。「さあ、行けっ！」つい切羽詰まった口調になる。

雄ジカが言った。「わたしたちに任せてください」雄ジカと雌ジカが馬に向かって突進すると、馬はようやく走り出し、三頭はそのまま森のなかに消えていった。セバスチャンはプリンセスの手を取り、レイラとラーキンのあとについて空き地を出る。

プリンセスの奇妙な服装はこの旅に適していた。厚い布地のズボンは木の枝や茨《いばら》から脚を守るだろう。男の服を着るのは作法に反しているが、この方が動きやすいのはたしかだ。靴はブーツほど長旅に適してはいないが、女性たちが宮廷で履いている華奢《きゃしゃ》な上履きよりは丈夫そうに見える。姫は日ごろからこのように変装していたのだろうか。

連中はどの辺りまで来ているのだろう。ブラッドハウンドを使ってにおいを追跡させているのだろうか。それとも猟犬を使って獲物を狩り出そうとしているだけだろうか。プリンセスの手は小さく湿っていた。さりげなく表情をうかがうと、その顔は青ざめていたが、きゅっと結んだ口もとには肝の据わった強さが感じられた。

セバスチャンの視線に気づいたのか、プリンセスはにっこりして言った。「あたし、助けてもらったことのお礼言ったっけ?」

セバスチャンは背筋を伸ばし前を向く。「お礼など不要です。わたしはただ、国の忠臣として、正当な統治者を玉座に戻すために自分の仕事をしているまでです」

プリンセスの笑みが大きくなる。セバスチャンの言葉を面白がっているかのように。しかし、笑みはすぐに消え、プリンセスは顔をしかめて言った。「王と王妃はどうなったの?」

「おふたりとも行方不明です。生死すらわかっていません。二年前、メランサが政変を企てる直前に行方がわからなくなりました。われわれは、姫が戻られたとき、メランサが姫を拉致するのではないかと危惧しておりました。そのため王政支持者《ロイヤリスト》たちは、姫を救出する準備をしていたのですが、予定よりはやくお戻りになったため計画を変更する必要がありました」

「彼女、あたしの世界であたしを誘拐したの」

「姫の世界?」

プリンセスはため息をつく。「説明するのがすごく難しいんだけど。あたしも完全に理解してるわけじゃないから。まあ、とにかくあたしは、その別の、なんていうか、もうひとつの現実みたいな世界で生きてきたの。パラレルワールドって言ったらいいのかな。たぶん、魔法を使わなきゃ行けないところだと思うんだけど」

なるほど、奇妙な服装や話し方はそのせいなのか。「では、メランサは姫を追ってその世界まで行ったということですか？」

「本人が来たわけじゃないけど。人を送ってあたしを捕まえさせたの。それで、あたしはこっちに連れてこられたわけ」

「彼らはどうやって姫を見つけたのですか？　姫が隠された場所はだれも知らないはずです。ご両親さえ。魔法使いたちはだれにも行き先を告げませんでした。呪いの期限が切れて安全に国に戻れるときがきたら、合図が送られることになっていました。われわれは、姫を呼び戻すためのその合図を魔女に知られたのだと思っていました」

「あたしにはさっぱりわからない。とにかく、三人の男たちが馬に乗ってあたしの町に来て、ネックレスを見て、あたしを捕まえて、こっちへ連れてきたの」

「おそらく、姫がいなくなったことを知って魔法使いたちもまもなくこちらへ戻るでしょう。そうすれば、彼女たちの助けも得られます」

「そうだね、それはありがたいわ」プリンセスはふたたび笑みを浮かべた。セバスチャンが何か冗談を、あるいは皮肉を言ったと思っているかのように。面白いことを言ったつもりはまったくないのだが。

遠くで犬たちの吠える声が聞こえた。まずい、追っ手が迫っているようだ。

6

ポータルを通り抜けると同時に、ドーンは振り返ってミリアムが追ってきたかどうか確認したが、そこには蔦《つた》に覆われた壁があるだけだった。まるで最初からポータルなど存在しなかったかのように。横にいるジェレミーも同じことを考えているようだ。ジェレミーは防御の姿勢を解き、ポータルがあった辺りに手を伸ばす。完全に消える前ならつかめると思ったのだろうか。でも、手は空を切るだけだった。「おれたち、どうやって戻るの?」

「まだ戻ることは考える必要ないわ。捜しものは見つかってないんだから」ドーンは肩をすくめる。

「ひょっとして帰りの切符をもたずにここへ来たってこと?」

「ルーシーを連れ去っただれかはこちらから向こうの世界へ行ったわけだし、マリエルおばさんも伝えることを伝えたら向こうへ戻るつもりだったようだから、戻ることは可能だってことだわ。帰るべきときがきたら、きっと方法が見つかるわよ」

ジェレミーは一瞬、反論するか、でなければ、怒り出すかするように見えたが、ドーンがとっておきの——マリエルおばさんにさえたいてい有効な——笑みを見せると、彼の目から徐々に怒りが消え、最後は笑顔になった。「ま、せっかく来たんだから、やることやって帰らないとなJジェレミーは言った。「で、まずはどうする？」

ドーンはあらためて周囲を見回す。庭はポータルの向こう側から見た印象よりも広かった。三方を塀に囲まれ、残りのひとつは建物になっていて、庭に面して屋根つきの長い通路がある。庭の植物は特に見慣れないものではなかった。草や木の葉は緑色だし、花の色も普通だ。鳥の声がにぎやかだが、彼らのさえずりは向こうの世界のそれとは少し違う感じがする。でも、何がどう違うのかはうまく説明できない。いずれにせよ、特に恐い場所には見えない。ここが故郷なら、おばたちはなぜ離れたのだろう。

「まず、ここがどこなのかを確かめないと。あそこにいる人に訊いてみましょう」ドーンはそう言うと、庭の端のベンチに座ってうとうとしている黒い服を着た老女を指さした。

「急ごう。ミリアムがいつ追ってくるかわからない」

「いま来てないってことは、まだあと数分はかかると思う。マティルダにメモを残さずに来ることはないわ」

ドーンは庭を突っ切って、居眠りをする老女の方へ走った。ジェレミーも後ろからついてくる。突然、一羽のクジャクが尾を広げ、けたたましい声をあげて突進してきた。ドーンは驚いて立ち止まる。クジャクが発しているのはクジャクの鳴き声ではない。人間の言葉だ。「侵入者発見！　警戒せよ！　警戒せよ！」うたた寝していた老女が目を覚ましたが、ドーンはあまりの驚きに、捕まるリスクにまで気が回らない。

ジェレミーの方を見ると、彼も目を見開いてドーンを見ていた。「いまの聞いたか」ジェレミーは言った。

「しゃべったわよね」ドーンはうなずく。「すごいわ！」

「静かに、モーティマー！」だれかが言った。「そのふたりが危険人物じゃないことぐらい見ればわかるだろう？」クジャクは立ち止まると、尾をもう一度広げてから閉じ、去っていった。老女の頭がふたたび前に垂れる。「彼女のことは心配しなくていいよ」同じ声が続ける。「ほとんど耳が聞こえないんだ。モーティマーのことはみんな相手にしないし。いつも大げさだから」

ドーンは周囲を見回し、声の主を捜したが、目に入るのは鳥ばかりだ。そのときふと、鳥のさえずりの何が違うのかに気がついた。人間の言葉が混じっているのだ。ここでは鳥はすべてしゃべれるのだろうか。試しに言ってみる。「こんにちは」

〝こんにちは〟の大合唱が返ってきた。ジェレミーの目がさらに大きく見開かれ、足が一歩後ろに下がる。「なんだこれ、不気味すぎるだろ」小声で言う。

胸の赤い小さな鳥が一羽、ドーンのところに飛んできた。ドーンは指を出してとまらせる。鳥は青い頭を傾けて、甲高い声で言った。「きみ、女の子だ！」

「そうよ」

「遠い遠いところから来たんだよね！」

「ええ、そうよ」

鳥は高らかにさえずると、勢いよく舞いあがり、歌いながら宙返りを繰り返す。歌には普通の鳥のさえずりと人間の言葉が混在している。すべては聞き取れないけれど、〝とうとう来た！　彼女が来た！　ぼくの時代に！　ぼくが見つけた！〟というようなことを言っているようだ。

「わたしが来るのを待ってたの？」ドーンの指にとまった。「待ってたよ！　生まれてからずっと！」鳥は舞い降りて、ふたたびドーンの指にとまった。

ドーンの期待が高まる。「わたしがだれか知ってるの？」

「きみは遠い遠いところから来た女の子、でしょ」鳥は何をわかりきったことを訊くんだと言いたげに答える。

ジェレミーは顔の前に手を掲げ、しばらく眺めてから、その手で自分の腕を引っかいた。

「ああ、よかった。おれたち、アニメになったわけではないみたいだな。さあ、動物のお友達との交流はそのへんにして、早いところ、ここがどこでこれからどこへ行くべきなのか調べようぜ。ミリアムが来ちゃうぞ。見つかったら絶対放してもらえないからな」

「ねえ、あなたなら知ってるんじゃないかしら」ドーンは鳥に向かって言う。「わたし、友達を捜しているの。わたしと同い年で、わたしより少し背が低くて、髪は茶色い巻き毛。そういう子、見なかった？」

鳥は質問について考えるように首を傾げ、そして言った。「きみ、女の子を捜してるの？　でも、女の子を捜すのはぼくの役目だよ」

近くの木にとまっていた別の鳥が鈴のような笑い声をあげた。「きみぐらいの年の子はもう何年もここには来てないよ。見習いはもう受け入れてないんだ」

ポータルを抜けても、そう簡単にルーシーが見つかったり、自分が何者なのかわかったりはしないだろうと覚悟はしていた。それでも、思わず落胆のため息がもれる。

「ここはどういう場所なの？」ジェレミーが訊いた。

「魔法使いの姉妹《シスター》たちの家だよ」木の上にいる鳥が言った。「よそ者は歓迎されないよ。とりわけ魔法でやってきた者はね」

ドーンの指にとまっていた鳥が舞いあがる。「見つかったら大変だ！　さあ、来て、こっちだよ！」鳥はそう言って、塀の上を越えていく。塀は高く、ドーンとジェレミーにはとても越えられそうにない。

石の上で日光浴をしていたトカゲが、頭を振って言った。「まったく、あのとき卵を食べとくべきだったよ。みんなのためにも」

ドーンは鳥が越えていった塀を見つめる。マリエルがここに来たなら、そして、おばたちがここを目的地にポータルをつくったのなら、ここの人たちがドーンをよそ者として追い出すことはないはず。でも、あの鳥はドーンが現れるのを待っていて、ついてこいと言っている。なんらかの情報をもっているように見えるのは、いまのところあの小さな鳥だけだ。それに、もしミリアムに捕まったら、秘密を知るチャンスはもう二度と訪れないかもしれない。「ここから出るのを手伝ってくれない？」ドーンは鳥たちに言った。

一羽の鳥が庭の隅の花の咲く低木の方へ飛んでいった。「こっちだよ！　ここにドアがある」鳥は言った。

低木の裏に木のドアがあった。かなり傷んでいて、ほとんど石の塀と同化している。「開くのかしら」ドーンは訊いた。

「外からは入れないけど、出る分には問題ないよ」

「外に出ようとする人はあまりいないみたいだな。少なくともこのドアからは」かんぬきを引きながらジェレミーが言った。「かなり錆びついてる」

ドーンは低木の陰にしゃがんで、いまにもミリアムが現れるのではないかとびくびくしながら待った。「急いで」

「ちょっ、と、待っ、て――」ジェレミーはなかなか開かないドアを引っ張りながら言った。そして、ついにドアが開くと、勢いあまってドーンの前に尻もちをついた。

ドーンはジェレミーに手を貸しながら立ちあがる。そのとき、空中に揺らめく光のなかからミリアムが出てくるのが見えた。同時に、黒い服を着た女性たちが庭仕事の道具を手に大勢庭に出てきて、ベンチで居眠りしていた老女もようやく目を覚ました。「さあ、はやく！」ドーンはジェレミーを押す。ふたりは外へ出てそっとドアを閉め、そのまま芝生の斜面を駆けおりた。

ひとまず近くの木立に駆け込み、木の陰から庭の方をうかがう。塀のドアが開き、ミリアムと、彼女と同じような服装のふたりの女性が出てきて辺りを見回す。

「ここにいたんだ！　遅かったね！」近くで甲高い声がした。見あげると、頭上の枝にさっきの鳥がとまっている。

「おれたちには羽がないからね」ジェレミーが言った。

ドーンはジェレミーに黙るよう合図し、鳥に向かって言った。「あなたの名前はなんていうの？」

「みんなにはスピンクって呼ばれてる」

「スピンクね。さっき、わたしが来るのを知っていたって言ったわね」

「遠い遠いところから女の子が来るってことを知ってたよ」

「どうして知ってたの？」

「お母さんから聞いた。お母さんはお母さんのお父さんから聞いた。お母さんのお父さんはそのお父さんから聞いた。お母さんのお父さんのお父さんはそのお母さんから聞いた。お母さんのお父さんの——」

「で、遠くから来る女の子だけど、その子はここに来たらどうするの？」ドーンは鳥が自分の家系図をすべておさらいする前に言葉をはさむ。

「着いたらすぐにお城に行くことになってる」

「お城って？」

鳥はしばし考えていたが、やがて言った。「ええと、川のそばにあるお城だよ。町のなかの」

ジェレミーは腕組みをする。「去年の夏休みにヨーロッパに行ったとき、川沿いの町にはだいたいどこも城があったけどね」

鳥は羽をぱたぱたさせ、動揺したような声でさえずった。「お城だよ。いちばん偉いお城。

ぼくが連れていくことになってるの」

「川がどこにあるかはわかるの？」ドーンは訊いた。

「近くだよ。ぼく、見たことあるもん！」

「じゃあ、連れていってくれる？」

「おいおい、ちょっと待てよ」ジェレミーがドーンと鳥がとまっている枝の間に立つ。「ほんとにいいのか？　向こうに戻れる唯一の場所かもしれないところから離れちゃって。それに、おばさんたち、ここに自分たちが属している共同体があるのに、わざわざ鳥に道案内をさせておまえを別の場所に行かせようとするか？」

「もしかしたら、スピンクは本当の味方がよこした案内役かもしれないわ。おばさんたちにわたしを連れ去られた人たちが」

「おい、まじか……。ルーシーはおまえからネックレスをもらって、おまえはルーシーから空想癖をもらったみたいだな。おばさんたちがおまえを誘拐したかどうかなんてわからないだろう？　逃げる前にちゃんと質問をぶつけるべきなんじゃないの？　おまえはもうポータルのこともこっちの世界のことも知ってしまったわけだから、彼女たちだって本当のことを話さないわけにはいかないよ」

「でも、それが本当に真実だとどうしてわかる？　わたしがここにいることを知ったら、おばさんたち、きっと勝手に歩き回らせてはくれないわ。だから、いまのうちに調べにいって、何もわからなかったら、ここへ戻っておばさんたちに訊けばいい」

「ここへ戻ってこられればね」

「ジェレミー、わたしにはわかる。絶対そうするべきなの。行かなきゃだめって直感が言ってる。ポータルを見たときに感じたのと同じだわ」

「でも、この鳥、本当に信用していいのか？　この世界については何もわからないんだ。もしかしたらここは、邪悪な鳥たちの連合が支配する世界かもしれないぞ？」

「ばかなこと言わないで、ジェレミー！」ドーンは自分が言い合いをしていることに気がついた。口喧嘩なんていままでだれともしたことはない。だれかを説得しようとすることはあっても、声を荒げたり、相手の言うことにいちいち反論したりすることはなかった。不思議なことに、舞台で拍手喝采を浴びているときと同じくらい爽快《そうかい》な気分だ。ふたりが言い合っていると、鳥が飛び立った。「あ、待って！」ドーンは慌てて追いかける。

「ドーン！」背後でジェレミーが叫んだが、鳥を見失いたくないので、ドーンはそのまま走り続ける。スピンクは小さいけれど、深紅の胸が目印になり、森のなかでも追いやすかった。ドーンは木をよけ、倒れた丸太を飛び越えながら、スピンクについていく。走っているのはドーンだけではなかった。森のほかの動物たちもドーンの横を飛び跳ねるようにしてついてくる。華奢《きゃしゃ》な脚で走る子ジカや、丸い綿毛のような尾をしたウサギ、頭上には数羽の鳥が飛んでいる。スピンクは背後にそんなパレードが続いていることには気づいていないようだ。「スピンク、待って！」ドーンが叫ぶと、動物たちの一部が人間の言葉で同じ台詞《せりふ》を合唱した。一羽の鳥が皆を追い越して飛んでいく。まもなくスピンクがUターンして戻ってきた。

「川へ行って、それからお城へ行くよ」スピンクは朗らかに言う。

「わかってるわ。だから追いかけてるの。でも、わたしが飛べないことを忘れないで」ドーンは肩で息をしながら言った。

「お嬢さんは飛べないよ」子ジカがくすくす笑いながら言う。

振り向くと、動物たちがきらきらした目でドーンを見つめていた。「まあ、あなたたち、なんて可愛いの！　助けてくれてありがとう」まもなくジェレミーが追いつくと、小さい動物たちは恐がってドーンの後ろに隠れた。「大丈夫よ、彼は友達だから」

「こいつらもしゃべるの？」ジェレミーが訊いた。

「全員じゃないけどね」ウサギが言う。

「みんな友好的よ」ドーンはジェレミーに言った。「スピンクに追いつくのを手伝ってくれたの」

「それはご親切に」ジェレミーは言ったが、あまり感謝しているようには聞こえなかった。

「じゃあ、わたしたちは行くわね」ドーンは動物たちに言う。「会えてよかったわ。みんなとっても親切なのね。いっしょに行きたいところだけど、それはやめた方がいいと思うの」

「同感だな。こいつらは全員ここに残った方がいい」だれかがうなるように言った。背筋の凍るような声だ。

＊

「さあ、行ってください！」ラーキンはそう言うと、続けて何度か短く吠え、来た道を戻っていった。レイラがセバスチャンとプリンセスの前に出て走り出す。セバスチャンはプリンセスの手を強く握り直し、レイラを追って走った。プリンセスはセバスチャンよりずっと背が低いが、しっかりついてくる。背後からうなり声や激しい吠え声が聞こえてきた。厩舎《きゅうしゃ》横の庭で喧嘩する犬たちがよくあんな吠え方をする。ラーキンが追っ手の進行を遅らせようとしているのだろう。

先を走っていたレイラが戻ってきた。「向こうに家があります」息を切らして言う。「急いで」

この辺は下生えが少なく、はやく走ることができた。まもなく、森のなかの空き地に出た。空き地には藁《わら》葺《ぶ》き屋根の小さな家があって、窓に王政支持者《ロイヤリスト》への忠誠を示す青い縁取りの白いハンカチがかかっている。セバスチャンたちが近づいていくと、なかから女がひとり出てきた。

「国王陛下、ばんざい」セバスチャンは言った。

「そして、王妃陛下、ばんざい」女は応えた。「さあ、急いでなかへ」ふたりが家のなかに入ると、女は天井の梁《はり》から縄ばしごを引き下ろした。セバスチャンははしごを押さえて先にプリンセスをのぼらせ、続いて自分ものぼってから、はしごを引きあげて縄を切る。「奥へ行ってください」下から女が言った。梁づたいに這っていき、梁に板を渡した場所まで来ると、セバスチャンはプリンセスを奥の隅に座らせ、自分は彼女の前に位置を取って、ふたりの上に麻袋をかぶせた。

下でドアをたたく音が聞こえ、セバスチャンは息を潜める。プリンセスが恐怖に体をこわばらせるのがわかった。セバスチャンは彼女が動かないようしっかりと抱き締める。梁に渡した板は固定されていないので、少しでも動けば気づかれる可能性がある。女は数秒待ってからドアを開け、朗らかに言った。「これはこれは、皆さん。こんなところにようこそ。どんなご用件でしょう。エールぐらいしかございませんが、よろしかったらいかがですか?」

魔女の手下たちは歓迎されることを予想していなかったらしく、戸惑っているようだ。少し間があって、ひとりが言った。「少年と少女を捜している。森のなかのすべての家を捜索中だ」

「ここにはいませんよ」女は言った。「どうぞご確認ください。ご覧のとおり、ひと部屋だけで、隠れるところはございません」

平手打ちの音が聞こえて、セバスチャンは歯を食いしばる。騎士の性分がいますぐ助けに向かえと叫んでいるが、いま最優先すべきはプリンセスを守ることだ。家具はあまりなかったはずだが、衛兵たちはあらゆるものをひっくり返しているようだ。音はいっこうにやまない。この調子でいけば、天井裏に注意を向けるのも時間の問題だろう。ようやく衛兵のひとりが言った。「追われてることを知ってるんだから、こんな近くに隠れたりしないだろう」

「そうだな。あとはほかの連中に任せよう」別の声が言った。「いい加減歩くのに疲れた。おい、女、エールがあると言ったな」

衛兵たちは次々にエールを要求し、しゃべったり笑ったりしていて、出ていく気配はまったくない。いつまで居座るつもりだろう。このまま酔い潰れた場合、寝ている彼らの横をそっとすり抜けるのは危険だろうか。やはり連中が目を覚まして出ていくまでここに隠れていた方がいいだろうか。

幸い、そこまで待つ必要はなかった。男たちはようやく満足したのか、千鳥足で出ていった。ドアが閉まると、プリンセスはほっとしたように体の力を抜いたが、セバスチャンはまだ動くべきではないことを察してもらえるよう肩に回した腕の力を緩めなかった。どのくらいたっただろう。外でなじみのある吠え声がした。ドアが開き、レイラの声が聞こえた。「連中は行ったわ」

セバスチャンは麻袋を下ろし、ゆっくり起きあがると、プリンセスが体を起こすのを手伝う。縄ばしごを梁に結び直して先におり、プリンセスがおりてくる間、はしごを支えた。プリンセスは震えていた。恐怖の余韻か、もしくは、長時間じっとしていたことによるものだろう。プリンセスの腰に手を添えて支え、ある程度おりたところで体をもちあげて床におろす。そして、彼女が自力で立っているのを確認してから手を離した。そのまましばらくしがみついていてほしいような気もしたが、それは不適切な考えだ。彼女はこの国のプリンセスであり、自分はただの従者にすぎない。彼女が腕のなかにいることがどんなに心地よくても。

プリンセスはややふらつきながらセバスチャンから離れると、家主の顔を見て息をのんだ。唇が切れて出血し、腫れはじめている。頬には涙のあとがあった。「ひどい！　あいつら、まじ信じられない！　本当にごめんなさい！」プリンセスはそう言うと、女の腕を取り、暖炉のそばの粗末なテーブルの前にある長椅子に座らせた。そして、リュックサックから例の治療用具を出し、小さな袋を破って開けた。「ちょっとしみるかもしれないけど」そう言って、なかから取り出したものを切れた唇にそっと押し当てる。「一日二日は腫れるだろうけど、きっと治るから」

女はプリンセスを見あげると、息をのんで真っ青になった。「お許しください、殿下」そう言って、長椅子から落ちるようにおりると、プリンセスの足もとにひざまずき、その手を取ってキスをした。「殿下でいらっしゃることに気づきませんでした」プリンセスは驚いたように体を引き、胸もとのネックレスを触る。「プリンセスがお戻りになっていて、まさかわたしの家にいらっしゃるとは！」

「そんな、ひざまずく必要なんてないから」プリンセスは女を立ちあがらせ、もう一度長椅子に座らせる。「あたしのために唇まで切ってくれたんだから、あたしたち、もう親友みたいなもんだよ」

女は頬を赤らめ、下を向いた。「なんとお優しいことを。身にあまるお言葉です」

「あ、ええと、ありがとう」プリンセスはセバスチャンの方を向く。「セバスチャン、あたしたちそろそろ行った方がいいんじゃない？　あのまじやばい連中、もう消えたでしょ？」

言葉の意味がよくわからなかったが、おそらく出発しても安全かどうか訊いているのだろう。

「それは、捜索隊がどっちの方向へ行ったか、そして、どのくらいの範囲を捜索対象にしているかによります」

「少しでも頭を使う連中だったら、四方に散らばって捜すよね」プリンセスは唇を噛んで考える。「だとすると、やっぱりもうしばらく待った方がいいのかな」

「ただ、それほど時間はありません。まだ先は長いですし、日没までに到着する必要があります」

「でも、そこにたどり着くまでの道中、みんながあたしたちを捜してるんだよね」

「はい、おそらく」

「じゃあ、あたしたちが移動するのはやめた方がいいね」

7

動物たちがいっせいに四方に散った。振り向くと、牙をむき、舌なめずりをする大きな灰色のオオカミがいた。

「わっ！」ドーンは思わず叫んで、あとずさりした。ジェレミーが木の枝を拾い、剣のように振りかざす。

オオカミはジェレミーを無視し、ドーンにぎらぎらした視線を向ける。「娘よ、おまえはどこから来た」

「彼女は遠い遠いところから来たんだよ」スピンクがオオカミの上を旋回しながら歌うように言った。オオカミは後ろ脚で立ちあがると、前脚で鳥をたたき落とした。ドーンはとっさに駆け寄って、オオカミが踏みつける前にスピンクを拾いあげる。

「何するの、悪いオオカミね！」ドーンは叫んだ。

「ああ、おれは悪いオオカミさ。よくご存じで」オオカミはうれしそうにそう言うと、ドーンのまわりをゆっくり歩きはじめる。ジェレミーは横で木の枝を構えている。でも、近づいてはこない。スピンクはドーンの手のなかでぶるぶる震えている。ジェレミーは横で木の枝を構えている。

「自分と同じ大きさの者を相手にしたらどうなの？」ドーンはオオカミに言った。

「おまえはおれと同じくらいだ」オオカミは答える。

「でも、あなたがねらったのはわたしじゃなくて、この小さな鳥じゃない。意地悪なオオカミ」オオカミは立ち止まり、ドーンをじっと見た。「たしかにそうだ。どうしてだ？」ドーンは息をのむ。これではわざわざ自分を襲えと言ったようなものだ。オオカミは首を傾げて言った。

「おまえはだれだ。何者だ。どうしておれはおまえに嚙みつくことができない」しっぽが左右に勢いよく揺れはじめた。オオカミはぎょっとして自分のしっぽを見る。「な、なんだ、これは！　なんの魔法だ！」オオカミは方向転換して走り出し、森の奥へ消えていった。

「だめ、絶対入れてやるもんか」ジェレミーがつぶやく。

「え？」

「悪いオオカミに返す台詞《せりふ》だよ。でも、いまのオオカミは赤いずきんの女の子を食べようとするやつか、子ぶたの家をぶっ壊すやつか、どっちだろう」

「なんのこと？」

「おとぎ話《フェアリーテイル》だよ。おまえのおばさんたち、『赤ずきん』とか『三匹の子ぶた』とか読んでくれなかったの？」

「うん。でも、それがこれとなんの関係があるの？」

「おれたちはいま、動物がしゃべる世界にいる。おとぎ話《フェアリーテイル》の世界も動物たちがしゃべる。あのオオカミなんてまさに童話に出てくるオオカミそのものだ。ここってひょっとして……」

「変なこと言わないで、ジェレミー」ドーンは手のなかで震えている鳥の方に注意を戻す。

「大丈夫、スピンク？」

「オオカミはいなくなった？」

「ええ、いなくなったわ。川まで案内してくれる？」

スピンクはふたたび宙に舞いあがった。「こっちだよ！」

「それと、おれたちには羽がないってこと忘れるなよ」スピンクを追いながら、ジェレミーが言った。

まもなく、鳥を追いかけるのは至難の業であることがわかった。鳥は地上を歩くというのがどういうことなのかまったく理解していない。人間の前進を阻《はば》んだり遅らせたりする障害物をやすやすと越えて飛んでいく。スピンクはやがて、雨が降ると川になると思われる深い溝の上を越えていった。ドーンとジェレミーは急な斜面をおりて、反対側の斜面をよじ登らなければならず、のぼりきったときには鳥の姿はどこにも見えなかった。「せいせいしたよ」ジェレミーはそう言ったが、ドーンは案内役を失って不安になった。

三十分ほど歩くと、広い道に出た。道を歩きはじめてまもなく、前方に城壁に囲まれた町が見えてきた。近づくにつれて道は混雑していく。城壁内へ入る門に門番はいなかった。ドーンはほっとした。パスポートはもってきていない。まあ、あったところで役に立ちそうにはないけれど。「さてと、これからどうする？」町に入ると、ジェレミーが訊いた。

「まずは、この場所について調べないと」ふたりは人の流れにのって進み、マーケットの開かれている広場にやってきた。ドーンたちの住む町のファーマーズマーケットと似たような感じだが、こちらの方が生きた動物が多い。「マーケットならきっと情報を得やすいわ」ドーンは言った。「いろんなところから人が集まってきてるだろうから」

「何を訊くつもり？　いきなりだれかのところへ行って、城はどこですかって訊くの？」

「そうね。だって、わたしたち遠くから来たんだもの。それって、まさによそから来た人が訊きそうなことじゃない？」ジェレミーに反論するすきを与えず、ドーンは近くの露店で退屈そうに宙を見つめている若い男のところへ行った。「すみません。この町ははじめてなんですけど、ちょっとお尋ねしてもいいですか？」そう言って、とっておきの笑顔を見せる。男の顔がぱっと活気づいた。

「ああ、もちろん」

「お城へはどう行けばいいでしょう」

「この町の近くに城はないよ。あるのは魔法使いの修道院くらいで」

「川の近くにお城はないんですか？」

「王と王妃がいた城のことかい？　それならここから数日川を下ったところだよ。あんたたち、戴冠式に来たんだね？」

戴冠式について訊こうとしたところで、ジェレミーが口をはさんだ。「そうなんですよ。絶対見逃したくなくて、はるばる遠くから来たんです。ご親切にありがとうございました」ジェレミーはそう言うと、ドーンの腕を取って歩き出す。

「もっといろいろ訊こうと思ったのに」ドーンは抗議する。「あの人なんでも答えてくれそうだったわ」

「わかってるよ。だけど、戴冠式を見るために来たっていうの、すごくいい口実じゃん。せっかくいい口実ができたのに、なんの戴冠式ですかって訊いてわざわざ台無しにすることはないだろ？　ところで、あの鳥がおまえを連れていくよう命じられてる城でちょうど戴冠式があって、それと同じときにルーシーが拉致されたっていうの、なかなか興味深い偶然だと思わない？」

「でも、ただの偶然じゃなかったとして、いったいどういう関係があるというの？」

「それは、おまえのおばさんたちに訊いた方がいいんじゃないか？」ドーンが答えるのを待たずに、ジェレミーはドーンの腕を取り、マーケットから出て城壁の門の方へ歩きはじめた。

うまく説明はできないが、歩き出したとたん、ドーンのなかにまたあの何かに引っ張られるような感覚が生じた。ポータルを見つけたときに感じたのと同じものだ。歩いている方向とは逆の方からきている。「違う！」意図したよりも少し強い言い方になった。「こっちじゃないわ」ドーンはジェレミーの手を振りほどき、方向転換して引っ張られる方へ歩き出した。

ジェレミーはドーンのあとをついてくる。「どうしたんだよ」

「こっちに行くべきだと思うの」

「どうして」

ドーンは頭を振る。「わからない。でも、直感がそう言ってる。もしかしたら、わたしはルーシーがつけているネックレスとつながっていて、それに引き寄せられているのかも」

ジェレミーは怪訝《けげん》そうに片方の眉をあげた。「魔法でつながってるってこと？ まじで？」

ドーンは腰に手を置き、ジェレミーを見あげる。「わたしたち、うちの庭の物置小屋からポータルを通ってここに来たのよ。動物がしゃべる世界に。自分のネックレスに引き寄せられるのって、それ以上に変なこと？」

ジェレミーは降参というように両手をあげた。「わかった、わかった。それで、おまえの魔法の直感はどこへ行けって言ってるの？」

「いま歩いている方。ついてきて」

ドーンは広場から出ている脇道のひとつを城壁の門とは反対方向に歩き出す。まもなく周囲のにおいが湿ったかび臭いそれに変わった。水辺に近づいているようだ。ほどなくして埠頭に出た。ボートがたくさんつながれている。

「あ、やっと来た！」聞き覚えのある声が言った。スピンクが手すりにとまっている。「川に来ると思ってたよ」

ジェレミーはうんざりしたように声をもらしたが、ドーンは思わず笑顔になる。「また会えてよかったわ、スピンク。でも、わたしたちについてきてほしいなら、もう少しゆっくり行ってくれないと」

「お城は川のそばだよ」スピンクは言った。

「ええ、知ってるわ。数日川を下ったところなのよね？ だとすると、ボートに乗らないとね」

「どうやって乗るんだよ」ジェレミーが言う。「切符を買うお金もないのに。ドルは使えないだろ？　さすがのアメリカンエキスプレスもここには両替所を置いてないと思うし」

「お金は稼げばいいのよ」ドーンはそう言うと、ジェレミーを促し、広場に戻った。

「稼ぐって、どうやって？」

「歌うわ。帽子もってない？　じゃなかったら、何かお金を集めるのに使えるもの」

ジェレミーはバックパックからボーイスカウトの帽子を取り出し、ドーンの前に置いた。ドーンは何を歌うか考え、まずは『オペラ座の怪人』のなかのいちばん好きな独唱曲から始めることにした。ドラマチックな曲で、高音のパートもたくさんあり、最後の方にはちょっとした装飾歌唱もある。向こうの世界ではお決まりのオーディションソングだが、こっちではだれも聞いたことがないはず。いい反応が得られるような気がする。

ドーンは歌いながら広場の人たちを観察した。立ち止まって聞いている買い物客も何人かいるが、ほとんどは少し聞いたあとまた買い物を再開する。歌が終わるころ、ふたりの人が帽子に小銭を投げ入れた。ジェレミーは帽子を手に取り人混みのなかを歩き出す。「どうです、こんな歌声聞いたことがありますか？　お気に召したら、ぜひこちらへ！」

ドーンは次の曲を歌いはじめる。スピンクがドーンの肩に舞い降り、ドーンの歌うメロディーのデスカントを歌い出した。すると、さっきよりも多くの人が耳を傾け、帽子にお金を入れた。さらに二曲歌ったところで、ドーンは休憩を入れ、ジェレミーがもってきたペットボトルの水を飲んだ。

「なかなかいい感じだな」ジェレミーは言った。「このコインにどのくらいの価値があるのかはわからないけど。案外、コーヒー一杯分くらいかもしれないし。それも、スターバックスじゃない類いの。でも、とりあえず、人々の反応は悪くない」

それを聞いて、ドーンのモチベーションはさらにあがった。学校のコーラス部ではソロを歌っているし、ミュージカルでもソロパートのある役をやっている。でも、たったひとりでのパフォーマンスははじめてだ。まあ、スピンクがいるから完全にソロというわけではないけれど。首都の町まで川を下れるだけのお金が稼げるかどうかはわからないが、ドーンはこの状況を大いに楽しんでいた。人だかりがどんどん大きくなっていく。皆、ドーンのパフォーマンスに拍手を送っている。そんななか、後ろの方にひとりだけ渋い顔で立っている若い女がいた。

「大したことないじゃない」女は歌の途中で言った。「その程度の小鳥ちゃんならいくらでもいるわ。あ、肩に乗ってるやつの話じゃないわよ」観客の数人から笑い声があがったが、それ以外の人は皆、振り返ってその女をにらみつけた。すぐ横にいる人たちは彼女に向かってしーっと言った。ドーンはヤジを無視して、歌うことに集中する。

歌と目の前の観衆だけに集中していたので、それ以外のことはまったく目に入っていなかった。また一曲歌い終えたところで、ジェレミーがドーンの肩をたたいてささやいた。

「普通にしたまま、あっちを見てみて」

観客の後方に目をやると、白襟の黒いドレスを着た女性たちのグループがマーケットに入ってくるのが見えた。先頭にいる女性と目が合った。女性はまっすぐドーンの方に向かってくる。どうしよう、おばたちに見つかった。

セバスチャンと家主の女は同時にルーシーを見た。気でも狂ったのかと言いたげな顔をしている。「しかし、姫、集合場所に行くのは姫ご自身でなければなりません」セバスチャンは言った。

「わかってるよ」ルーシーはきつい口調にならないよう気をつけて言う。「あたしたちが移動するのはやめた方がいいっていうのは、道中、彼らが目にするのはあたしたちじゃなくていいっていう意味」セバスチャンは依然としてぽかんとしている。そうか、おそらく彼はこれまで一度も逃亡者になったことがないのだ。当然、人が逃亡する映画も観たことがないはず。だから、逃亡者は追っ手の目をごまかすために見た目を変える必要があるということを知らないのだ。もし、彼がそういう手法があることを知らないなら、敵もそうかもしれない。だとしたら、こっちが有利だ。「確認だけど、連中はあたしたちふたりを捜してるんだよね？　あたしが脱獄したのと同じタイミングであなたもいなくなってるわけだから、彼らはきっとあなたがあたしを逃がしたと考えてるよね。さっきの兵士たちも少年と少女を捜してるって言ってたし」

「はい、彼らはわたしのことも捜しているはずです」

「だったら、あたしたちのこの格好をどう思う？　あなたはひと目で従者とわかる服を着ている。背中に特大の名札を張りつけてるようなもんだよ。で、あたしみたいな格好をしている人は、たぶんこの辺りにはひとりもいないよね。これじゃあ、あたしたちのことは遠目でもすぐわかる。でも、あたしの顔を実際に見たことがあるのはほんの数人しかいない。あなたがどのくらい知られているのかわからないけど、あたしの場合、服装と髪型を変えれば、ほぼだれにも気づかれずに歩けると思う」それも、こちらの科学技術がだいぶ遅れているらしいことの利点のひとつだ。指名手配に使える写真はないし、それを拡散するテレビやコンピュータもない。追跡者たちは漠然とした人物描写をもとに捜さなければならなくて、一般の人たちは基本的に何も知らない。ここまで目にしてきたことを考えると、ほとんどの人は逃げたプリンセスの捜索に加わりはしないだろう。

どうやらセバスチャンはルーシーの言わんとしていることを理解したらしい。すぐさまベルトを緩め、サーコートを脱いだ。「まだわたしだとわかりますか、姫」セバスチャンはにっこりして訊いた。

「面通しであなたを言い当てろって言われたら当てられるとは思うけど、でも、あたしはもうあなたのことをよく知ってるからね」ルーシーは家主の方を向く。「何かあたしたちが借りられる古い服ってあります？　ていうか、たぶん返せないだろうから、もらうことになると思うけど。でも、なんとかこれを生き抜いたら、その分のお金は必ず払います」ルーシー自身が約束を果たせるかどうかは微妙だが――なにしろ本物のプリンセスではないので――ドーンならきっとかわりに借りを返してくれるだろう。

「もちろんです、殿下。娘が子どものころに着ていた服が残っていますし、そちらのおかたには夫の古いチュニックがあります。殿下がご所望になるものはなんでもご用意させていただくのが、忠臣たる者の務めです」何度か頭を下げてから、家主の女は部屋の隅にある収納棚の方へ行った。この低姿勢は本当に居心地が悪い。ウィリアム王子がイギリスの一般人の家に立ち寄ってジーンズを貸してほしいと言ったらこんな感じになるのだろうか。まあ、ここにはパパラッチはいないけれど。

家主がもってきたきれいにたたまれた服を見て、ルーシーは心が躍った。こんな状況ではあるけれど、衣装を見るとやはり気分があがる。本物の中世の服を着られるなんてまたとないチャンスだ。家主はセバスチャンに目の粗い布でつくったチュニックを、ルーシーにはそれよりやや大きい服の束を渡した。セバスチャンはルーシーを見ると、さっと下を向き、「わたしは外で着がえます」と言った。

セバスチャンが出ていくと、ルーシーはすぐさま服を広げた。それは、ゆったりした身ごろにスリムな袖のついた丈の長いワンピースと、その上に着る厚地のオーバードレスからなる、小作人の服だった。このデザインはいつの時代のものだろう。十四世紀以前のもののように見えるけれど、小作人の服では判断が難しい。それに、ルーシーの世界で習ったことがこちらの世界にそのままあてはまるかどうかもわからない。そもそも、これは歴史上実際に存在したものというより、童話の挿絵に描かれる服という感じもする。

考えてみると、いろんなことが――しゃべる動物や邪悪な魔女だけでなく――とても童話的だ。たとえば、みんなが英語をしゃべること。それも、映画のなかでヨーロッパ人役の人たちが使うどことなくイギリス風の英語を。こっちに来たときに何か超常的なことが起きて、彼らが英語を話していなくても言っていることを理解できる脳になったという可能性もあるにはあるけれど。それから、本物の中世ならもっといろんなものがくさいはずなのに、さほどにおいは気にならない。また、セバスチャンが、背が高いだけでなく、白く健康そうな歯をしているのも、歴史の授業で習ったこの時代の人々の特徴と合致しない。ここはやはりおとぎ話《フェアリーテイル》のもとになっている世界なのだろうか。それとも、実際に童話のなかに引っ張り込まれてしまったのだろうか。だとしたら、それほど悪いことではない。童話では、たいてい善が悪に勝つし、ヒロインは末永く幸せに暮らすことになる。現実世界では必ずしもそうはいかない。

こと衣装に関しては、正確性にこだわり、映画やテレビで時代錯誤な服の着方をしているのを見るたびに文句を言ってジェレミーを辟易させるルーシーだが、服を触ってすぐに、下着はつけたままにしようと思った。生地は目が粗く、お世辞にも肌触りがいいとは言えない。ブラジャーもショーツも別にだれかに見せるわけではないし、胸もとに多少なりともパッドの助けがあった方が服もよりフィットする。それに、人々には少しでも素敵なプリンセスを見せる必要がある。ルーシーはそう自分に言い訳したが、本音を言うと、セバスチャンがどう思うかの方が気になっていた。

提供されたもののなかに靴は入っていなかったが、ワンピースは足の甲にかかるくらい長いし、いま履いているバレエシューズならこっちの世界でもそれほど違和感はないだろう――ワンピースの深緑とまったく合わないピンクであることを別にすれば。脱いだ服をリュックサックに詰め込む。丈夫なナイロン製でファスナーがたくさんついたリュックサックは必ずしも時代に合ってはいないけれど、少なくともシンプルな紺色の無地で、ハローキティ柄とかではない。

魔女とその家来たちにはポニーテイル姿しか見られていない。ルーシーは髪をおろし、手ぐしで解いて顔のまわりに垂らした。ひどく縮れているけれど、ここはコンディショナーもヘアジェルもない世界だ。くせ毛の人ならだれだってこんなふうになるはず。

「まったく別人のようです。このお姿でお目にかかったら、殿下とは夢にも思いません」家主の女は言った。

「だったらうまくいくね」外に出ると、チュニックを着たセバスチャンがいた。チュニックは肩の辺りが少し大きくて、そのせいで実際より瘦せて見える。父親の服を借りた少年のようだ。彼の顔を明るい光のなかでしっかり見るのははじめてかもしれない。年齢を推察するのは難しい。ここでの人生はルーシーの世界のそれとはかなり違うはず。でも、昨夜の印象より若く見える。あごには産毛《うぶげ》のようなものがまばらにあるだけで、無精ひげと呼べる状態になるにはあと二、三日かかりそうだ。昨夜、焚き火の明かりが映し出したのはもう少し年齢を重ねたときになるであろう顔で、いま太陽の下で見る彼の顔立ちには若々しい柔らかさがあった。鼻と頰に散らばるそばかすのせいでさらに若く見える。それほど年上ではないはず。おそらくまだ十代だろう。

セバスチャンはまだ手にサーコートをもっていた。縫いつけられた紋章は彼が仕えている高官のものだろう。セバスチャンはサーコートを一瞥すると、それを家主の手に押しつけた。

「提供してもらった服とかくまってくれたことに対する謝礼として取っておいてください。上質な布地なので、いつか何かの形で使えるでしょう」

「ありがとうございます。これはわたしがもっているどんな服よりも上等なものです」

サーコートを手放すときの切なそうな表情に、ルーシーは胸が痛んだ。貴族の従者から小作人の姿で逃げるお尋ね者になるのは、彼にとって決して簡単なことではないはず。ルーシーはセバスチャンの腕にそっと手を置いた。「ありがとう。あたしを助けるためにこんなことまでしてくれて。でも、あたしを連れて待ち合わせ場所に行ったら、あなたは間違いなく英雄だよ」セバスチャンのまなざしに、ルーシーは脚の力が抜けそうになった。男子からこんなふうに見つめられるのははじめてだ。まるで月や星をつくった女神を前にしたかのような表情でルーシーを見ている。ルーシーは視線の熱さに耐えられなくなって思わず自分から目をそらした。下を見たとき、セバスチャンがチュニックの上から剣帯をつけているのに気づいた。

ルーシーは首を横に振る。「これ、だめだよ。小作人の少年がこんなふうに剣を携帯してる？」

セバスチャンは剣の柄にさっと手を置く。「丸腰で行くわけにはいきません」

「わかってるよ。でも、追っ手を完全にまくまでは剣を隠す必要がある。屋根裏にあった麻袋はどう？　あれで剣をくるんで背中にくくりつければ、荷物を背負ってるように見えるんじゃない？」

麻袋で包んでひもで巻けば、多少は目立たなくできるだろう。あえて剣を探している人にはひと目でわかるかもしれないけれど、ひょろりとした小作人の少年を見て、すぐに剣を隠しもっていると思う人はいないような気がする。

セバスチャンの変装に満足すると、ルーシーは両手を広げて言った。「あたしはどう？」

「ネックレスは隠した方がいいと思います。プリンセスであることを証明するものですから」

ルーシーは首もとに手をやり、はっとする。そうだ、これが最大のヒントではないか。恥ずかしくて顔が赤くなる。リュックサックに入れるのは危険なので、セバスチャンに背を向けてネックレスを外し、ブラジャーのストラップに留めて、片方のカップに入れた。「いいところに気がついたね」ルーシーはそう言うと、レイラとラーキンの方を向く。「あなたたちはどう思う？」

「においは残るのでわたしたちのことはだませませんが――」レイラは言った。「人間たちは大丈夫でしょう」

「よかった！　じゃあ、まずは森を出る方法を考えないと。変装してても、森のなかをふたりで歩いていれば目立つと思う」

家の周囲を見回すと、二頭の馬につながれた荷馬車があった。「どこかへ行くところだったの？」ルーシーは家主に訊く。

頭を下げてひざを折り、家主は言った。「殿下がいらっしゃったとき、ちょうど村へ材木を運ぼうとしていたところでした」

「完璧じゃん！　いっしょに連れてって。村まで荷台の材木のなかに隠れていて、着いたら、こっそり降りて人混みに紛れればいいよ」

「お役に立てればこれ以上光栄なことはございません。すぐに支度をしてまいりますので、少しお待ちください」

家主が家のなかに戻ると、セバスチャンが言った。「このような戦略をどこで覚えたのですか？　あちらの世界では身を隠すために常にこのようなご苦労をされていたのでしょうか」

「え？　やだ、まさか。まあ、言えるとすれば、ほかの人がこういうことをするのを見たってことかな」見たのは映画のなかで、映画はフィクションだから、作戦が成功したのは筋書き上成功する必要があったからだけれど、それは言わないでおく。でも、この世界の人はだれもそうした映画を観たことがないから、これは彼らにとって未知の手法である可能性が高い。それに、もしここが童話の世界なら、たとえ違う時代のものでもフィクションのなかのアイデアは通用するはず。

セバスチャンと家主が荷台の材木を組み直して隠れる場所をつくっている間、ルーシーは犬たちに言った。「あなたたちふたりはどうしたらいいかな」

「われわれは別のルートで村まで行きます」ラーキンが言った。「村に着いたら、人目を引かないようにあなたがたを追い、村から十分離れてから合流して集合場所までご案内します」

「わかった。じゃあ、あっちで」

ルーシーとセバスチャンが荷台の材木のなかに隠れると、家主はふたりの上にさらに材木をのせ、まもなく馬を発進させた。森を抜ける道はでこぼこで、荷台に衝撃がじかに伝わってきた。村に着くころには体じゅうあざだらけになっているだろう。森を出てからはいくらかましな道になったが、それでも滑らかとはほど遠かった。

どのくらいたっただろう。突然、「止まれ！」という声が聞こえ、荷馬車が止まった。ルーシーは固唾《かたず》をのむ。映画のなかのこうした場面でよくあるように、衛兵たちが荷台のチェックを怠ってくれるといいのだけれど――。

8

広場の向こう側でだれかが叫び、三人のおばたちがドーンとジェレミーの方に走ってくるのが見えた。「大変、逃げないと！」ドーンは言った。

「悪い人たちだと決まったわけじゃないだろ?」ジェレミーが反論する。「助けようとしてくれてるのかもしれない」

「でも、まだ帰るわけにはいかないもの」

ドーンは観衆のなかに紛れようとしたが、人々は黒服の女性たちを見るなりいっせいに散った。やはり魔法使いたちは恐れられる存在なのだ。さっきドーンを声高に批判した若い女は怒りと恐れの入り交じったような表情をしている。魔法使いたちが近くまで来たとき、女は彼女たちの前に果物が並んだ屋台を押し倒して通り道をふさぐと、反対方向に走り出した。ところが、崩れた果物の山は地面に落ちる前に浮きあがり、ひとりでにもとの位置に戻っていた屋台の上にふたたび積みあがった。

ドーンはあっけにとられて、せっかくの逃げるチャンスに立ち尽くす。おばたちは前からあんなことができたのだろうか。

「ドーン！」ふたつの声が同時にドーンを呼んだ。ひとつはジェレミー、もうひとつはマリエルだ。ドーンはジェレミーの方へ走り出す。

ジェレミーはドーンを肉屋の屋台の裏に引っ張り込んだ。ふたりでカウンターの下に隠れる。汚れた地面にできるだけ触れないようにしゃがむのは容易ではない。魔法使いたちが屋台の方に近づいてきたので、ふたりはふたたび走り出す。

魔法使いたちの動きに、いまやマーケット全体がパニックになっている。商人たちは屋台をたたんだりものかげに隠れたりし、買い物客たちは四方八方に逃げ回っている。おば以外の魔法使いたちもドーンを捜している。走りながら彼女たちを見分けるのは簡単ではない。

ドーンとジェレミーは通路の端までやってきた。背後から三人の魔法使いが迫ってくる。急いで角を曲がると、別の三人が目の前にいた。「彼女たち、増殖してんの？」ジェレミーはそうつぶやくと、「こっちだ！」と言って、屋台と屋台の間を走り出す。ドーンもジェレミーのあとを追う。ふた組の魔法使いは屋台と屋台の間のせまい隙間に同時に入ろうとしてぶつかった。

これで少し時間が稼げたと思ったのも束の間、だれかに後ろからシャツをつかまれ、ドーンはのけぞった。魔法使いに追いつかれたのかと思ったら、つかんだのは商人の男だった。「捕まえたぞ！」男は魔法使いたちに向かって叫ぶ。ドーンが必死に男の手を振りほどこうとしていると、何かが頭上を飛んでいき、後ろで「いてっ！」という声が聞こえて、突然、体が自由になった。

「はやく逃げて！」近くの屋台の女が青リンゴをつかみながらそう言うと、それをさっきの男に向かって投げる。ドーンはジェレミーを追って走り出した。

次の角を曲がると、パン屋の屋台があり、屋台の裏に大きなかごが並んでいた。「入って！」ジェレミーが叫ぶ。ふたりはそれぞれかごに飛び込むと、頭から布巾《ふきん》をかぶった。

この状態ではマーケットでいま何が起こっているのかわからないが、聞こえてくる音から判断して、捜索は続いているようだ。破裂音や軽い爆発音、叫び声やせわしない足音が聞こえる。

やがて、なじみのある声が言った。「たしかにこの辺りにいたのよ。いったいどこへ行ったのかしら」マリエルだ。

「どこへ行こうとしているか、ということの方が大きな問題だわ」ミリアムの声が聞こえた。

「もちろん友達を捜しているんでしょう？」マティルダだ。

「でも、いったいどうやって捜すつもりなの？」マリエルが訊いた。

「あの子は賢い子よ」マティルダが言う。「それに、十六歳になったわ。自分が何者かということに気づきはじめているかもしれない。何より、ここはあの子の世界なんだから」

「もうこの辺りにはいないようね」ミリアムが言った。「あの少年といっしょみたいだから、少なくともひとりでいるわけではないわ。まだそれほど遠くには行っていないでしょう」

三人の話し声が次第に遠ざかっていく。マーケットも徐々に静かになっていった。だれかがかごの覆いを取った。ドーンは思わず身をすくめたが、それはジェレミーだった。「もう大丈夫そうだ」

かごから出て、あらためてジェレミーを見ると、顔も髪も服も粉だらけだった。自分も同じようなものだろう。「おばさんたちの話、聞いた？」

「ああ、まだおまえを捜すつもりみたいだ。行こう」

「そこじゃなくて。おばさんたち、ここがわたしの世界だって言ってた」

「それ、もうわかってたんじゃないの？」

パン屋がふたりに気づき、かごを指さして怒鳴りはじめた。ほかの屋台主たちも集まってきた。皆、恐い顔をしている。「だめになった商品をどう弁償する気だ」ひとりが言った。

ドーンは何か案はないかとジェレミーの方を見る。「逃げろ！」ジェレミーは叫んだ。ふたりは通路を走り出す。屋台主たちに追われながら、必死に広場から出る道を探す。

細い路地を何度も曲がったあと、ジェレミーは置いてあった荷車の裏に飛び込んでドーンを呼んだ。ふたりは荷車と石壁の隙間に隠れて屋台主たちが行き過ぎるのを待ち、彼らとは反対の方向に歩き出す。今度は走らず、ゆっくり慎重に歩いた。ジェレミーが前を行き、安全を確認しながら進む。通りの角まで来ると、ジェレミーはドーンを待たせて、角の向こうの様子を見にいった。ドーンがジェレミーの戻りを待っていると、突然、だれかに体をつかまれた。続いて頭から何かをかぶせられ、目の前が真っ暗になった。

＊

衛兵に荷馬車を止められ、ルーシーは緊張で気が遠くなりそうになった。「どこから来た」衛兵が手綱を握る家主の女に訊く。

「森の木こり小屋からです」

「何を運んでいる」

「もちろん材木です。馬の具合が悪くて、マーケットに出向くのが遅くなってしまいました」

「森で少年と少女のふたり連れを見なかったか？」

ルーシーは思わず、「これはおまえたちが捜しているドロイドではない」（映画『スター・ウォーズ』でオビ＝ワン・ケノービがストームトルーパーに暗示をかけるときに言う台詞）と唱えたくなったが、可笑しくなって吹き出す前に口をぎゅっとつぐんだ。家主にジェダイの技がないのは残念だけれど、せめてうそがうまいことを祈ろう。

「もう何日も夫以外の人は見ていません」家主の女はため息まじりに言った。「あなたでさえ絶世の美男に見えるほどです」

衛兵は笑った。荷馬車が動き出したから、どうやら行けと合図したようだ。外が次第ににぎやかになってきた。同時に、においも強くなってきた。この世界は本物の中世ほどにおいはきつくないようだけれど、それでも、まわりにたくさん馬がいるのは明らかだ。

荷馬車が比較的静かな場所に止まり、頭の上の材木がどかされた。ルーシーは体を起こして凝り固まった筋肉をほぐす。セバスチャンも同じように伸びをすると、荷台からひょいと飛びおりて、ルーシーが降りるのを手伝った。「本当にどうもありがとう」ルーシーは家主に言った。「あなたは命の恩人です」そして、ほとんど衝動的に、つま先立ちになって家主の頰にキスをした。彼女の目にみるみる涙が浮かぶ。ルーシーも目頭が熱くなった。自分がだれかをこれほど感動させ得るということに胸がいっぱいになった。

ルーシーとセバスチャンはそれぞれ自分の荷物を背負い、動き出した荷馬車とは逆の方向へ歩いた。そして、表通りの人通りが増えてきたところで路地から出て、人混みに紛れ込んだ。村ではマーケットが開かれていて、かなりの人出だった。この村にとっては大きなイベントのようで、近隣の村から来ている人たちが互いの近況を報告し合っている。村自体はルーシーの町より小さく、マーケットの開かれている広場を中心に家が不規則に点在していた。村には黒服の兵士たちもたくさんいて、人々を監視している。セバスチャンが息をのむのがわかった。彼も兵士たちの存在に気づいたのだろう。ルーシーはセバスチャンの脇腹を軽くひじ打ちする。「大丈夫。あたしたち全然目立ってないから。人混みに紛れていれば問題ないよ」ルーシーはしばしマーケットにいる人たちを観察すると、セバスチャンの腕をつかんで自分の肩に回し、体を寄せた。「えっ？」セバスチャンは驚いてルーシーを見る。

ルーシーは声を低めて言う。「彼らはプリンセスと彼女を守る従者を捜しているんだよね？」

「そのとおりです」セバスチャンが腕を外そうとしたので、ルーシーは彼の手をつかんだ。

「彼らは従者がプリンセスになれなれしくしたり、プリンセスがそれを許したりするとは夢にも思わないはず。つまり、不適切な態度を取れば取るほど、あたしたちは彼らが捜している人物像から外れるってわけ。ちなみに、あたしと親しげにしたからって首をはねたりしないから、そこは心配しないで。というか、これはプリンセスの命令だよ」

セバスチャンは抵抗するのをやめ、ルーシーの肩に腕を戻した。さて、ボーイフレンドといるとき女子はどういう態度を取るんだっけ。ルーシーは休み時間に廊下で彼氏といちゃいちゃしている学校の勝ち組女子たちのことを思い出し、とりあえず、セバスチャンの肩に頭をつけた。このまま腰に腕を回したら、彼は心臓発作を起こすだろうか。

自分を捜している兵士たちのそばを通り過ぎるのは決して楽しいものではないけれど、こういう方法でそれをやるのはさほど悪くない。ルーシーはまだ彼氏ができたことがないので、こんなふうに肩を抱かれて歩くのははじめてだが、気分はとてもいい。守られている感じがして安心する。

セバスチャンが肩に置いた手にぎゅっと力を入れた。「うまくいっていますね」耳もとでささやく。「だれもちらりともこちらを見ません」

ルーシーはあたかも甘い言葉をささやかれたかのように、女の子っぽいクスクス笑いをしてみた。「ね、言ったでしょ？　このまま広場を抜けて村から出るよ。お金はもってる？」

「もっていますが、なぜですか？」

「マーケットの日に村に来て何も買わないのって変じゃない？　何か買った方が、村を出るとき見張りの衛兵をごまかしやすいと思う」

「なるほど、姫は実にさまざまな戦略をご存じなのですね」

「友達のジェレミーにつき合って、スパイ映画を片っ端から観てるからね」この冒険をジェレミーに報告することを考えると、自然に頬が緩む。

セバスチャンはパンとチーズを買い、買ったものを袋に入れると、ふたたびルーシーの肩に腕を回した。ふたりは村の出口に向かって歩く。村の外へ出る道にはさらに多くの衛兵たちがいて、村への出入りを監視していた。変装しているから大丈夫だと思いつつも、ルーシーは彼らの視線が気になった。ひとりの衛兵がじっとこちらを見ている。ルーシーは衛兵と視線を合わせながら、唇をなめてウインクした。逃亡中のプリンセスなら絶対こんなことはしないはずだ。

案の定、衛兵は呼び止めようとするそぶりすら見せなかった。セバスチャンが歩調をはやめ、ふたりは村を出る買い物客の集団に紛れ込んだ。村の出口が近づいてきて、緊張が高まる。さらに多くの衛兵が通行人を監視している。心臓の鼓動が激しくなるが、ルーシーはなんとか平静を装った。肩に置かれたセバスチャンの手に力が入り、彼も緊張しているのがわかる。

衛兵たちはふたりを止めなかった。ルーシーは飛び跳ねたいのをぐっと堪えて歩き続ける。カーブを曲がって坂を下り、村が完全に視界の外に出ると、ルーシーはセバスチャンの方を向き、首に抱きついた。「やった、うまくいった！」

セバスチャンは意外にもルーシーを抱き締め、そのままくるくる回った。でも、すぐにわれに返ったようで、ルーシーを下ろして一歩下がる。

「素晴らしい作戦でした、姫」セバスチャンはそう言って頭を下げた。「わたしは直接戦うことには慣れているのですが、人目を忍んで動き回るのはあまり得意ではないようで……」

「大丈夫、ちゃんとできてたよ。さてと、あとは犬たちと合流して待ち合わせ場所に案内してもらうだけだね」

*

ジェレミーが安全を確認して路地に戻ると、ドーンはいなくなっていた。路地の前後を何度も見たが、船着き場に荷物を運んでいる男たちのグループがいるだけだ。「ドーン?」小声で呼んでみる。返事はない。来た道を戻りながら、すべての横道を見ていく。ドーンは虚空に消えてしまった。ふだんは大げさだと思う表現だが、ポータルを通って異世界と行き来できたり、動物たちがしゃべったりする世界では、そういうことが文字どおり起こらないとは言いきれない。とりわけ、相手はあの得体の知れないおばたちとその仲間だ。

ジェレミーは方向転換し、さっき男たちのグループがいた場所へ戻る。もしかすると、魔法は関係なく、普通の誘拐という可能性もある。船着き場まで走っていくと、ちょうど小さなボートが下流に向かって出発したところだった。船上にドーンの姿は見えないが、さっき男たちが担いでいた荷物のなかにいたかもしれない。それとも、やはり魔法使いたちが彼女を連れ去ったのだろうか。

「女の子来ないよ! 川に来てって言ったのに!」頭上で甲高い声が言った。

ジェレミーはうんざりしながらスピンクを見あげる。「おまえはどこにいたんだよ」

「黒い服の女の人たち恐いもん。だから隠れた。あの人たち、ぼくの邪魔をするかもしれないから」

「まったく、それでも案内役かよ。ドーンはどこに行ったんだ?」

「ドーンて？」

「遠い遠いところから来た女の子だよ」

「ぼく、隠れてたの。でも、きみを見つけた。遠い遠いところから来た女の子はどこ？　彼女はお城に行くんだよ」

だめだ、この鳥はまったく役に立たない。もっとも、このいかれた世界で頼りにできるやつなどいるのだろうか。いずれにせよ、広場には戻らない方がいい。屋台を壊されて怒り心頭の店主に捕まって、年季奉公させられることになってはたまらない。ドーンを誘拐したかもしれない船が速度をあげて川を下っていく。係留中のほかの船に飛び乗って、〝あのボートを追え！〟と叫んでみようか。いや、やめておこう。川に放り込まれるのがおちだ。

「さっきの可愛い彼女はどうした？」

振り向くと、派手な服を着た集団がいた。そのなかにさっきドーンの歌にヤジを飛ばした若い女もいる。声の主は、いちばん前に立っている、木から直接削り出したような顔にもじゃもじゃの口ひげを蓄えた初老の男のようだ。

「はぐれた」ジェレミーは言った。「彼女を見かけた？」

「あのボートに乗ってると思うなら――」男はそう言って、あごを川の方に向ける。「彼女をさらったのはベルトラムたちだ。あいつら、助っ人なしじゃ戴冠式で演奏するチャンスはないと思ったんだろう。その点、あんたの友達はいい声をしてるからな」

「え？　じゃあ、彼女はバンド要員として誘拐されたってこと？」

男は肩をすくめる。「マーケットにいたすべての旅芸人が自分の一座に彼女を入れたいと思っただろうよ。ベルトラムには彼女に払う金がないから、誘拐という手段に出たんだろう。だが、心配すんな。あのボートじゃそう遠くまで行けない。日が暮れるころにはいったん寄港しなくちゃならないだろう」

「彼女を捜すの、手伝ってもらえないかな」

「手伝ったとして、おれたちにどんな得がある？」

「彼女がおたくらのバンドで歌う。ギャラもいらない。彼女なら助けてもらったお礼にただで歌うよ」それどころか、城までの交通手段を提供してもらったうえに観衆の前で歌えるとなれば、ドーンのことだ、逆にお金を払うと言い出すかもしれない。

「あんな子、うちの一座には必要ないよ」例の不機嫌そうな顔をした若い女が言った。「あたしらだけで十分うまくやってるわ」

「おまえは黙ってろ、リーアン」男はそう言うと、ウインクして続ける。「娘だ。死んだ母親そっくりで困る。言うまでもないが、こいつは歌い手じゃあない。だが、言ってることは正しいな。うちに新しいメンバーは必要ないし、おれもあんたの友達を誘うつもりで見てたわけじゃない。いい音楽に出くわしたんで、ただそれを楽しんでただけさ」

「出し物に使える鳥がいるよ」ジェレミーは藁《わら》にもすがる思いで言った。「で、おれはおたくらのボートで雑用の手伝いができる。働き者だし、スキルもある」男は興味を示さない。ジェレミーは何か相手の関心を引けるものはないか必死に考えた。彼らの助けが得られなければ、ドーンのおばたちに頼るしかなく、そうなったらドーンは一生許してくれないだろう。

ジェレミーは何か報酬として差し出せるものはないか考える。バックパックにはアメリカの現代社会の必需品がたくさん入っている。ふと、歴史の授業で聞いた話を思い出した。中世ヨーロッパの人たちはチョコレートというものを知らない。もしこの世界でも同じことが言えるとしたら——。「そうだ、これがある」ジェレミーはバックパックからM&M'sの小さな袋を取り出すと、封を切り、自分でひとつ食べてから、皆に回す。「試してみて」一座のメンバーたちはそれぞれひとつ取って口に入れると、一様に目を丸くした。「ほかにもいろいろあるよ」

「その子、いっしょに行くわよ。友達を捜してやりましょ」リーアンが唇をなめながら言った。

男は愉快そうに笑った。「どうやらあんたはおれたちの一員で、おれたちはあんたの友人捜しに手を貸すことになったようだ」そう言って片手を差し出す。「おれはヒュー」

ジェレミーはヒューと握手をする。「おれはジェレミー。こいつはスピンク。そして、はぐれた友達の名前はドーンていうんだ。ありがとう。後悔はさせないよ」これで本当によかったのか自信はないが、自分ひとりでドーンを見つけるのはどう考えても無理だ。それに、ドーンにはおばたちと話せと言ったものの、本人がいなくなったいま、ひとりであの人たちに向き合うのは気が進まない。

ヒューに連れていかれた彼らのボートは、まるで水面に浮かぶステージだった。長い甲板は両端が一段高くなっていて、中央部分にはステージ用の幕をつけるのにちょうどいい骨組みがある。サイドレールに沿ってフットライトもついている。船内に劇場があるショーボートとは違い、この船は川岸につけて、そのまま甲板で上演するタイプのようだ。船体の横には流れるような字体で〝北の国の吟遊詩人《ノースカントリー・ミンストレルズ》〟とグループ名が書いてあり、そのまわりにさまざまな楽器の絵が描いてある。

ヒューはさっそく男たちを集めた。ジェレミーは彼らといっしょに小型のボートに乗り込むと、懸命にオールを漕いでドーンを連れ去ったボートを追った。

9

森のなかの方が気分はずっと楽だったとセバスチャンは思った。街道はとっさに身を隠すものがない。剣を麻袋にくるんで背負っているのも不安材料のひとつだ。いつものように鞘《さや》に差して腰につけていれば一瞬で抜くことができるが、これでは貴重な数秒が奪われることになる。だが、プリンセスの言うことは正しい。森のなかを歩く方がかえって目立つ。

ときどき後ろを振り返り、つけられていないことを確かめる。いまのところプリンセスの作戦は功を奏しているようだが、いつなんどき魔女の手下たちが現れるかわからない。

「少しリラックスしてくれる？」驚いて声の方を見ると、プリンセスが両手を腰に置いてセバスチャンを見あげていた。「そんなにびくびくされると、こっちまでびくついちゃうよ」

「申しわけありません、姫」

「だれかにつけられてると思ってるの？　それとも、正体がばれることを心配してるの？」

「わかりません。道にはもう見張りはいないようなので、捜索が別の場所に移ったのならいいのですが。村では気づかれませんでしたが、変装が通用しないくらいわたしをよく知っているだれかに出会わないという保証はありませんので」

「あなたってそんなに有名なの？」

「一般の人には知られていませんが、捜索隊にはわたしをよく知っている者がいる可能性があります。わたしは人生のほとんどを宮廷で過ごしてきましたし、王室の衛兵たちといっしょに訓練を受けたこともあって、そのなかにはいま魔女に仕える者たちもいますから」

「ふうん、つまり、ここではあなたが弱点ってことだね」プリンセスが冗談で言っているのはほぼ間違いないが——目が茶目っ気たっぷりに笑っている——セバスチャンは思わず顔をゆがめた。冗談であるなしにかかわらず、そのとおりだからだ。反応に気づいたのか、プリンセスはセバスチャンの腕に手を置いて言った。「冗談だよ。あなたがいなかったらあたし、完全に路頭に迷うわ。ほかに信用できる人はいないし」

「わたしを信用してくださるのですね？」

「だって、あたしに危害を及ぼしたいなら、あのまま地下牢に置き去りにするのがいちばん手っ取りばやかったはずでしょ？」プリンセスはそう言ってから、にやりとして続ける。「まあ、何かほかに企んでいることがないという確証はないけど。ちなみに、あなた敵国のスパイだったりしないよね？」

セバスチャンは思わず笑みをもらす。「そうではないことを保証します。ちなみに、姫はいつもそのように重要なことについて冗談をおっしゃるのですか？」

「うん、いっつもね」プリンセスは言った。「あたしの対処メカニズムだと思ってくれていいよ。あたしが冗談を言わなくなったら、びびってパニックを起こしてるってことだから。ときどき冗談を聞かされるのと、何かあるたびいちいち気絶する繊細《せんさい》なお姫様につき合わされるのと、どっちがいい？」

「繊細なお姫様は静かですか？」

そう言ってすぐにプリンセスに対して無礼が過ぎたと後悔したが、プリンセスは声をあげて笑った。「とんでもない！　耳をつんざくような悲鳴をあげるわ。お姫様だから、口に靴下突っ込んで黙らせるわけにもいかないし、大変だよ」

「ということであれば、冗談の方を選ばせていただきます」

「それ、もっとやりなよ」

「それとは？」

「笑うこと。あなたの笑顔いいよ、とっても。ねえ、いつもそんなに深刻なの？　それとも、この生きるか死ぬかのミッションがそうさせてるわけ？」

セバスチャンはプリンセスに目を見られないよう顔を背けた。「気の利いた冗談は好きですが、そうしたことを楽しむ機会はほとんどありませんでしたので」

「じゃあ、あたしといっしょにいるべきだね。あなたのことたくさん笑わせてあげる」プリンセスはそう言うと、セバスチャンの腕に自分の腕を絡ませ、勇気づけるようにぎゅっと手を握った。

セバスチャンは思わずプリンセスのことを見た。「それは、光栄です」伝説によると、プリンセスは魔法使いたちから万人に愛される力を授かったというが、その本当の意味がいまわかった気がした。人々を否応なく自分に引きつけるというより、彼女には人を和ませ、笑顔にさせる才能があるのだ。それが彼女をこのうえなく魅力的にしている。

「無事、脱出できたようですね」しゃがれ声が聞こえて、セバスチャンとプリンセスは同時にびくりとした。幸い、ラーキンとレイラだったが、セバスチャンは心のなかで自分を罵《ののし》った。プリンセスと冗談を言い合っている場合ではなかった。もしこれが敵だったら、彼女を守れたかどうかわからない。だが、犬たちが合流したのは心強い。彼らの知覚は人間よりはるかに鋭いから、危険をいち早く察知して警告してくれるだろう。

午後遅く、犬たちに目的地が近いと言われ、セバスチャンは変装より安全対策を優先することにした。休憩のために止まったとき、背中から麻袋をおろして剣を取り出し、鞘をベルトのいつもの位置につけた。「それ、使えるの?」プリンセスが靴に入った小石を出しながら訊く。

「これまでの人生のほとんどをこの剣の訓練に費やしてきました」セバスチャンは自慢げにならないよう気をつけて言った。「この冬、十八の誕生日に騎士爵を叙される予定です。いや、予定だったと言うべきかもしれません。今回、急遽、主君から職を解かれたことで、状況は変わったかもしれませんので」

「でも、それって国を守るためでしょ? むしろ、騎士爵と同時に、勲章ももらえるんじゃない? 言っとくけど、あたし、あなたのボスより偉いんだからね」

立ちあがるプリンセスに手を貸しながら、セバスチャンは思わずほほえんでいた。またただ。彼女はまた気持ちを楽にしてくれた。本当に類い希な才能だ。まもなくお別れだと思うとさびしさが込みあげる。プリンセスといっしょにいられるのは彼女を王政支持者《ロイヤリスト》のリーダーに引き渡すまでだ。

　空が薄暗くなってきたころ、道のカーブを曲がると、前方にひなびた小さな城が見えてきた。

「あれです」ラーキンが言った。近づいていくと、門に面した細長い窓のひとつに、王政支持者《ロイヤリスト》の印である青い縁取りのハンカチがかかっているのが見えた。

　入口に衛兵がふたり立っている。セバスチャンとプリンセスに気づくと、ひとりが言った。

「国王陛下、ばんざい！」

「そして、王妃陛下、ばんざい」セバスチャンは応答する。

「用件はなんだ」

「ここへ来るよう言われた。フォルク軍曹の指示だ」

　衛兵の態度が瞬時に変わる。満面の笑みになり、もうひとりの衛兵とともにプリンセスを値踏みするかのようにじろじろと見はじめた。セバスチャンは無遠慮に彼女を見る衛兵たちを注意したくなったが、いまはそんなことをしているときではない。「お待ちしていました。こちらへどうぞ」衛兵はそう言うと、中庭を抜け、城の裏側の壁に張りつくようにして立っている家まで行き、ドアをたたいた。「到着されました」

　待つこと一、二分、ドアの向こう側でかんぬきを外すような音がした。ドアが開き、険しい顔をした白髪の男が現れた。プリンセスがそっとセバスチャンの方に寄る。

「ああ、シンクレアくん、そして、麗《うるわ》しきわれらがプリンセス。うまく脱出できたようですな」男はふたりをにらむように見て言った。「さあ、なかへ」

家のなかは暗く、目が慣れるまで少し時間がかかった。部屋の奥は城の壁になっていて窓はなく、入口側の窓はこの時間もう日差しは入らない。壁に灯されたたいまつの火と部屋の奥の暖炉の火がつくる影のせいで何人いるのかわかりづらいが、おそらく十人ほどだろう。皆、暖炉のそばの長いダイニングテーブルを囲んで座っている。

セバスチャンとプリンセスが部屋に入っていくと、男たちは立ちあがり、ふたりの方へやってきた。まもなく、その先頭にアーガス卿がいるのがわかった。主人の姿を見て、セバスチャンは少しほっとした。王政支持者《ロイヤリスト》からの指示は常にフォルクを介して受けていたので、アーガス卿が王政支持者《ロイヤリスト》のスパイとして宮廷に残っているのか、それともメランサに仕えているのか、セバスチャンは判断しかねていた。でも、この合流場所にいるのであれば、アーガス卿は王政《ロイヤ》支持者《リスト》側だと考えていいだろう。今回の任務は、アーガス卿がフォルクを通じてセバスチャンに与えたものに違いない。であれば、セバスチャンは自分の仕事を不名誉に放棄したわけではなくなる。「姫、こちらはわたしの元主人、アーガス卿です」セバスチャンは言った。

そのとき、暗がりから別の人物が現れた。女だ。セバスチャンは愕然とする。それは魔女のメランサだった。だまされた。自分は裏切り者に仕えていたのだ。セバスチャンはすぐさま剣を抜き、元主人の方を向いた。

*

誘拐犯たちはまだひとことも発していない。ドーンはずっと不気味な静けさと暗闇のなかにいた。これにはおばたちが関わっているに違いない。こちらの世界でほかにだれがドーンに興味をもつだろう。頭から袋をかぶせられてはいるが、乱暴なことはされていない。おかげで、いまのところ比較的冷静さを保てている。もし危害を加える気があるなら、とっくにそうしているはずだ。

船が接岸し、下船すると、少し歩いてから地面に座らされた。勝手にいなくなったことと逃げたことについておばたちにする言い分けを考えていると、突然、だれかが頭の袋を取った。目の前に現れたのは白襟の黒いドレスを着た女性たちではなく、薄汚れた男たちだった。

「え？　だれ、あなたたち」

「おれたちはベルトラム一座だ。知らねえのか」ひとりががなるように言うと、別の男が彼の後頭部を平手打ちした。

「客人に失礼なことを言うんじゃねえ」その男はそう言うと、大げさな身振りでお辞儀をする。

「おれは吟遊詩人のベルトラムだ。で、この悪党たちはうちの団員よ」

「あなたたちはプロのパフォーマーなの？」ドーンは訊いた。プロのミュージシャンに会うのははじめてだ。まあ、コーラス部の先生はある意味プロなのかもしれないけれど。

「ああ、そうとも」

「どうしてわたしを誘拐したの？」

「人聞きの悪いことを言わないでくれ。これは言わば、先制的雇用ってやつさ」

「わたしをあなたの一座に入れたいの？」

「まあ、そういうこった。広場であんたの歌を聴いて、おれはこう思った。あれこそ、おれたちが戴冠式で演奏するための、ひいては富と名声への鍵となる人物だってね。それで、ほかのグループに取られる前にかっさらったってわけさ」

「戴冠式？　お城での？」誘拐されたことを別にすれば、こんなラッキーなことがあるだろうか。川を下る方法を考えなくてよくなったのだ。ジェレミーもいっしょならなおよかったけれど、少なくとも彼は今日稼いだお金をもっている。それに、頼めば一座のだれかが彼を捜しにいってくれるかもしれない。

「ああ、そうだとも」

「じゃあ、さっそく練習した方がいいわね。わたしはあなたたちの演目を覚えなきゃならないし、わたしもいくつか教えてあげたい歌があるわ。グループのなかでいちばんうまいバリトンはだれ？」

男たちは互いに顔を見合わせる。「バリトン？」ベルトラムが訊いた。

「あ、もしかしたらここでは言い方が違うかもしれないわね。あなたたちは楽器を弾くようだけど、歌う人もいるでしょ？」男たちはふたたび顔を見合わせると、こくりとうなずく。「ハモるとき、高いパートを歌う人と、低いパートを歌う人がいるわよね。それから、その中間を歌う人も」男たちが依然として要領を得ない顔をしているので、ドーンは言った。「まずは何か歌ってみせてもらう方がいいかも。それからどうするか決めましょう。じゃあ、やってみて」

ひとりがずだ袋からおんぼろのマンドリンを取り出す。別の男はドラム、もうひとりはブリキの縦笛を出した。笛の男が主旋律を吹き、マンドリンの男がそれに合わせて弦をかき鳴らす。ベルトラムともうひとりの男が歌いはじめた。すぐに、歌詞がかなり猥雑《わいざつ》であることがわかった。聞いているだけで顔が赤くなってくる。「もういいわ!」ドーンは思わず声をあげた。「もっといい歌はないの? わたし、そんな歌は歌えないわ」

男たちは別の歌を歌い出したが、どうしようもなく音が外れている。笛とマンドリンはまったく違うキーを奏でているし、歌い手たちは演奏を聞こうとする気すらないように見える。

「ああもう、これじゃ全然だめよ!」歌が終わると、ドーンは言った。これでは奇跡でも起こらないかぎり、戴冠式はおろか、どこからも演奏を依頼されることはないだろう。ベルトラムはいい声をしているが音痴だ。ほかのメンバーはやる気はあるが、才能がない。彼らがいくらかでも稼げるのは、卑猥《ひわい》な歌詞のおかげに違いない。

「何がだめなんだ」ベルトラムが訊く。

「どこから始めればいいかしら。そうね、まずはキーを決めることからかな。あなた、コードを弾いてみて」ドーンはマンドリン奏者に指示する。彼が言うとおりにすると、次に笛吹きに主旋律を吹くよう言った。彼が吹く旋律はコードとまったく合っていないので、合うところまでキーを上げさせる。男たちは何かものすごい発見をしたかのように満面の笑みになった。

「ほら、この方がいいでしょ?」ドーンは言った。「じゃあ、今度はもう少し場にふさわしい歌を歌うわよ」コーラスの練習でウォームアップのときに歌う簡単な歌を教えると、まもなく彼らはかなりバンドらしい音を出すようになった。さらに一時間ほど練習すると、少なくともひとつ、人前で演奏するに値するレパートリーができた。

「あんたをうちに入れたのは、おそらくおれがこれまでしたなかでいちばんいい決断だったな」ベルトラムはにっと笑う。「さ、ちょっと休憩だ。飯を食うぞ。なるべくはやく町に戻って、今夜演奏する店を探さなきゃならねえ」

「そうね、少し休憩しましょうか。のどを使いすぎるのはよくないわ。休憩の間にイメージチェンジについて考えましょう」

「イメージチェンジ？」

「だって、あなたたちのその格好、悪いけど、かなり汚らしいわ。それで本当にお城に入れると思う？」

男たちは互いの姿をまじまじと見る。ベルトラムは決まり悪そうに言った。「まあ、たしかに、これじゃあ無理かもな」

「全員お風呂に入って、ひげを剃って、清潔な服に着がえる必要があるわ。ああ、ルーシーがいてくれたらな。彼女ならバンドにぴったりの素敵な衣装をつくってくれるのに」

男たちはあまり乗り気ではないようだが、きっと疲れているせいだろうとドーンは思った。しかし、食事が終わっても、彼らはだらだらと酒を飲み続けていて、いっこうに練習を再開しようとしない。ドーンはベルトラムに大好きなミュージカルのデュエット曲を教えようとしたが、彼はあまり興味を示さず、酔いが回るにつれ、ますますどうでもよくなっていくように見えた。やがて、男たちは全員、眠り込んでしまった――まだ日は高いというのに。もしかすると、夜遅くまで演奏するので、昼寝をする習慣があるのかもしれない。

ドーンはしばし寝ている男たちを見ていたが、ふと、いま自分を見張る者がだれもいないことに気づいた。目的地に連れていってくれるなら彼らといっしょにいてもかまわないのだが、この様子だとそれは期待できそうにない。何か方法を考えなければ。別のグループに雇ってもらえないだろうか。できれば、ちゃんと音楽のスキルがあるグループに。

ドーンはリュックサックをつかむと、忍び足で歩き出す。男のひとりが寝返りを打ち、ドーンは思わず息を止めて立ち止まったが、男はすぐにまた寝息を立てはじめた。やがて森の奥までやってきた。男たちからは十分に離れたけれど、問題はここがどこで、どっちへ向かえばいいのか皆目見当がつかないことだ。移動中ずっと頭に袋をかぶせられていたので、戻る道もわからない。でも、この世界の動物たちは皆、フレンドリーだし、なかには人間と話せるものもいる。きっとだれかが川まで案内してくれるだろう。もしかしたら、町までいっしょに行ってジェレミーを捜そうと言ってくれる鳥がいるかもしれない。あっちの世界では動物たちに寄ってこられるのがときどき迷惑に感じられることもあったけれど、ここではむしろ便利だ。

ただ、この辺りには動物の姿がない。枝から枝へ走り回るリスも、下草のなかをぴょんぴょん跳んでいくウサギも、頭上でさえずる鳥もいない。道を訊ける相手がまったくいないのだ。かゆい指先をカーゴパンツにこすりつけながら、ドーンはふと、ポータルへ、さらには川岸へと自分を導いたあの何かに引っ張られるような強い感覚がいまもあることに気づいた。それに従っていけば、また川に出られるかもしれない。そして、そのまま川上へ向かえば、ジェレミーとはぐれた町にたどり着けるはず。

プランができると、気持ちは前向きになった。ドーンは目を閉じ、引っ張られる感覚に身を委ねて一歩踏み出す。進むべき方向がわかると、目を開けて歩き出した。

まもなく、森のなかの空き地に出た。空き地の真ん中に小さな家がある。奇妙な家だが、なぜか既視感があった。なんだかクリスマスっぽいなと思ったとき、昔、ルーシーとジンジャーブレッドハウスをつくったことを思い出した。組立キットの写真にあったのがまさにこんな感じの家だった。最終的にできあがった家は写真とは似ても似つかないものだったけれど、とても楽しかったのを覚えている。

こんな家に住んでいるのは、きっと遊び心のある一風変わった人だろう。もしかしたら道を教えてくれるかもしれない。大きな棒つきキャンディのようなものが並んだアプローチを歩いて玄関まで行き、ドアをノックする。

ドアを開けたのは、杖をついた老婆だった。腰がほぼ直角に曲がっている。老婆はドーンを見ると、目を細め、歯のない笑顔を見せた。「おやまあ、こんにちは、お嬢ちゃん。ご用件はなんだい？」

「町で男たちに誘拐されて、道に迷ってしまったんです。話せば長くなるんですけど、なんとか逃げることができました。それで、川へ出る道か、町への近道があれば、教えていただけないでしょうか。だいたいの方角はわかるんですけど、ちゃんと知っている人に訊いた方がはやいと思って」

「ああ、町への近道ならもちろん知っているよ。でも、いまは行かない方がいい。もうすぐ暗くなるからね。あんたみたいな若い娘が夜の森をひとりで歩くのは危険だよ」

「もう夕方？　森にいるせいか気づかなかったわ。思った以上に時間がたっていたんですね」

動物たちが危害を加えることはないと思うけれど、ベルトラムたちに出くわすのは避けたい。彼らはきっとドーンが突然いなくなったことに腹を立てているだろう。

「今夜はうちに泊まりなさい。森の生活はさびしくてね。人が訪ねてくるなんてめったにないことだよ。今夜は美味しいものを食べて、しっかり休んで、明日、元気に出発するといい」

ドーンは迷った。ジェレミーはきっと心配しているだろう。でも、夜の森をひとりで歩くのはやはり気が進まない。このおばあさんはいい人そうだし、何よりジンジャーブレッドハウスのような家に住んでいる。悪人がこんな家に住むとは思えない。「ご親切にありがとうございます。食事の準備や後片づけは手伝いますので」

「あら、それには及ばないよ。あんたはお客さんだからね」老婆はドーンを家のなかに入れ、小さな木のテーブルにつかせた。「お腹が空いているといいんだけど。あんた、もう少し肉がついた方がいいねえ」老婆はどろりとしたシチューを皿に盛り、バターを塗ったパンといっしょにテーブルに置いた。「デザートもあるからね」そう言って、にっこり笑う。

ドーンは食べながら部屋のなかを観察した。シンプルなつくりだが、外観と同じようにお菓子の国風に飾りつけられている。窓のステンドグラスはまるで飴細工だし、暖炉の両側の支柱はペパーミントスティックのようだ。揺り椅子の前には巨大なガムドロップみたいなオットマンが置いてある。唯一場違いなのが、部屋の奥にある大きなケージだ。

「なんのペットを飼っているんですか？」ドーンはケージの方を指して訊いた。

ケーキを切っていた老婆は、すばやく顔をあげる。「ペット？」

「あの、ケージがあるので」

老婆は甲高い笑い声をあげた。「ああ、あれはケージじゃなくて、客人のための部屋だよ。あたしなりの精いっぱいのおもてなしなのさ。あたしは向こうにあるベッドに寝るんだけど、お客によっては同じ部屋で寝たがらない人もいるからね。あの上に毛布をかければ、個室になるだろう？」

「それはいいアイデアですね」本当にそうなのだろうか。食事と寝る場所を提供してくれる人を疑うのは失礼かもしれないけれど、どうも納得できない。テントのような部屋をつくるなら、天井部分の骨組みだけで十分で、側面の柵も扉も必要ない気がする。大型犬を飼っていて犬小屋として使っているのだと言われたら信用しただろうけれど、ケージを客間として使う？　いつもルーシーになんでも簡単に信用しすぎると言われるドーンだが、さすがにこの説明を真に受けることはできない。

老婆はドーンにデザートのおかわりを執拗《しつよう》に勧め、そのあとさらにキャンディを食べさせようとしたが、ドーンはもうひと口も食べられないと断った。「後片づけを手伝います。突然やってきてご馳走になるだけじゃ、申しわけないです」

「あら、いいんだよ、そんなこと気にしなくて。さっきも言ったように、あたしはお客があってうれしいんだから。さあ、あんたは客間でゆっくりお休み。疲れてるだろう？」

あのケージのなかに入るのはどうしてもいやだ。おばたちはいつもドーンよりはやく就寝する。いつまでもぐずぐず起きていたら、老婆は先に寝るかもしれない。「でも、何かお返ししないと」ドーンは言った。「そうだ！　歌を歌います」

「歌を？」老婆の声が若干疑わしげになる。

「わたし、いい声をしてるって皆に言われるんです。家ではおばたちが家事をするときよく歌うよう頼まれるんですよ。いつかプロの歌手になるのが夢なんです」

「そうかい？　じゃあ、ちょっとだけ聞かせてもらおうか」老婆は揺り椅子に腰をおろし、ガムドロップのオットマンに足をのせた。

ドーンはスローテンポの哀しい歌を知っているかぎり歌い続けた。それに自分の命がかかっているようなつもりで。いや、本当にかかっているかもしれない。

10

セバスチャンとアーガス卿は剣を構えて向かい合った。アーガス卿はセバスチャンなど相手にならないと思っているのか、古傷のある顔に不敵な笑みを浮かべる。セバスチャンの剣の腕がどの程度なのかルーシーは知らないが、相手より頭半分背が高いし、何よりずっと若い。アーガス卿がとんでもない剣の達人でもないかぎり、セバスチャンに分があるように見える。ただ問題は、相手の仲間と思われる男たちが大勢いることだ。

それだけではない。魔女本人もそこにいる。ルーシーに対してはらわたが煮えくりかえっているに違いない魔女が。「わたしの城の居心地はお気に召さなかったようね、姫。あんなに急いで出ていってしまうなんて」魔女は冷ややかな笑みを浮かべて言った。

自分を殺したがっている人物を目の前にして、本当なら震えあがってもいいはずだが、ルーシーは不思議と落ち着いていた。周囲の動きが急に遅くなったように感じられ、どう反応すべきかじっくり考えることができた。「ええと、こんにちは。まあ、リッツホテル級じゃなかったのはたしかだね」ルーシーは言った。「壁にカビが生えてたし。で、もっといいオファーがあったからそっちにした」

男たちは皆、武器をもってドアの方へ移動した。幸い、彼らの武器は刃物で、飛び道具ではなかった。だから、こちらに危害を加えるには実際に近づかなければならない。これが銃だったら、あるいは弓矢でも、勝ち目はなかっただろう。

互いに微動だにせずにらみ合うセバスチャンと元主人を男たちが取り囲む。部屋のなかの動きが完全に止まった。ルーシーは戦うとき邪魔になるだろうと思い、セバスチャンの肩から荷物を取る。次の瞬間、セバスチャンが叫んだ。「姫、逃げてください！」その言葉を合図とするかのように、戦いが始まった。

ルーシーはドアに向かって走る。すぐ近くで剣のぶつかり合う音がした。セバスチャンがアーガス卿に突進し、アーガス卿が身をかわして反撃のために前に出たことで、ルーシーが通り抜けるスペースができた。魔女がルーシーの腕をつかむ。ルーシーはセバスチャンの荷物を思いきり振った。それは鈍い音を立ててみごと命中し、魔女は悪態をつきながら床に倒れた。剣の音がさらに鳴り響く。ドアの場所を探してあらためて周囲を見回すと、同時にふたりの男を相手にしているセバスチャンにほかの男たちが迫っていくのが見えた。セバスチャンがどんなに優れた剣士だとしても、たったひとりで一度に全員を相手にするのは無理だろう。敵が都合よくひとりずつヒーローに襲いかかっていくのは映画のなかだけだ。

ルーシーは床に落ちていた藁《わら》をひとつかみすると、近くにいた男たちの顔面めがけて投げつけた。一瞬、彼らの注意がセバスチャンからそれる。すると、魔女が叫んだ。「彼女を捕まえて！　生きたままよ！」その声に反応して数人の男がセバスチャンから離れたが、そのかわり、彼らはルーシーに向かってきた。ルーシーに彼らと戦う剣はない。

男たちがルーシーにたどり着く前に、ラーキンが彼らのひとりの首もとに飛びかかった。ルーシーは別の男の頭に今度は自分のリュックサックを振りおろす。重い歴史の教科書に感謝だ。レイラがこの家の犬たちに向かって吠えると、犬たちは男たちがルーシーの方へ行くこともセバスチャンの方へ戻ることもできないよう動線をふさいだ。彼らの吠える声で室内はさらに異様な雰囲気になった。

ルーシーの見るかぎり、セバスチャンは依然として優勢に戦っている。腕も脚も二本ずつちゃんとついている。剣の戦いにおいて、これは悪くない状況だと考えていいはず。「姫、いまです！」レイラがそう言って、ルーシーをドアの方へ促した。でも、セバスチャンを置いては行きたくない。振り返ると、セバスチャンも敵をかわしながらドアの方へあとずさってくるのが見えたが、あれだけの人数をいつまでかわし続けられるかはわからない。ふと、さっき薬を投げつけた男たちのうちのふたりがくしゃみと涙目で一時的に戦力にならなくなっているのが目に入った。そうだ！

ルーシーは唐辛子《とうがらし》スプレーがあることを思い出し、リュックサックに手を突っ込む。そのとき、魔女が体勢を立て直して両手をあげた。真っ赤に塗った唇が動き、何やら唱えはじめる。光る波動がルーシーに向かってきた。ルーシーは思わず身をすくめたが、波動はルーシーを避けるようにふた手に割れ、そのまま流れていった。同時に、ブラジャーのカップのなかでドーンのネックレスがものすごく熱くなった。きっと火ぶくれになっているだろう。

魔女は癇癪《かんしゃく》を起こして金切り声をあげた。そしてふたたび両手をあげる。ルーシーはリュックサックのなかをかき回し、必死に唐辛子スプレーを捜す。小さなスプレー缶はサイドポケットにあった。ノズルの向きを確かめ、缶を構えて叫ぶ。「セバスチャン、かがんで目を閉じて！」そして、あらたに呪文を唱えはじめた魔女の目に向かって思いきりスプレーを噴射した。メランサは目をかきむしる。涙でアイメイクが落ちて顔に真っ黒な筋ができている。ルーシーは続いてアーガス卿の方を向き、スプレーを噴射した。缶がプスプスと頼りない音を立てはじめると、それを近くにいた男に投げつけてこめかみに命中させ、そのままドアに向かって走る。

セバスチャンは唐辛子スプレーの煙の下を這って移動し、ルーシーに続いて部屋を出た。煙のなかに入った者は皆、激しく咳き込んでいる。外へ出たルーシーとセバスチャン、そして二匹の犬は、中庭を全力で走った。門にいた衛兵たちは逃走を阻《はば》もうとしたが、セバスチャンの剣を見て考えを変えたようだ。無我夢中で走っているのでルーシーには彼が何をしたのかわからないが、刃に血がついているのがちらっと見えた気がした。

まもなく背後で音がして、魔女とその手下たちが家から出てきたのがわかった。彼らは依然として激しく咳をしているが、それもそう長くは続かないだろう。「こっちへ！」ラーキンが言った。ルーシーとセバスチャン、そしてレイラはラーキンのあとに続いて道を外れ、野原に入る。ラーキンとレイラは軽々と柵を飛び越え、小柄なルーシーは横木の間をくぐり抜けたが、セバスチャンはよじ登って越えなければならなかった。

追っ手の一部は徒歩で、そのほかは馬に乗って追ってきた。後者はあっという間に追ってきたが、夕暮れの薄明かりのなかで馬に柵を跳び越えさせるのはリスクが高いと思ったのか、ゲートを探しているようだ。

ラーキンは皆を率いて木立のなかに入った。斜面を下り、川に出ると、しばらく川床を走った。やがて、巨木の根がむき出しになったくぼみが現れた。斜面のこちら側は追っ手の死角になっている。木立に入ったところもおそらく見られていないはずだ。

セバスチャンに促されて、ルーシーはくぼみの奥に入った。続いてセバスチャンがなかに入ると、犬たちは見張りのため、薄闇のなかに消えていった。本当は息を潜めてできるだけ静かにしていたいところだが、ずっと走っていたので、ルーシーはすっかり息があがっている。セバスチャンも肩で息をしている。彼は走る前に敵と戦ってもいるのだから無理もない。

セバスチャンはいざというときに備えて剣をひざの上に置いている。くぼみはせまいので、ルーシーはセバスチャンの胸に寄りかかるような体勢で座っている。彼の鼓動の音が聞こえる。セバスチャンは少し震えているようだ。それとも、震えているのはルーシー自身? これだけ近いともうわからない。

犬の群れの吠える声が近づいてきた。追っ手はふたりの真上まで来ているようだ。ルーシーは目をつむった。相手が見えなければ、向こうにもこっちが見えないように思えて。子どもじみていることはわかっている。でもいまは、たとえ気休めだろうができることはなんでもしたかった。まもなく頭上を馬たちが通っていくのがわかった。蹄《ひづめ》の振動はセバスチャンの鼓動より近く感じられた。ルーシーはセバスチャンの肩に顔を押しつけ、見つからないよう懸命に祈った。

＊

今日はもともとハイキングの予定だったが、これはジェレミーが計画していた類いのハイキングではない。ジェレミーはいま、森に関する基礎スキルを学ぶために集まったやる気満々の九歳児たちのかわりに、吟遊詩人と芸人の奇妙な集団といっしょにいる。彼らは武器をもち、向かうべき先はわかっているようだが、森を歩くことについてはあまり詳しくないようだ。それに、彼らの派手な服装は無駄に目立つ。ドーンをさらった連中が同じくらいヌケていることを願うばかりだ。両者の対決を想像すると、演劇部とコーラス部の大乱闘が頭に浮かぶ。

結局、目立つことを心配する必要はなかった。誘拐犯たちは森の小さな空き地で宴会中だった。皆、大声で歌っていて、かなり酔っ払っているようだ。この連中なら、どんなに無能な追跡者でも見つけることができただろう。軍隊が近づいても気づかないかもしれない。「おいおい、ベルトラムよ」ヒューが呆れたように言った。「おまえは誘拐しなけりゃ新しいメンバーを獲得できないほど落ちぶれたのか？　こっちはオーディションをやって、取りきれない者たちを帰らせなきゃならないってのに」

ベルトラムはヒューの声に驚いてすばやく振り向くと、勢い余って座っていた丸太から転げ落ちた。「ふん、好きに言えばいい。だが、秘密兵器を手に入れたのはおれたちだ。戴冠式で演奏するのもな」

放っておいたら無駄話はいつまでも続きそうだ。吟遊詩人界の力比べにつき合っている暇はない。「ドーンはどこだよ」ジェレミーは言った。

「秘密兵器のことか?」ベルトラムは訊き返す。「おまえたちには渡さねえよ、ヒュー」

ジェレミーは空き地を見回す。ドーンの姿は見当たらない。このむさ苦しい連中のなかにいればすぐ目につくはずなのに。「彼女に何をした!」ジェレミーはベルトラムに詰め寄る。

ヒューがジェレミーを制止して言った。「どうやら逃げられたみたいだな」

「せいせいしたぜ」ベルトラムの一座のひとりが言った。「あの子がいたんじゃ卑猥《ひわい》な歌が歌えねえ。それに、風呂に入れって言われるしな」

ベルトラムはなんとか立ちあがると、空き地のなかをふらふらと歩き出す。「さっきまでここにいたんだ。どこへ行った」

ジェレミーはヒューに体をがっちりつかまれ、動くことができない。ジェレミーの方が若く、体も大きいが、この初老の吟遊詩人は見た目よりずっと力が強かった。「ドーンはどこなんだ!」ジェレミーは手を出すことができないので、とりあえず叫んだ。ドーンが日の暮れはじめた森のなかをひとり歩いていることを想像すると恐ろしくなる。ふと、悪いオオカミが彼女を襲えなかったことを思い出し、少し気持ちが落ち着いた。こっちの世界では、人も動物もドーンを好きにならずにはいられない傾向がさらに強くなっているように見える。

「彼女が行きそうなところはどこだ」ヒューが訊いた。

その問いはベルトラムに向けられたものだが、今日一日のドーンの言動を思い出し、ジェレミーが答えた。「川に向かったはずだ。彼女、そのてのことについて勘が働くみたいなんだ」

こっちの世界で魔法というものがどういう受け止め方をされるかわからなかったので、彼女とネックレスの霊的なつながりについては触れないでおいた。助けを求めたからといって、個人的な情報はむやみに提供しない方がいい。

ジェレミーには霊的な能力はないが、優れた方向感覚があって、森の歩き方もよく知っている。来た道を戻るのはわけないことだ。結果的に、ヒューが魔法をどう受け止めるかについて心配する必要はなかった。日没とともに辺りが暗くなると、ヒューは片手を出して何か呪文のようなものをつぶやき、手のひらの上に淡い光の球を出現させたのだ。「それ、便利なトリックだね」ジェレミーは言った。

「簡単な魔術さ」ヒューは肩をすくめる。「魔法使いたちがやることとは比べものにならない」

一時間ほど歩いただろうか。川から誘拐犯たちのいた場所まで行くのに要した時間よりはるかに長くかかっている。もしかすると、森の知識がこっちの世界では通用しないのだろうか。ジェレミーは少し不安になってきた。来た道をたどり直すのは得意だし、ヒューの光の球の助けもある。それでも、いっこうにたどり着かない。同じところをぐるぐる回っているような気さえする。方向をつかんだと思うたびに、結局また引き返すことになる。川の上なら水流に引っ張られて航路から外れてしまうこともあるけれど、ここは地面の上だ。

「こんなことなら、来るときパンくずを落としておけばよかったな」周囲を見回しながらジェレミーは言った。さっきまで機能していたコンパスはいま、針が狂ったように回転している。何か強い力が介入しているようだが、ジェレミーが受けてきたボーイスカウトの訓練では、魔法がコンパスに与える影響については教わらなかった。

木々がまばらになってきた。川に近づいていることを意味しているのならいいのだが、水の音もにおいもしない。まもなく一行は森のなかの空き地に出た。空き地の真ん中に奇妙な小さな家があって、コンパスの針がまっすぐそれを指している。ジェレミーの横にいる男が手で何かの形をつくった。すると、それを見てほかの男たちも同じことをする。どうやら魔除けのサインらしい。ヒューがすばやく光の球を消した。家は依然として自らの力で淡く光っている——訪問者を誘うように。

ジェレミーはすぐにジンジャーブレッドハウスだと思った。毎年、クリスマスに、母がパーティーの目玉として近所のパン屋に注文するジンジャーブレッドハウスによく似ている。ある年のクリスマス、ルーシーがプレゼントにもらったおとぎ話《フェアリーテイル》の本をもって家に遊びにきて、読み聞かせてくれたことがある。それはヘンゼルとグレーテルとジンジャーブレッドハウスに住む子どもを食べる魔女の物語で、ジェレミーはさっそく、人食い魔女の家をクリスマスの飾りに使うことについて母をからかったのだった。この家に対するヒューたちの反応や、なんらかの力によって自分たちが引き寄せられてきたらしいことを考えると、ここに住んでいるのも負けず劣らず邪悪な者のような気がする。

もし、ジェレミーたちがここに引き寄せられてきたのだとしたら、ドーンも川へ戻る途中で同じように引き寄せられたかもしれない。でも、ドーンは警戒しないだろう。彼女は赤ずきんも悪いオオカミも三匹の子ぶたも知らなかったから、ヘンゼルとグレーテルやジンジャーブレッドハウスの危険な誘惑のことも知らないに違いない。

ジェレミーは物語がどんなふうに終わったか思い出そうとしながら、忍び足で家に近づく。ヘンゼルとグレーテルはどうやって魔女を殺して逃げたんだっけ。男たちも家に向かって進む。もはやそれ以外選択肢はなさそうだ。立ち去ろうとしても、また引き戻されるだけだ。この家にいる何者かと対決しないかぎり、おそらく永遠に森から出ることはできないだろう。

家のなかから声が聞こえて、ジェレミーは思わず立ち止まった。後ろにいた男がジェレミーにぶつかったが、ジェレミーは声に集中していて気づかない。歌声だ。ドーンの歌声だ。彼女はここにいる。生きている！

「おまえさんの友達だな？」ヒューがささやいた。ジェレミーはうなずく。「彼女を逃がさなきゃならん。森で迷った旅人と子どもは決して戻らないという言い伝えがある」ヒューは言った。

家に近づくにつれ、歌声はよりはっきりと聞こえてきた。ドーンの声以外に、すすり泣きのような声も聞こえる。もうひとり魔女に捕まっている人がいるのだろうか。

ヒューは男たちを入口のまわりに立たせ、いちばん大柄な男にドアを蹴破らせた。皆でいっせいになだれ込むと、揺り椅子で老婆がぼろぼろと涙を流していた。その横で、ドーンが哀しげな歌を歌っている。男たちを見るなり、ドーンは歌うのをやめ、ジェレミーに駆け寄って抱きついた。「ありがとう！　来てくれたのね！　ケージに入れられそうになったから、哀しい歌を歌ってみたの。哀しい歌を聴けば、気がとがめてひどいことをしないかもしれないと思って。『レ・ミゼラブル』と『ミス・サイゴン』のほとんどの曲と『オペラ座の怪人』のなかのいちばん哀しい曲と、あと知っているかぎりのカントリーを歌ったわ」

「彼女が危険だってどうしてわかったの？」ジェレミーは訊いた。

「リビングにケージがあって、それをゲストルームだって言うんだもの」

「なるほど、それはさすがに怪しいな」ジェレミーはドーンの腰に腕を回し、家の外へと促す。

そのとき、歌が途切れたことに気づいた老女がわれに返った。

「あたしの家で何してるんだい！」涙で濡れた顔のまま二度ほどはなをすすりながら、老婆は金切り声をあげた。そして、家のなかに筋骨たくましい男たちが大勢いることに気づくと、ふいに歯のない笑みを見せた。「おやおや、これはようこそ、大きくて強くてうまそうな殿方たち。お腹は減ってないかい？　ケーキがあるよ」

ジェレミーは童話のなかのケージのくだりを思い出した。魔女はケージのなかに子どもたちを閉じ込め、太らせるのだ。たしか、子どもたちは目のほとんど見えない魔女をニワトリの骨を使ってだますんじゃなかったっけ。まだ十分に肉がついていないと。壁際の巨大な暖炉が目に入る。その横にレンガづくりのオーブンがあった。そうだ、子どもたちは魔女をオーブンに押し込むんだ。

「ケーキ、食べようかな」ジェレミーは言った。「もう腹ぺこで」

ドーンがジェレミーの腕をつかむ。「だめよ、ジェレミー！　はやくここを出なきゃ」

ジェレミーはドーンをヒューに託し、オーブンの方へ行く。「ケーキって温かいの？　おれ、温かいのが好きなんだ」魔女の表情がぱっと輝き、オーブンの前までよたよたと歩いていく。ジェレミーは一瞬、お菓子の家に住む小さな老婆を殺そうとしていることに罪悪感を覚えたが、すぐにこの老婆は魔法阪蟻地獄なのだと思い直した。抗《あらが》うことのできない強力な魔法で何も知らない旅人を家に誘い込み、檻に閉じ込めて太らせたあげく食べてしまう人食い魔女だ。彼女を消すことは社会のためであり、おそらく自分たちにとってもここから脱出する唯一の方法だ。

「そりゃあよかった。ちょうど焼きあがったところだよ」魔女はかがんでオーブンのドアを開ける。ジェレミーはすばやく駆け寄って彼女の背中を思いきり押したが、鶏ガラのように痩せた小さな老婆にしては思いのほか強い力で抵抗され、童話のように簡単にはいかなかった。男たちのうちのふたりがジェレミーの意図に気づいていっしょに押しはじめる。魔女が何やら呪文を叫ぶと、部屋のなかの砂糖菓子の飾りがジェレミーたちに向かって飛んできた。三人はなんとか魔女をオーブンのなかに押し込んでドアを閉め、ぶ厚い木のテーブルの下に避難する。そして、レモンドロップやペパーミントディスクの砲弾の雨が止むのを待って、おそるおそるテーブルの下から出た。

男たちは安堵のため息をついたが、ドーンは目に涙をためて言った。「ただの孤独なお年寄りだったかもしれないのに。おばあさん、わたしの歌を聴いて泣いてたわ」

ヒューがドーンの肩に手を置く。「お嬢さん、あの魔女は長年人を殺してきたんだ」

「魔法で人々をこの家に引き寄せてね。殺さなければ、一生ここから出られなかったかもしれない」ジェレミーはそう言って、コンパスを出す。針は正常に機能していた。「これで川に戻れそうだ」

ヒューが光の球を出し、一行は出発した。ドーンはジェレミーにぴったりくっついて歩きながら、小声で訊いた。「この人たちはだれ？」

「楽団だよ。マーケットでおまえにヤジを飛ばしてた子、覚えてる？　あの長老は彼女の父親なんだ。おまえを誘拐したのはベルトラムだろうと教えてくれて、ドーンが彼らのバンドで歌うならいっしょに捜してくれるって話になったんだ。勝手に約束しちゃったけど、よかったかな」

「本物の楽団の一員になれるってこと？」ドーンはぴょんと跳んでうれしそうに手をたたく。それから、顔をしかめた。「彼ら、音楽の腕はどうなの？」

「さあ、まったくわからない。演奏はまだ見てないから。でも、ステージつきのいいボートをもってる。だからそこそこ稼げてるんじゃないかな」

「少なくともあのグループよりはましよね。彼ら、本当にひどかったの」ドーンは踊るような足取りでヒューのところへ行くと、助けにきてくれたことのお礼を言った。一座の男たちがふたりを取り囲んでいる。絶対に約束を反故にはさせないという空気が感じられる。どうやら本当に、このまま一座のメンバーとして旅をすることになりそうだ。ドーンは喜んでいるようだが、ジェレミーは囚人になったような気分だった。

11

しばらくすると、追っ手は遠ざかっていった。犬たちの吠える声も小さくなっていく。ルーシーは耳を澄ます。蹄《ひづめ》の音はもう聞こえないし、振動も感じない。セバスチャンがルーシーの肩をぎゅっと抱き寄せた。額をルーシーの頭のてっぺんにつけ、大きく息を吐く。懸命に落ち着こうとしているように。ルーシーはセバスチャンのシャツにしがみついた。

ふたりは長い間そうしていた。くぼみの外で草の揺れる音がして、ふたたび緊張が高まる。

「わたしです」ラーキンの低い声が聞こえて、ルーシーは少しほっとした。「連中はいなくなりました。犬たちは仕事をする気がないようです。あの主人はあまり好かれていませんね」

「きみはこのあとどうすべきだと思う？」セバスチャンが訊いた。「今夜はここにとどまって明日の朝出発すべきか、それとも、夜の間に移動すべきか」

「しばらくここにいて夜明け前に森に入りましょう。それまでには連中も捜索をあきらめると思います」ラーキンは言った。

「あたしの時計では、今朝の日の出は六時ごろだった。四時に出発でどう？」ルーシーは提案する。「ちなみに、いまは九時半」あれほど走ったり隠れたりしたのに、あの家に入ってからまだ一時間もたっていないのだ。もっとずっと長い時間がたったように感じる。

「眠ってください」ラーキンが言った。「わたしたちが見張りをします」

明日のことを考えれば、しっかり休息を取るべきだとわかっているが、武装した男たちとか、んかんに腹を立てた魔女が血眼になって自分を捜していると思うと、ルーシーはなかなか眠ることができなかった。セバスチャンも寝つけないようなので、小声で言ってみる。「さっきはかっこよかったよ」

勘違いでなければ、アーガス卿は裏切り者かもしれないけど、剣の教え方はうまいみたいだね」

ていません。わたしが知っていることはすべて彼の部下の軍曹が教えてくれました」セバスチャンはそう言ってから、ため息をつく。「その軍曹も裏切り者かもしれません。あの家へ行くよう指示したのは彼ですから」

「でも、あたしを救出するよう命じたのも彼でしょ？　どうしてあたしを助け出させておいて、また魔女のところへ連れていかせるの？　だったらあのまま牢屋のなかに置いておけばいいじゃない。あなたがあたしを逃がしたことに元ボスがなんらかの形で気づいたんだよ、きっと」

「姫が使ったあの武器はなんですか？　あれのおかげで戦況が劇的に変わりました」セバスチャンは言った。急に話題を変えたところを見ると、この件について話すのはまだつらいらしい。

「唐辛子スプレーだよ。目をひりひりさせるやつ。護身のためにいつも携帯してるの。うちの学校、小さくてのんびりしてるから、生徒のかばんのなか調べて武器の有無をチェックしたりしないんだ。本来ならこれ、完全に没収の対象だからね。あたし自身、リュックサックに入れてたことをほとんど忘れてた」

「素晴らしい立ち回りでした」セバスチャンがほほえんでいるのが声でわかる。「姫には戦士女王になる素質がありますね」

話が途切れ、ふたりとも黙った。ルーシーはセバスチャンの肩に頭をのせたまままうとうとしはじめる。いつのまにか眠ったらしく、はっとして目が覚めた。寝過ごしたかと焦ったが、まだ四時になっていなかった。セバスチャンはまだ眠っている。ふたりはぴったり寄り添っていた。親がいっしょにいる部屋でテレビを観るのに適している体勢ではない。先に目が覚めてよかった。ルーシーは少しだけ体を離す。目覚めたときルーシーが腕のなかにいたら、セバスチャンは気まずいだろう。こんなふうに体を寄せ合うことは、プリンセスを守る従者の職務には含まれていないはず。

ルーシーが動いたので、セバスチャンも目を覚ました。「時間ですか?」ルーシーの肩に回した腕を急いで離し、目を合わせずに背筋を伸ばしながら言う。

「そろそろね」

外で草の揺れる音がして、ふたりともびくりとしたが、来たのはレイラだった。「周囲を見てきましたが人の気配はありません。いまのうちに出発しましょう」

セバスチャンが先にくぼみから出て剣を鞘《さや》に収め、ルーシーが出るのを手助けした。犬たちの先導で一行は小川に沿ってしばらく上流へ進む。水の少ない場所まで来ると、対岸に渡り、土手をのぼった。

まもなく木立が終わり、ふたたび開けた草地に出た。目立たないよう柵に沿って歩く。いくつ草地や牧草地を抜けただろう。その間、人の姿を見ることは一度もなかった。

東の空がかすかにピンクに色づきはじめたとき、一行は森に入った。ルーシーは木の陰に身を隠せることに少しほっとする。二匹とふたりは森の奥へ奥へと歩き続ける。ルーシーは疲労困憊で、足を前に出すのもやっとだった。昨日あれだけ走ったのとせまい場所で身を縮めて寝たことで、体じゅうの筋肉が痛い。休憩できないか訊いてみたいが、甘やかされたわがままなプリンセスだと思われては困る。あくまで救出するに値するプリンセスでいなければならない。

「ここで少し休みましょう」レイラが言った。休憩の指示が脳から足に到達するのに少し時間がかかり、ルーシーはレイラが見つけた蔓草《つるくさ》と茨《いばら》で覆われた小さな洞窟の前を何歩か通り過ぎてしまった。洞窟のなかは薄暗かったが、セバスチャンもルーシーに負けず劣らず疲れているのがわかった。顔は青白く、目の下に濃いくまができている。奇妙なことに、そのせいでかえって若く、無防備にさえ見えた。彼が優れた剣士であることはもう知っているのに。ルーシーはあらためて、セバスチャンがひとりの少年にすぎないことに気がついた。それまでは何か輝く甲冑《かっちゅう》に身を包んだ騎士のような、おとぎ話《フェアリーテイル》のヒーローのようなイメージで見ていたが、彼はスーパーヒーローなどではない。たしかに強くて剣術にも長《た》けているけれど、ルーシーとさほど年の変わらない少年で、ルーシーと同じくらい疲れていて不安なのだ。

ルーシーはセバスチャンの手を取り、精いっぱい力強くほほえんで見せた。「いまのところうまくいってるね」

セバスチャンは中途半端な笑みを返すと、自分の手に重ねられたルーシーの手を見た。「うまくいって……いますか？」

「あたしたち、まだ捕まってないよ」

「たしかに」

セバスチャンは体の力を抜こうとするかのように肩を動かした。その拍子にマントが落ちて、乾いた血で染まった右腕の袖が露わになった。「セバスチャン！」ルーシーは思わず声をあげる。

セバスチャンは袖を見おろし、血に気づくと、少し青ざめた。「あ……いや、大したことはないでしょう。自分で気づかなかったぐらいですから」

ルーシーは本来、血を見て気が遠くなるようなタイプではないが、突然、動揺が襲ってきた。戦いの最中も逃げている間もずっと気持ちを強くもってきた。でも、セバスチャンのシャツについた血を目にしたとたん、張り詰めていた気持ちがぷつりと切れてしまったらしい。おそらく、ここまでなんとか無事でこられたのはセバスチャンがいたからであり、もし彼を失えば一巻の終わりで、もう少しでそうなるところだったということを、彼の腕を見てあらためて思い知らされたからだろう。

「ちょっと見せて」ルーシーは言った。

「大したことありません」

「でも、もし失神なんかされたら、あたしにはあなたを担ぐことはできないもん。それに、化膿したら大変だよ」セバスチャンのぽかんとした顔を見て、この時代にはまだバイ菌とかバクテリアといった概念がないことを思い出した。「とりあえず、それ以上悪化しないように処置させて」ルーシーは言った。

セバスチャンはチュニックとシャツを脱ぐ。痛くないと言い張るわりに、その動きはぎこちなかった。ルーシーは、露わになった肩ではなく、怪我をした腕だけを見るよう努める。でも、視界の隅にちらちら入ってくる光景を見るかぎり、剣を振り回すのはかなり効果的な筋トレになるようだ。

腕の傷は、剣の刃先がかすっただけのような長く浅いものだった。「ぎりぎりかわせたみたいだね」ルーシーは言った。いちばん心配なのは化膿することなので、除菌用ローションを出し、傷に沿って垂らす。セバスチャンは呼吸が少し浅くなったが、痛がるそぶりは見せなかった。

シャツを脱いでもらったついでに、ルーシーは一昨日負った弓矢の傷もチェックした。縫合したところは一カ所糸が切れていたが、それ以外はなんとかもっていて、化膿を示唆する赤みや腫れは見られない。スイスアーミーナイフについているピンセットで切れた糸を抜き、傷口に除菌用ローションをつけておく。

手当てを終えてからようやくセバスチャンのことを見る。筋肉質な胸と肩にクラッとくるだろうと覚悟していたら、その前に上半身の傷が目に入った。白く盛りあがった古傷が腕にいくつもある。もとはいま手当てしたのと似たような傷だったのではないだろうか。ほかに、背中と鎖骨のすぐ下にくぼんだ傷跡がひとつずつと、背中全体に鞭で打たれた跡のような細長い傷が複数あった。もっとひどい怪我をしたことがあると言ったのは、誇張ではなかったようだ。騎士の訓練はルーシーが思うよりずっと厳しいということだろうか。それとも、彼の人生が特別過酷だったということ？

ルーシーが傷跡を見つめていると、セバスチャンが顔をあげ、ふたりの目が合った。ルーシーは思わず息を止める。ふたり同時に顔を背け、セバスチャンは服を着た。マーケットで買った食料を分け合う間も、ふたりは視線を合わせず、手が触れるのも避けた。食料の購入はカモフラージュのためにルーシーが提案したものだが、結果的に命をつなぐものとなった。

セバスチャンはもともと口数の多いタイプではなさそうだが、いまや〝無口で頼れるタイプ〟というレベルではなくなっている。もっとも、黙り込むのも無理はない。なにしろ、ボスが裏切り者だったことが判明し、自分の使命が完全に空中分解してしまったのだから。

「残念ながら、状況はかなり厳しくなりました、姫」食べ終わると、セバスチャンは言った。「魔女側に王政支持者《ロイヤリスト》が使うサインや合い言葉がもれてしまっているようです。もはや、姫にとって安全な場所を見極めることができなくなりました」

「そういうことみたいだね。ちなみに、プランBはないの？　行けと言われた場所が罠だった場合、ほかに行けそうなところ」

セバスチャンは顔をしかめる。もしかして、プランBという言葉がわからない？　それとも、何かプランを考えてる？　ルーシーがとりあえずプランBの意味を説明してみようとしたとき、セバスチャンが口を開いた。「あと数日で呪いの効力は消滅します。そうなれば、魔女はいまほど脅威ではなくなります。それまでなんとか見つからずにいれば……」

「呪いはもう消滅したんじゃないの？　あたしの誕生日に。あなたが地下牢から助け出してくれた日が誕生日だったんだから」

「いいえ、姫の誕生日は数日後です。魔女はその日に戴冠式を決行するつもりです」

「こっちの世界と向こうの世界の間には時差があるってことかな。じゃあ、しばらくの間隠れていられる場所はない？　魔女があたしを追い払えたと思って、多少油断してくれるまで」

「ひとつ案はあります。先方の立ち位置がわからないので、完全に安全かどうか確証はありませんが、でも、彼らが魔女の方につくとは思えません。頼めばおそらくかくまってくれると思います。もちろん、それも確証はありませんが」

「それってどこ？」

「わたしの故郷です」

＊

ショーボートの女性用キャビンで目を覚ましたドーンは、早くも胸の高まりを抑えられない。昨夜、ボートに到着したのはかなり遅い時間だったので、寝台に直行した。今日はドーンにとって、プロのパフォーマーとしての記念すべき初日だ。甲板に出たときにはすでに歌を口ずさんでいた。

「おまえさんは歌い手になるために生まれてきたんだな」声が聞こえて振り向くと、ヒューが手すりにもたれてパイプを吹かしていた。

「何になるために生まれてきたのかはよくわからないわ。いまそれを知ろうとしているところ。でも、歌うのは大好きよ」

ドーンとしては特に面白いことを言ったつもりはなかったが、ヒューは愉快そうに笑った。「リーアンに何か着るものを用意させよう。そいつは――」ヒューはドーンの服を指さす。「やめといた方がいい」そのときはじめて、ドーンは自分の着ているシャツとカーゴパンツが恐ろしく場違いであることに気がついた。そういえば、道中、こちらをじろじろ見る人たちがいた。でも、ふだんから変な目で見られることには慣れているので、特に気にとめもしなかった。

「リーアン！」ヒューは大声で呼んだ。

数分後、リーアンが現れた。急ぐつもりはみじんもないということを見せつけるかのようにゆっくり歩いてくる。「父さん、呼んだ？」のんびりした口調で言う。

「新人に衣装を見立ててやってくれ。ドーンに何かいいものを着せてやりな」

リーアンの表情がにわかに険しくなる。ドーンは、彼女の怒りが父親ではなく、自分に向いているのを感じた。「衣装担当はグインだよ。あたしは演者で、裏方じゃない」

「グインにはあとで一着つくらせる」ヒューは娘の怒りを知ってか知らずか穏やかに言った。「おまえのトランクにはおれが買ってやったドレスがぎっしり入ってるだろう。ドーンには今夜着るものが必要なんだ」

「荷づくりしたときは舞台に立つなんて思っていなかったから、変な服ばかりもってきちゃっの）」リーアンに少しでも機嫌を直してもらおうと、ドーンは言った。「何か貸してもらえたらすごく助かるわ」

リーアンはしばしドーンを見据えてから口を開いた。「体格はだいたいあたしと同じだね。まあ、違うところもあるけど」そう言うと、自分のふくよかな胸もとを見おろしてにやりとする。「昔着てた服のなかになら、あんたに合うのがあるかも」リーアンは肩をくいと動かしてついてくるよう合図すると、父親と共同で使っている後部船室へ行き、大きなトランクを開けた。「さてと、あんたにはどんなのがいいかしらね」ぶつぶつ言いながら服を出す。「あんたの相棒の鳥を霞《かす》ませるような派手なのはやめた方がいいよね。ああ、これがいいんじゃない？」リーアンはそう言って、レースのついたクリーム色のドレスを掲げた。ネグリジェのように見えなくもない。「着てみて」

着がえる間ひとりにしてくれそうな気配はまったくないので、ドーンはしかたなく後ろを向くと、そこにだれもいないつもりで急いで服を脱ぎ、ドレスを着た。着てみると、思ったよりいい感じだった。襟の開きはリーアンが着ているものよりずっと浅い。これならおばたちも文句はないだろう。「素敵」ドーンは言った。「ありがとう」

「ま、悪くないね」リーアンは品定めするようにドーンを眺める。「あんたの声なら、ぼろきれまとって歌ったって、だれも気にしないだろうけど」

「ほんと？　そんなふうに言ってくれるなんてうれしいわ」ドーンは思わずリーアンを抱き締める。

リーアンはにっと笑うと、トランクの方に注意を戻した。「もうひとつ見繕っておこうか。少なくとも一回は衣装がえする必要があるからね」

ドーンは船室の細長い染みだらけの鏡で自分の姿をチェックする。「リーアン、あなたはグループのなかで何をしているの？」

「あたしは奇術師。あたしがこの一座のスターよ」

ドーンはリーアンの方に向き直る。「奇術？　でもこのグループは音楽をやる一座でしょう？　奇術がどうして音楽団の目玉になるの？」

言ってすぐにしまったと思ったが、もう遅かった。リーアンの表情がさっき以上に険しくなり、ひそめた眉が眉間でくっつきそうになっている。リーアンは片手をあげて拳《こぶし》を握った。ドーンは思わずあとずさりしたが、リーアンは拳をドーンに向かって突き出すかわりに、手のひらを上にして指を開いた。そこには卵がのっていた。リーアンは卵を割り、なかから色鮮やかなスカーフを出す。スカーフは鳥に変わり、飛び立つや否や宙に消えた。「これをやれば、どこへ行ってもあたしはスターよ」

ドーンは歓声をあげて拍手した。「すごい！　もしかして、魔法使いになりたかったの？」

「能力はあるわ。でも、彼女たちはあたしを受け入れなかった」リーアンは肩をすくめる。

「どのみち、いまはかかわり合いになりたくないけどね」そう言うと、またトランクのなかをかき回す。

「悪い人たちだと思うの？」

「さあね。実際のところ、彼女たちのことはどう思えばいいのかだれもわからないわ。とにかく、役に立たないことだけはたしかだね。彼女たちがいながら、プリンセスは呪いをかけられて、王と王妃は行方不明になって、いまや魔女が国を支配してるんだから。なんだか知らないけど、自分たちのことで忙しいらしいわ」リーアンはもう一着ドレスを差し出す。「これ、着てみて」

今度のはスピンクの頭の色とマッチする淡い青灰色のドレスだ。さっきのドレスより大きくて、やや服に着られる感じになるが、生地が薄くて柔らかいので、動くとふわりと波打つように揺れる。「ダンスするのにいいわね」ドーンは動揺が声に出ないよう気をつけて言った。おばたちが悪い人だなんて信じたくないけれど、彼女たちは魔女が国を乗っ取る手伝いをしているらしいグループといっしょにいた。もし、あのとき家を出ていなかったら、どうなっていただろう。案外、ルーシーは危険に直面してなどいないかもしれない。彼女をドーンだと勘違いした人たちが、ドーンを誘拐した魔法使いたちからドーンのつもりでルーシーを救出したのだとしたら。

ドーンはこれまでずっと、人は基本的に善良だと信じ、出会ったほとんどすべての人を信頼して生きてきた。実際、裏切られたこともなかった。でも、いまはもうだれを信じればいいのかわからない。

12

「ちょっと待って」ルーシーは訊き返す。「自分の家が安全かどうかわからないってどういうこと？」

「子どものころに出て以来帰っていないんです」セバスチャンは言った。「七歳のときに父が亡くなり、そのあとすぐ、訓練のために里子に出されました。それ以来、故郷には戻っていませんし、家族からも連絡はありません。兄の近況については耳にしましたが。国王直属の評議会のメンバーだと聞きました。一度、宮廷で見かけたこともあります。でも、話はしていません。両陛下に仕えていたのであれば、兄のもとで姫の身は安全だと思いますが、わたしがどう迎えられるかはわかりません」最後のひとことにはどこか投げやりな響きがあり、それ以上何か訊くのがためらわれた。気になってしかたがないが、彼にとって触れられたくない部分であるのは明らかだ。

「わかった。あなたの家に行こう」ルーシーは言った。そして、セバスチャンの手をぎゅっと握ってつけ加える。「もしお兄さんがあなたに意地悪だったら、あたしがただじゃおかないから」

セバスチャンの顔にかすかに笑みが浮かぶ。「あなたはお優しいかたです、姫」

「ちょっと、何言ってんの？　あたしの命を何度も救ってくれてるのはあなただよ？　あたしたち、なかなかいいチームじゃない？　これ、テレビドラマになるよ。勇敢な従者とおてんばなプリンセス。ふたりで力を合わせて悪を制す！」セバスチャンはぽかんとしている。「ま、いいわ」ルーシーはため息まじりに言った。「説明するとめちゃくちゃ長くなるから気にしないで。ていうか、そろそろ出発だよね」

また歩くのかと思ったらつい泣きごとが出そうになったが、セバスチャンが立ちあがって荷物を肩にかけながらため息ともうめきともつかない声をもらすのを聞いて、少し気が楽になった。洞窟から出ると、セバスチャンは斜面をのぼり、丘の頂上の大きな木の下まで行った。

「西へ向かいます。西は――」セバスチャンは木の幹を調べると、左側を向いて指をさした。

「あっちです」

セバスチャンが指さした方向に歩き出しながら、ルーシーはジェレミーのボーイスカウトの手引きから得た知識を少しだけひけらかしたくなった。「そうだよね、苔《こけ》は北側に生えるから」

セバスチャンは驚きと畏敬の念が入り交じったような顔でルーシーを見た。「ご存じなんですか？」

「まあ、そういうことも多少は勉強してるっていうか。ほら、あたしプリンセスとして育ってないから」

「あなたは本当に驚きに満ちた方です」屈託のない笑みが満面に広がりかけたが、セバスチャンはそれをすばやく抑え込んだ。「傷の手当てができて、見たこともない武器を操って身を守ることができて、そのうえ、森歩きの知識まであるなんて。亡命中ほかにはどんな技能を身につけたのですか？」

「いろいろできるよ。役に立つことも、立たないことも」父親を亡くして以来、ルーシーは自分の面倒は自分で見てきた。ときには母親の面倒も。「まず、料理ね。まあ、気取ったものはつくれないけど、いまのところあたしのつくった料理で具合が悪くなった人はいないよ。あと、あたしのつくるアイスクリームサンデーは絶品だって言われる。裁縫もできるよ。自分の服はほとんど自分でつくってる。いま、服飾史と舞台衣装の勉強をしてるんだ。実生活ではあんまり役に立たないけど。マーチングバンドではクラリネットを吹いてる。ま、これもあまり役には立たないね。ああ、あと、家のなかのものの修理もそこそこやるよ」

「もしかしたら、プリンセスは皆、城を離れて育つべきかもしれませんね。あなたほど女王としての能力を備えている統治者はそういないでしょう」

「あたしみたいなのはあたしが育ったところでは別に珍しくないよ。まあ、みんながみんな自分の服をつくったり、服飾史や舞台衣装に夢中になったりするわけじゃないけど、あたしがやるようなことができる人はたくさんいるし、もっといろいろできる人だっている。友達のジェレミーなんかはアウトドアサバイバルについてすごく詳しいし、シャツのボタンのつけかえだってできるよ」

「では、この国の未来の統治者は皆、あなたの育った世界へ送るようにすべきですね」セバスチャンは言った。

「じゃあ、あたしは子どもたちをあっちへやらなきゃならないってことだね」

「あ、そんなふうには考えませんでした……すみません、余計なことを申しました」セバスチャンはかしこまった口調で言った。

冗談だから気にしないでと言おうとしたとき、セバスチャンと目が合った。また例の息が詰まるような感覚に見舞われ、とっさに視線を外す。何か言わなきゃ。でも、何を?

彼が好きなのかも——ルーシーはふと思った。イケメンで、勇敢で、鍛えられたいい体をしていることはすでにわかっているけれど、恋の相手として考えたことはなかった。なにか遠くから眺めるテレビスターのような感じで、実際につき合うとか、そういう発想はなかった。でも、彼のことを知っていくうちに——逆境はある意味、その人がどんな人物かを知るのに最適だ——もっともっと知りたくなってくる。これはジェレミーに対して感じる気持ちと似ている。どれだけ長くいっしょにいても、どれだけ親しくなっても、決して十分じゃないというか……。

ジェレミーのことを思い出して、ルーシーははっとした。彼は幼いときからずっとそばにいる。ほかのだれかといる自分なんて想像したことすらない。でも、ジェレミーがセバスチャンのようにルーシーを見つめたことは一度もない。視線をあげると、ふたたびセバスチャンと目が合った。ふたりは同時に目をそらす。たぶん勘違いではない。セバスチャンはルーシーを女の子として見はじめている。護衛を命じられたプリンセスとしてだけではなく。

でも、たとえそうだったとしても、どうすればいいのだろう。この先ずっといっしょにいられるわけではない。ルーシーは別の世界の人間で、いずれ帰ることになる。それに、たしかにセバスチャンのまなざしはルーシーの背筋をぞくぞくさせるけれど、それ以上の行動に出るわけではない。

ルーシーの場合、感情的に動揺したときの対処法はしゃべることだ。さっそく会話を試みる。「里子に出すっていうのは、学校にやるような感じなの？」セバスチャンの説明を聞くかぎり、ルーシーの世界の里親制度とは違う気がする。でも、家族からまったく連絡がないということは、家庭環境が悪かったために保護されたという可能性もある。本人は幼くてそのことを理解できなかっただけで。

「貴族のなかでは一般的な習慣です」セバスチャンは言った。「男子を騎士に育てる場合、父親や兄が訓練を行うのはあまりよいことではないと考えられています。訓練は、欠点を冷静に見極めて正すことのできる第三者が行うべきだとされているのです。いずれにせよ、兄にはわたしを教える時間はなかったでしょう。父から爵位と土地を受け継ぎ、領地を治めなければなりませんでしたから。その傍ら、弟の面倒を見て、さらに騎士の訓練まで施すことはできなかったと思います。アーガス卿の訓練は非常に厳しいことで知られていました。騎士の訓練はたしかに学校のようなものです。書物を使った勉強もありますし。でも、それだけではなく、家の運営や、戦闘、馬術など、騎士になるために必要なあらゆることを学びます」

「でも、訓練の間、家族とまったく連絡を取らないってことはないでしょ？」ルーシーは訊いた。そして、ふと気づいた。「え、ちょっと待って。いま、爵位って言った？」

「はい、兄はグラントレー公爵です」

「じゃあ、あなたはセバスチャン卿ってこと？」

「ええ、そういうことになりますね。でも、わたしをその称号で呼ぶ人はいません。アーガス卿が禁じていました。すべての従者は平等であるべきなので」

「でも、あなたはもうアーガス卿の従者じゃないよね、閣下」ルーシーがおどけてひざを曲げてお辞儀をすると、セバスチャンはにっこり笑った。

ルーシーが家族についてさらに質問しようとすると、セバスチャンは話題を変えた。「アーガス卿は、おそらくずっと前から魔女と共謀していたのでしょう。自分が裏切り者に仕えていたと思うと……」

「知らなかったんだからしかたないよ」

「でも、フォルクは？　彼が自らの意志で裏切り者のために働くとはとても思えません」

「もしかすると二重スパイだったんじゃない？　忠実な軍曹のふりをしながら、王家のためにスパイをしていたのかも」

セバスチャンはいぶかしげにルーシーを見る。「姫は偽計や諜報活動についてとてもお詳しいのですね」

「ああ、まあ、そうね。友達のジェレミーの将来の夢がジェームズ・ボンドになることで、彼につき合ってスパイ映画をたくさん観てるから」セバスチャンのいぶかしげな表情が混乱のそれに変わる。「悪いけど、映画の仕組みについて説明するのは無理だから。あなたの世界にも演劇はあるでしょ？　人々が物語を演じるやつ」

「はい、あります。わたしも一度観たことがあります」

一度？　たったの一度だけ？　家族は音信不通で、体じゅう傷だらけで、芝居は一度しか観たことがないなんて……。世の中には自分の人生を本に書いて、不幸な生い立ちにみごと打ち勝ったサクセスストーリーをトークショーで語る人たちがいるけれど、彼もそういう類いの人生を生きてきたのかもしれない。「まあ、映画も演劇の一種で、スパイものはすごく人気があるの。スパイって実際は基本的に地味な仕事なんだろうけど、フィクションの世界では、秘密諜報員が世界中を飛び回ってハイテクな武器や装置で悪いやつらをやっつけるむちゃくちゃ華やかでわくわくする仕事なんだ。で、たいてい悪者のひとりが実は正義の側の人間だったり、いい人間だと思っていた人が実は悪者側のスパイだったりするの」

「そうした演劇にはそのご友人と行かれるのですか？」

ルーシーの勘違いでなければ、セバスチャンは嫉妬しているようだ。彼が何を気にしているのかよくわからないけれど、はっきりしているのは、イケメンに嫉妬されるという状況を楽しむ気分にはまったくなれないということ。セバスチャンにだれかとつき合っているとは思われたくない。「ジェレミーはお隣さんで幼なじみなの。まあ、きょうだいみたいなものだね」哀しいかな、まさにそのとおりだ。

セバスチャンの肩から力みが抜けるのがはっきりとわかった。「きょうだいのような存在がいるというのはよいことですね。わたしも、兄弟とともに育つというのはどういう感じなのかよく考えます。小さかったころ、ジョフリーが遊んでくれたのをなんとなく覚えてはいますが」

ああ、また好奇心を刺激する発言。「お兄さんはいくつ上なの？」

「正確にはわかりませんが、十以上離れていると思います。爵位を受け継いだ時点で成人していたはずですから」

「それだけ年が離れてるのにいっしょに遊んでくれるなんて、いいお兄さんじゃない？」

セバスチャンはまた話題を変えた。「フォルクが裏切り者でないとしたら、集合場所を魔女に密告したのはだれだったのでしょうか。姫をお連れする場所を知っている人間は限られていたはずです」

「どこからもれてもおかしくないよ。ここには言葉を話せる動物たちもいるし。人々が作戦を練っているときに窓辺にとまってた一見善良そうな鳥だったたって可能性もある。いまこの瞬間だって、森のなかはスパイだらけかもしれないよ」

ふたりはそろって立ち止まり、顔を見合わせた。ルーシーは冗談のつもりで言ったのだが、それは十分にあり得ることだ。そのとき、近くで下草が揺れた。セバスチャンがルーシーの手を取り、ふたりは同時に走り出す。肩越しに振り返ると小さなウサギがきょとんとしているのが目に入って、ルーシーは思わず吹き出した。セバスチャンも振り返り、笑った。

「ふたりとも完全に疑心暗鬼になってるね」ルーシーは笑いながらセバスチャンに寄りかかる。

「われわれの置かれた状況ではいたしかたないでしょう」

「心配しないで、セバスチャン卿と小さなふわふわウサギの件はだれにも言わないから」

「いや、ふわふわウサギこそが実はスパイで、これからわれわれの居場所を報告しにいくかもしれませんよ」

「えー、やめて。小さなふわふわウサギが悪いことをする世界になんか住みたくないよ」でも、実際、森の生き物たちがそれぞれどちらの側についているかなど知りようがない。いまこの瞬間も、敵のスパイに囲まれている可能性は十分にあるのだ。

「動物の言うことに耳を傾ける気がなければ、人間が動物をスパイとして使うことはできません」レイラがつぶやくように言った。

ルーシーはこちらの世界に来てからずっと、人間と言葉を話す動物たちとの関係がどうなっているのか疑問に思っていたが、いまのレイラのひとことで訊きたいことがさらに増えた。でも、それはセバスチャンに家族について訊くこと以上にデリケートな話題であるような気がした。「あたしたちはあなたの話をちゃんと聞くよ」耳の後ろを撫でてやりたい衝動をぐっと堪えてルーシーは言った。「聞かない人間はみんなバカだよ」

ふたたび歩き出したとき、ルーシーはセバスチャンが手をつないだままであることに気づいた。ルーシーはそっと手を動かし、セバスチャンの指に自分の指を交差させてみる。鼓動が激しくなる。これはルーシー史上最も大胆な行動かもしれない。セバスチャンの手がそのあらたなつなぎ方でルーシーの手をしっかり握ったとき、ルーシーは一瞬、意識が遠のきそうになった。

歩きながらふと思った。公爵の息子であり弟である彼は、プリンセスの結婚相手として十分資格があるんじゃないだろうか。でも、ルーシーはプリンセスではない。別の世界から来た庶民で、公爵の息子を夫にできるような立場の人間ではない。それに、セバスチャンにはきっとすでに許嫁《いいなずけ》がいるだろう。将来はどこかの公爵だか伯爵だかの娘と結婚することが決まっているに違いない。

そもそもそんなことを考えること自体、意味がないのだ。ルーシーはいずれ向こうの世界へ帰る。向こうにはジェレミーがいる。物心ついたときから親友で、いつかそれ以上の存在になる予定のジェレミーが。ついセバスチャンの方を見てしまうたびに、ルーシーはジェレミーの顔を思い浮かべるようにした。とりわけ、セバスチャンもこちらを見ていたときは。

偵察に行っていたラーキンが息を切らして戻ってきた。「この先に川があります」

「では、方向は間違っていないな」セバスチャンはそう言うと、ルーシーの方を向いた。「姫、ここから先、足もとが悪くなります。わたしどもの領地は丘陵地にありますので」そして、ラーキンに向かって続ける。「川を渡れる場所は近くにあるかい？」

「少し先に橋があります。魔女の手下は見当たりませんが、トロールがいる可能性があります」

「ああ、たいていの橋にはいる」セバスチャンは顔をしかめる。「でも、歩いて渡るのはもっと危険だ。ここはあえてリスクを冒すしかないな」

ルーシーは橋の通行料《トール》はいくらなのか訊こうとして、ふとラーキンが〝トール〟ではなく〝トロール〟と言ったことに気がついた。「ちょっと待って、トロールって、橋の下にいるトロール？　おとぎ話《フェアリーテイル》に出てくるような？」もちろん、ふたりとも不思議そうな顔をしている。彼らにとって、これはおとぎ話《フェアリーテイル》ではなく、現実なのだ。「ええと、なんでもない、気にしないで。

前に何かで読んだような気がしただけだから」

「トロールがいるか見てきます」ラーキンはそう言って森のなかに消えていった。

道は上り坂になり、どんどん険しく、岩がちになっていく。広葉樹が減り、かわりに松やモミの木が目につくようになってきた。まもなく、水の流れる音が聞こえてきた。たしかに歩いて渡れる川ではなさそうだ。少なくとも滝がひとつはあるような響きだ。

ラーキンが戻ってきた。「やはりいました」

セバスチャンは剣の柄に手を置く。「大きさは」

「かなり大きいです」

セバスチャンは選択肢を検討しているようだ。顔をしかめ、ルーシーの方をちらちら見ている。ルーシーは待ちきれなくなって訊いた。「で、トロールがいるとどういうことになるの？」

「彼らは、通行料を支払えば人を渡らせることもあります。でも、わたしは彼らがほしがる硬貨をもっていませんし、トロールに渡していいような貴重品もありません。通行料を払えなければ、生身の体で払うことを要求されます」

「それって、人を食べるってこと？」

「トロールはなんでも食べます。わたしを襲ってくれれば反撃することもできますが、姫がねらわれたら、わたしには止めるすべがありません。わたしがこの剣でいくら切りつけようと、やつは姫を食べきるまで振り向きすらしないでしょう」

これはまさに『三匹のやぎとトロール』だ。「トロールって賢いの？」

「いいえ、やつらは恐ろしく頭の悪い連中です」ラーキンが言った。

「じゃあ、うまくだませるかもしれない。あたしが住んでる世界には、あとに来るものの方がもっと大きくてもっと美味しいとトロールに思い込ませる話があるの。そうすることで、小さくて弱い者たちは無事に橋を渡れて、いちばん強い者が最後にトロールと戦って勝つの」

「その方法は有効かもしれません」レイラが言った。「彼らは本当に愚蒙ですから」

「わかりました。では、姫の作戦を実行しましょう」セバスチャンはうなずく。

川の近くまで来ると、一行は木の陰に隠れた。川は深い谷底を流れているので、ここからは見えない。激しい水音は聞こえるが、目に入るのは対岸の断崖だけだ。この川を歩いて渡るのはもちろん不可能だけれど、橋自体もあまり安全そうには見えない。たとえトロールがいなかったとしても。それは木製の吊り橋で、朽ちかけた板がかなり摩耗したロープでつないであるだけだ。風は微風と言っていい程度だが、それでも橋は揺れている。ルーシーはもともと橋が苦手で、車でサビン川にかかる道路橋を通るときでさえ目をつむる。この橋はまさに悪夢に出てくる類いの橋だ。映画でこの手の橋を渡るシーンが出てくると、目をつむるか、スナックを取りにいくかすることになる。

その橋を実際に渡るのだ。それも、トロールをかわしたうえで。無理だ。ルーシーは対岸を見渡し、ロープを投げて引っかけられるような大きくて頑丈そうな木を探す。『スター・ウォーズ』でやっていたように、ロープにぶらさがって向こう岸へジャンプするのだ。この橋を渡るくらいなら、むしろそうする方が安全なんじゃないだろうか。トロールがいるいないにかかわらず。

そのトロールの姿は、いまのところどこにも見当たらない。橋のそばに苔むした大きな岩があるだけだ。

「姫、戦略をお聞かせください」セバスチャンが言った。

ルーシーは手が震えないようスカートを握りしめる。「まず、いちばん体が小さい者が最初に行くの。ここでは犬たちかな。トロールがあなたたちを止めたら、自分たちは食べるに値しない、このあとすぐにもっと大きいのが来ると言うの。そしたら、あたしが行って同じことをする。そして、最後にセバスチャンが行ってトロールと戦う。崖から突き落とすのがいちばんいいと思うけど、まあ、そこはあなたに任せるね。ただ、一応言っておくけど、あたし、トロールに会うのはこれがはじめてだから、本当にこの作戦が有効かどうかはわからないよ」

「いかにもトロールが引っかかりそうな策だと思います」ラーキンがうなるような低音で言った。

「じゃあ、これで行きましょう」セバスチャンが言った。

犬たちは橋に向かっていく。橋の上を三歩ほど進むや否や、苔むした岩だと思ったものがおもむろに立ちあがった。セバスチャンより頭ひとつ背が高く、体の幅は二倍ある。「通行料を払え」トロールの声が周囲に響き渡った。

レイラは頭を下げて服従の姿勢を取る。「わたしたちはしがない動物で、お金をもっていません」

「では、通行料はおまえたちの肉だ」

「わたしたちなど食べるに値しません、トロール様。このあとすぐにわたしたちよりはるかに肉の甘い人間が来ます」

「人間が?」舌なめずりしたような音が聞こえて、ルーシーはいまいる場所からトロールの顔が見えなくてよかったと思った。

「はい、人間です。すぐにやってきます。わたしたちを食べていたら、取り逃がしてしまいますよ」

トロールは橋のたもとに戻っていく。犬たちはすばやく橋を渡り、無事対岸にたどり着いた。

さあ、ルーシーの番だ。ひとつ大きく息を吐いて、隠れていた場所から出ていき、橋へ向かう。のんきに散歩を楽しんでいるように見せようとスキップを試みたら、脚がもつれて転びそうになったので、普通に歩くことにした。

「渡るなら通行料を払え」トロールの声が響き渡った。

ルーシーは急に不安になった。おとぎ話《フェアリーテイル》のなかの成功例を根拠にして命をかけるのは果たして賢明な判断だっただろうか。

13

ドーンははやく一座とリハーサルをしたくてうずうずしていた。彼らはドーンを誘拐したグループよりはるかにうまい。彼らのもち歌はもう覚えた。スピンクも合流した。ただひとつ頭が痛いのがリーアンだ。彼女には完全に嫌われたようだ。リハーサルのあとヒューに呼ばれ、ソロで二、三曲やる準備をするよう言われた。すると、ボートの向こう端からドーンをにらみつけるリーアンの視線はますます鋭くなった。

パフォーマンス以外の仕事については、ドーンは洗濯を担当させられた。リーアンが洗濯物の山をドーンの足もとにどさっと落とし、にやりと笑ったのを見て、ドーンはこれが楽な仕事ではないことを悟った。おばたちは全自動洗濯機や乾燥機を買おうとしなかったので、手洗いのし方は知っている。大量の洗濯物をいっしょに洗えるものごとに分けていると、歌声が聞こえてきた。ブロードウェイでも十分通用しそうな豊かなバリトンだ。顔をあげると、若い男がバケツにくんだ川の水を洗濯桶に注いでいた。黒髪に広い肩幅――見た目も主演男優級だ。学校のコーラス部の男子にもうまい子はいるけれど、このレベルの人といっしょに歌ったことはない。「いい声ね」ドーンは言った。

「そちらこそ、ミス・ドーン」青年はにっこりする。「あなたのような歌い手にそう思ってもらえるのはすごく光栄だな」そう言うと、ドーンの手を取り、甲にキスをした。「まだ自己紹介をしてなかったね。ぼくはウィル」

「こんにちは、ウィル。わたしが住んでいるところの歌であなたに合いそうなものがいくつかあるの。デュエット曲なんだけど、もし興味があれば教えてあげる。いっしょに歌えたら素敵だわ」

「いいね、ぜひ！」

ウィルがふたたびバケツに水をくんで洗濯桶までもってくると、ドーンは自ら歌いつつ彼に歌を教えはじめた。スマートフォンがあればただ曲を流せばすむのだが、ここにはない。もっとも、向こうの世界でもドーンはスマートフォンをもっていなかった。スマートフォンにかぎらず、ほかの子たちが皆もっているような音楽を聴くための電子機器を何ひとつもっていない。ドーンの音楽のコレクションは、おばといっしょにいまの家に越してきたときそこにあったひと箱分のレコードと古いレコードプレーヤーがすべてだ。ドーンは常々、前の住人がミュージカル劇のファンだったのは運命か思いがけない幸運かのどちらかだと感じていた。もしそれが、たとえばボーカルのないジャズだったら、ドーンは果たして自分の才能に気づき、人生をかけて追いかけようと思う夢を見つけていただろうか。

ウィルはのみ込みがはやく、ドーンが洗濯を終えるころには、四つの歌のAメロをすべて覚えていた。雑用を終えると、ふたりは甲板に出ていっしょに練習した。「ちょっと何してんの？」そばを通りかかったリーアンが言った。「あんたは鳥と歌うんじゃなかった？」

「すごくいいじゃないか、ウィル」近くに座っていたヒューがそう言うと、リーアンは肩越しにドーンたちをにらみつけて去っていった。

「このデュエットを入れたら、戴冠式に呼ばれるためのアピールになるかしら」ドーンはヒューに訊く。

「可能性はあるぞ。だけど、おまえさん、どうしてそんなに戴冠式で歌いたいんだい？」

ドーンは顔が熱くなるのを感じた。うそをつくのはいやだが、ヒューに本当のことを言うのはためらわれた。実はルーシーを捜していて、スピンクに城へ行くよう言われたのだとは――。

「だって、戴冠式でしょ。歴史的なイベントだもの」

「まあ、たしかにな」ヒューはつぶやく。

「あまりうれしそうじゃないのね」

ヒューはゲジゲジ眉毛を片方くいとあげる。「こっちに選択肢があるわけじゃないからな。邪悪な魔女様が勝手にやることだ」ヒューはにやりとする。「だが、投げ銭を期待できるのはいい。皆、恐くて見にいかないなんてことはできんだろうから」そう言って、人差し指と中指を親指にこすりつける。「観客はものすごい数になるだろう。皆、心が少しでも晴れるものを求めてるはずだ」

「邪悪な魔女様ってだれ？」ドーンは訊いた。

「なんだ、おまえさん、知らないのか？」

「わたしたち、よそから来たから」

「邪悪な魔女様ってのは、魔女のメランサのことさ」ヒューは言った。「何年も前から玉座をねらってあれこれ画策してきたんだが、ついに手に入れたってわけだ。国王と王妃がいなくなり、プリンセスの呪いが作動するときも近づいているってんで、いよいよ自分を即位させるのさ。もちろん、戴冠式は国王のときより派手にやるつもりだろう」

「ふうん、そうなの……」ドーンはこの話がいま起こっているいろいろなこととどう関係するのか考えた。ルーシーを誘拐したのはその魔女？　おばたちは魔女の仲間？　それとも敵？　たしかリーアンは、魔法使いたちと魔女は敵同士ではなさそうなことを言っていた。直感に従っておばたちから逃げたのはやはり正しい判断だったようだ。ドーンは思わず身震いする。

近くの手すりにとまって、ときどきドーンたちの会話から言葉を拾って歌詞に加えながら歌を歌っていたスピンクが、突然、声をあげた。「メランサ！　その名前、知ってる！　前に聞いたことある！」

「そりゃそうだろう、おちびさんよ」ヒューが優しく言った。「いま、この国を支配している人物なんだから、みんな彼女のことを口にするさ」

「彼女はお城にいるの？」

「ああ、そうさ」

「高い高い塔に？」

「さあ、それはわからんけどな」

「お城の高い高い塔にいるメランサ」スピンクは楽しげに歌う。まるで、子どものころに歌った懐かしい歌をたったいま思い出したかのように。

「そいつはレパートリーに加えない方がいいな」ヒューは口ひげをぴくりとさせて言った。「客受けはよくないだろうから」

＊

「あ、あの、お金はもってません」トロールに見おろされて、ルーシーは声が一オクターブあがる。

「では、通行料はおまえの体だ」トロールは言った。苔《こけ》がびっしり生えているような緑色の湿った物体が口から出て唇をなめる。ルーシーは、体で払うというのが食べるという意味で、もうひとつの意味でないことを心底願った。

「あたしを食べても大して腹の足しにはならないと思います」ルーシーはなんとか声を下げて言った。「アペタイザーにもなりませんよ。このあとすごく大きな人が来るから、あたしなんかで食欲を満たすのはもったいないです。それに、その人たぶんけっこう抵抗すると思うから、食事の前のちょっとしたお楽しみにもなるんじゃないかな」

「どのくらい大きい？」トロールは訊いた。小さな脳みそであらたな情報を懸命に処理しようとしているのか、目がうつろになっている。

「あたしよりずーっと大きいです。もうすぐ来ますよ。あたしにかまってたら、こっそり行かれちゃうかも」

絶妙なタイミングで、セバスチャンがやってきた。トロールはセバスチャンに気づくと、彼の方へ一歩踏み出す。ルーシーはそのすきに横をすり抜け、トロールの後ろからセバスチャンに向かって親指を立てて見せると、橋を渡りはじめた。

橋そのものもトロールに負けず劣らず恐かった。一歩進むたびに揺れる。板と板の隙間から、岩の上をしぶきをあげて流れる水が見える。下を見るなというアドバイスはここでは適切ではない。下を見なければ板と板の間に足を突っ込んでしまう恐れがある。

背後でトロールの声が響いた。「通行料は受けつけない」

「もとより払うつもりはない」セバスチャンは落ち着き払った声で答えた。橋が激しく揺れ、ルーシーは振り落とされないよう両手でロープにしがみつく。必死に踏ん張りながら振り返ると、セバスチャンが剣を構えて橋の方へゆっくりと進み、トロールがあとずさりしながら橋に乗ってきたのが見えた。

トロールは立ち止まり、セバスチャンの行く手を阻《はば》んだ。セバスチャンは剣の柄でトロールの腹を突く。トロールがかがみ込むと、今度は剣を頭めがけて振りおろした。トロールは手を伸ばしてセバスチャンの足を払う。倒れたセバスチャンの体が崖っぷちぎりぎりまで転がり、ルーシーは思わず悲鳴をあげそうになった。トロールにルーシーの存在を思い出させては作戦が台無しだ。ルーシーは歯をくいしばり、ふたたび橋を渡りはじめた。

揺れがさらに激しくなる。どうやら両者の戦いは完全に橋の上に移ったようだ。「神様、神様、神様」ルーシーは一歩足を踏み出すごとにつぶやく。もし、ふたりとも無事に橋を渡りきれたら、今後は文句を言わずに日曜学校に行こう。ルーシーは心のなかで誓った。まあそれも、あっちの世界に戻れたらの話だけれど。

橋がひときわ激しく揺れた。ルーシーは必死にロープにしがみつき、後ろを振り返る。セバスチャンがトロールの脇をすり抜けて橋を渡りはじめたのが見えた。セバスチャンは追ってきたトロールを蹴りつける。トロールはのけぞってよろめき、橋がまた大きく揺れた。セバスチャンが走り出し、トロールは立ちあがろうとするので、橋の揺れはますます大きくなる。「姫、走ってください！」セバスチャンは走りながら叫んだ。後ろからトロールがうなり声をあげて追いかけてくる。

ルーシーは、セバスチャンが剣を鞘《さや》にしまい、ナイフを取り出したのを見て、彼がしようとしていることを悟った。もはや一歩ずつ確認しながら進んでいる場合ではない。ルーシーは半泣きで祈りの言葉を唱えながら走り出す。対岸に到達したときには、思わず地面にキスしたくなった。「ロープを切って！」セバスチャンが叫ぶ。

ルーシーはスイスアーミーナイフを取り出し、ロープを切りはじめる。ルーシーの行動に気づいた犬たちも、別のロープを噛みはじめた。ルーシーのロープが完全に切れたとき、橋のたもとまであと数十センチのところにいたセバスチャンは、そこからいっきにジャンプして崖の上に着地し、すぐさま残りのロープの切断に取りかかった。橋を吊っているロープがあっさり切れていくのを見て、ルーシーは自分がいまそれを渡ってきたという事実にあらためてぞっとした。

トロールが橋を渡りきる寸前に、最後のロープが切れ、橋はトロールもろとも落下し、渓谷の岸壁にぶつかったあと、川のなかへ落ちていった。川に落ちたトロールは、苔むした岩に紛れてすぐに見分けがつかなくなった。あの岩のどれかはかつて同じ運命をたどったトロールなのだろうか。橋がなくなって、この辺りに住む人々の生活はひどく不便になるだろう。ルーシーは気がとがめたが、一方で、あんなに簡単に落ちる橋ならこれでよかったのかもしれないとも思った。トロールもいなくなったことだし、ちゃんと安全な橋をかけ直した方がいい。

「うまくいったね」ルーシーは肩で息をしながらセバスチャンに寄りかかる。まだ脚が震えていて、飛びあがって喜ぶ余裕はない。おとぎ話《フェアリーテイル》のとおりにしたら、本当にうまくいった。ということは、この物語の結末はハッピーエンド？　でも、ルーシーは物語の登場人物ではない。

「素晴らしい作戦でした、姫」セバスチャンはにっこり笑ってルーシーの背中をぽんとたたくと、そのまま肩に手を回して自分の方に引き寄せた。つい昨日まで、肩に手を回させるのに命令しなければならなかったことを思い出し、ルーシーは思わずほほえんだ。

ふたりはしばらくそのままの体勢で息を整えた。何時間でもこうしていられるとルーシーは思った。トロールはいなくなり、橋も落ちた。少しの間は安全だ。それに、こうしてセバスチャンと体を寄せ合っているのはとても心地よい。でも、ふたりには行かなければならない場所がある。太陽の位置からいって、正午はとうに過ぎているはずだ。「そろそろ動かないと」ルーシーは言った。「トロールをやっつけたからって、今日はもうおしまいってわけにはいかないもんね」

セバスチャンは可笑しそうに笑う。彼に寄りかかっているので、体の振動がじかに伝わってくる。「あなたはいつもこんなにお強いのですか？」

「どうだろう。こんな目に遭うのははじめてだからわかんないな」

「プリンセスを救出しにいくよう命じられたとき、気位の高い貴婦人や繊細《せんさい》な淑女を想像していました」

「そしたら、あたしみたいな子だった」

「はい、大変幸運なことに」ルーシーはふいに頭にくすぐったさを感じた。どうやらセバスチャンはルーシーの髪を触っているようだ。

「あなたこそ、この国が必要とするプリンセスです」セバスチャンはルーシーの巻き毛を指にからませながら続ける。「あなたは勇敢で頭がよくて心の優しいかたです。国民はあなたのもとに集まり、あなたのために戦うでしょう。そして、われわれはこの国を取り戻すのです」

プリンセスではないことを打ち明けるならいまだ。たとえ偽者だとわかっても、セバスチャンなら荒野のまっただなかにルーシーを置き去りにするようなことはしないだろう。それに、彼はルーシーに好意をもっているように見える。プリンセスであるかどうかは関係なく、ルーシーという女の子に対して。

でも一方で、地位をなげうち、怪我を負い、トロールと死闘を繰り広げたのが、すべてルーシー・ジョーダンというどこの馬の骨とも知れない庶民のためだったと知ったら、彼はどう思うだろう。

ルーシーは名残惜しい気持ちを振り切ってセバスチャンから体を離すと、彼に先に立たれて手を差し出される前に立ちあがり、リュックサックを背負った。「どっちの方向？」

セバスチャンも自分の荷物を背負う。「こっちです。もうそう遠くはありません。あの丘を越えたところです」そう言って前方を指さす。あの丘は、ルーシーの考える〝そう遠くない〟の定義にはあてはまらなかったが、試練に強いという印象を変えたくなかったので、何も言わずに歩き出した。

疲労困憊で、空腹は限界を超え、足は水ぶくれだらけで、背中の荷物は数分ごとに二キロずつ重くなっているように感じられ、一歩進むごとに体じゅうの筋肉が悲鳴をあげたが、ルーシーはいまだかつてこんなに素敵な午後を過ごしたことはなかった。魔女たちは完全にまいたらしい。だれも追ってこないので、普通に歩くことができた。セバスチャンと犬たちは依然として周囲に警戒の目を向けているけれど、少なくとも走らなくてよくなった。

走らなくていいので、話ができる。ジェレミーと過ごす午後と似ているが、決定的に違うのは、セバスチャンはときどきルーシーの手を取ったり、背中に手を添えたり、ルーシーにキスをすることを考えているに違いないような表情で見つめたりすることだ。彼はようやくルーシーに心を許したらしい。ふたりはプリンセスと従者ではなく、ただの若者同士になっていた。奇妙な世界に拉致され邪悪な魔女に命をねらわれているのでなければ、ルーシーはこの状況を心から楽しめただろう。

いつのまにかさっきセバスチャンが指さした丘の頂上にたどり着いていた。「ここまで来ればもうすぐです」セバスチャンの声はひどくかすれていた。ルーシーはリュックサックにビタミンC入りののど飴が入っていなかったか考える。あれだけ走り、野宿をしたうえ、栄養価の低いものしか食べていなければ、具合が悪くなっても不思議ではない。身を守ってくれる唯一の人が風邪でダウンしては大変だ。「わたしの実家はあの谷にあります」セバスチャンは続ける。

「よかった」ルーシーは心から言った。

「安全かどうか確認してきます」ラーキンがそう言って、レイラとともに走っていった。

彼らが行ってしまうと、セバスチャンは言った。「あなたの地位によりふさわしい場所へ行けば、いろいろなことが変わると思います。わたしはもう必要なくなるかもしれません」

「護衛はまだ必要だよ。たぶんあの魔女はまだあきらめていないだろうから」

「でも、わたしである必要はなくなるかもしれません。わたしよりはるかに経験のある者たちがいますから、おそらく姫の護衛は彼らに命じられることになるでしょう」

ルーシーはようやく、彼がさようならを言おうとしていることに気づいた。兄の家に行けばそれどころではなくなるのがわかっているので、いま、ふたりきりのうちに別れを告げようとしているのだ。ルーシーはにっこり笑って見せる。「プリンセスなら自分の護衛の人選について意見が言えるんじゃないの？」

セバスチャンは悲しげな顔になる。「プリンセスは大きな権力をもっていますが、その一方で、その人生の多くの部分はご自身のコントロールの外にあります。ある意味、あなたはあなたの国のものであり、国にとって必要なことが個人的希望より優先されるのです」

「最悪だね」

セバスチャンは笑った。悲しげな表情が一瞬消えたが、本当に一瞬だけで、すぐにまた親友をなくしたような顔になった。「これまでお見受けした様子では、あなたはきっとこの国をみごとに統治されるでしょう」そう言うと、目をそらして下を向き、ささやくように続ける。「あなたがプリンセスとして生きる前に、申しあげておきたいことが……」そう言いながら、言葉が出てこない。そのかわり、セバスチャンは前屈みになってルーシーにキスをした。

ルーシーは一瞬、驚いて固まったが、すぐにキスに応えた。セバスチャンがあまりかがまなくてすむよう、つま先立ちになって両手をセバスチャンの首に回す。すると、セバスチャンはルーシーを抱き寄せた。長いキスのあと、ふたりは顔を離し、そのましっかり抱き合った。

やがて、セバスチャンは腕をほどいて離れると、片ひざをつき、ルーシーの手を取って甲に口づけし、「姫」と言った。ルーシーはすでに泣いていた。セバスチャンの目にも光るものがあった。ルーシーはもう一度セバスチャンに抱きつきたかったが、彼はあらたまった態度を取ることで、ルーシーがだれであるか、そして自分の使命がなんであるかを、あらためて自分に言い聞かせているように見えた。ふたりはふたたびプリンセスと護衛の関係に戻ったのだ。ここでルーシーがもう一度その境界を越えようとすれば、彼はさらにつらくなるだろう。そしておそらくルーシー自身も。セバスチャンが立ちあがったとき、ちょうど犬たちが戻ってきた。

「軍隊が集結しています」ラーキンが報告する。「グラントレー公の軍旗が掲げられているので友軍です」

「王政支持者《ロイヤリスト》たちは魔女が玉座につく前に彼女を倒すつもりなんだろう」セバスチャンは言った。

「やっぱりここを目指したのは正しかったんだよ」ルーシーは努めて明るい声で言った――話し出したとたんまた泣き出さないように。「プリンセスがいたんじゃ、魔女も勝手に即位はできないでしょ？」ふと、自分は本物のプリンセスではなかったことを思い出す。ふりをしているうちにいつしか自分でもそんなつもりになっていたようだ。それとも、あのキスで脳が混乱してしまったのだろうか。

「われわれはここまでです、姫、閣下」ラーキンはそう言って頭を下げた。「われわれの使命は完了しました」

「え、いっしょに来られないの？」ルーシーはまた泣きそうになる。

「人間たちが大勢集まっている場所は得意ではありません」レイラが言った。「戦いがあれば駆けつけますが、人間の野営地には入らない方がよいのです」

言葉を話す動物を撫でるのは礼儀に反した行為だろうか。ルーシーは少し考えて、結局、お辞儀を返して感謝の言葉を言うにとどめた――泣くのを必死に我慢しながら。

犬たちが行ってしまうと、セバスチャンは腕を差し出して言った。「では、姫。参りましょう」ルーシーはその腕を取り、セバスチャンにエスコートされて丘を下りる。彼の態度があまりに従者然としているので、唇に余韻が残っていなければ、キスしたことも夢だったように思えただろう。

太陽が沈みはじめ、焚き火とたいまつに照らされた野営地は暖かく心地よさそうに見えた。ルーシーは椅子と呼べる類いのものに座り、ベッドと呼べる類いのものに寝るのが待ち遠しかった。できれば、パンとチーズ以外の食事をしたあとで。

ところが、野営地に到着する前に、だれかが叫んだ。「止まれ！」

どこからともなく数人の衛兵が現れ、ふたりを取り囲む。「この野営地になんの用だ」リーダーらしき兵士が言った。

「グラントレー公にお目にかかりたい」セバスチャンは言った。

「おまえはだれだ」

「わたしは彼の弟のセバスチャンだ」

「捕らえろ！」リーダーの兵士は言った。衛兵たちはセバスチャンから武器を取りあげると、ルーシーとセバスチャンの手首をそれぞれロープで縛った。リーダーはセバスチャンににじり寄り、顔面につばがかかるくらい顔を近づけて言った。「残念だったな、スパイ。セバスチャン卿は死んでるんだよ」

14

ボートは夕暮れ直前に村に到着し、一座は舞台の準備に取りかかった。日が完全に沈んだころには、波止場のまわりは人でごった返していた。ドーンはアドレナリンが湧き出るのを感じた。ショーの前はいつもそうだ。体じゅうにエネルギーがみなぎり、歌ったり踊ったり、あるいは何か別の方法で発散させなければ、体が爆発してしまうんじゃないかと思える。ドーンにとって歌は、ただ単に楽しくてやることではない。それは生きるのに必要不可欠なものなのだ。

ドーンは一座とともに幕の下りた舞台に立つ。ヒューの合図でジェレミーともうひとりのメンバーがロープを引っ張り、幕を開けた。ステージのまわりの提灯がまぶしくて、観衆の姿はよく見えなかったが、拍手と歓声は大きくて熱狂的だった。ドーンは満面に笑みをたたえ、最初のグループナンバーを歌い出す。

グループで数曲歌ったあとは、ソロと小さなアンサンブルが順番に歌われる。まもなく、ドーンとウィルによるデュエットの番になった。ほとんどリハーサルをしないままだれかといっしょに歌うのははじめてだ。しかも、ウィルにとってはどれもほんの数時間前にはじめて聞いた曲ばかりだ。でも、だからこそ余計にわくわくする。ウィルの声は大人っぽくて、これまでデュエットしただれよりもドーンの声質と相性がよかった。役に入り込んで愛する人に歌っているつもりになるのは難しいことではなかった。しっとりと歌うパートになり、ロマンチックな気分がいよいよ盛りあがってきたとき、観客のだれかが叫んだ。「ドーン！」

ドーンは一瞬凍りつく。最初に思ったのは、ムードをぶち壊され、歌を台無しにされたということだったが、すぐに自分の名前がまだ紹介されていないことに気がついた。一座のメンバー以外にドーンの名前を知っている人はいないはず。そのとき、幕が勢いよく引かれた。ドーンはステージに取り残されないよう、急いで後ろに下がる。舞台袖を見ると、ジェレミーが幕のひもをもったまま、血の気の引いた顔でドーンの方を見ていた。

ドーンはジェレミーのところへ走っていく。「どうして閉めるの？　まだ歌の途中だったのに」

「あれ」ジェレミーは川の方を指さす。舞台袖は明かりが少なく、観客がよく見えた。波止場の方がざわついている。だれかが人々をかき分けてこちらへ来ようとしているようだ。大きな白い襟が見えた。

突然、空が明るくなった。まるでだれかが月を引っ張りおろしたかのようだ。冷たい光が辺り一帯を照らす。ジェレミーはドーンの手を引いて、光が届いていない後部船室の方へ回った。

「ドーン！」さっきと同じ声がまた叫んだ。今度はマリエルの声だとはっきりわかった。どうしよう、このままでは捕まってしまう。

ふいに大きな人影がぬっと現れてドーンは思わず跳びあがったが、すぐにヒューだと気づいた。「だれかがおまえさんを捜しているようだな」ヒューはステージを魔法の光で中断させられることなど日常茶飯事でもあるかのように穏やかな口調で言った。

「ええ、でも、見つかりたくないの」ドーンは自分の声が思いのほか落ち着いていることに驚いた。「実はわたし、あの人たちから逃げてきたの」まだそうと決まったわけではないが、ドーンは続けた。「あの人たち、わたしを家族のもとから誘拐したの。最近そのことがわかって、逃げ出したの」

ヒューはうなずいてにっこりした。「なるほど、わかった。あの女たちをぎゃふんと言わせる口実ならなんだって歓迎だ」ヒューは片手を高くあげて振る。すると、不気味な光が消えた。もう一度振ると、今度は波止場全体がぶ厚いガラスを通して見ているかのようにぼやけた。

「さあ、おれの船室に隠れてな」

ジェレミーとドーンは急いでヒューの船室に入ると、かんぬきをかけた。「息は止めなくていいんじゃない？」しばらくするとジェレミーが言った。声が笑っている。ジェレミーが肩に腕を回したので、ドーンは彼に寄りかかり、大きく息を吐いた。言われるまで止めていたことに気づいていなかった。「さすがに呼吸の音まで聞きつけないだろ？」

「あの人たちならわからないわ」

「さっきヒューに言ったこと、本当にそう思ってるの？」

「わからない。でも、わたしを捕まえようとしているのはたしかだわ」

「おれ、様子を見てこようか」

ひとりになりたくなかったし、ジェレミーの腕に包まれているのはとても心地よかったが、外がどうなっているかも気になった。「あなただってこと気づかれないかしら」

「気づくかよ。おれ、いまだに〝あの少年〟なんだぜ？」ジェレミーはヒューの帽子をかぶり、壁にかかっていたケープを羽織る。「それに、変装もするから大丈夫。すぐに戻るよ」

ジェレミーを待って船室のなかを行ったり来たりしながら、ドーンはふと思った。ルーシーは魔法使いたちに捕まっているという可能性はないだろうか。おばたちはルーシーの失踪について何か知っているようだった。もしかしたら魔法使いの手下が人違いでルーシーをこちらに連れてきてしまったのかもしれない――本当はドーンを連れてくるはずだったのに。

ノックの音がして、ジェレミーの声が聞こえた。「おれだよ」ドーンは急いでドアを開ける。

「近くにボートがつけてあって、波止場のあちこちに魔法使いたちがいる」ジェレミーは言った。「おまえのおばさんが彼女たちの仲間なのか、そうじゃないのかはわからない。ヒューがいま、おばさんのひとりとやり合ってる。おまえのことを自分の妹の末娘で、一座に加わったばかりだってことにして、人違いだって言い張ってるよ」

「いま考えてたんだけど、ルーシーを連れ去ったのは魔法使いたちだってことはないかしら」

「もしそうだったら、彼女たちのボートにいるかもしれないな。おれ、見てくる」

止めようと手を伸ばしたときには、ジェレミーはもう船室を飛び出していた。少しすると、だれかがドアを強くたたいた。開けるとリーアンが入ってきて、「服を脱いで」と言った。

「え？」

「急いで、時間がないんだから。父さんがいま魔法使いたちにあんたのことは人違いだって思わせようとしてる。これからあたしがあんたになりすまして出てくの」ドーンを助けることをいやがっていないように見えるのはうれしい変化だ。ドーンは急いでドレスを脱ぐ。

リーアンはすばやく自分の服を脱いでドーンのドレスを着ると、船室を出ていった。ドーンは下着のままでいるわけにもいかないので、しぶしぶリーアンが脱ぎ捨てた服を着る。ボディスはぶかぶかだが、スカートは短くて、くるぶしまで届かなかった。

待っているのは、ひどくもどかしかった。自分を守るための作戦に自分だけが参加していない。ジェレミーは魔法使いたちのボートを調べにいった。ヒューはドーンのために魔法を使い、うそをつき、リーアンは舞台で歌った少女になりすまそうとしている。指がまたうずき出したのも、いらいらを助長した。ドーンは舷窓《げんそう》のひとつから外をのぞいてみる。ガラスはぶ厚くてゆがんでいるので、あまりよく見えない。窓は少しだけ開いたので、細い隙間から外の様子をうかがう。波止場でふたりの魔法使いと話しているマリエルの姿が見えて、思わず身をかがめた。そっと立ちあがり、あらためて外をのぞく。おばとふたりの魔法使いにさらに何人もの魔法使いが合流し、全員で上流に着岸しているボートの方へ向かっていく。急いで舷窓の方に戻ると、ちょうどジェレミーがそのボートの甲板に現れたのが見えた。どうしよう、このままでは見つかってしまう。

＊

セバスチャンは耳を疑った。「わたしは死んでいない。わたしはここにいる、プリンセスといっしょに。フォルク軍曹からの指令で、姫を地下牢から救出した。アーガス卿のもとを離れ、故郷に帰ってきたんだ」

「アーガス卿は裏切り者だ」

衛兵は吐き捨てるように言った。

「知っている。だが、彼に仕えていたために、姫を救出することができた」

「プリンセスというのはその人か」

衛兵はプリンセスの前へ行き、頭のてっぺんからつま先までじろじろと見る。プリンセスは衛兵をにらみつけると、挑むように言った。「あたしたちの言ってることが本当だったらどうするの？ あたしたちを公爵に会わせずに縛りあげたなんてことがわかったら、公爵はどうするかしら。あたしが然るべき地位についた暁《あかつき》にあたし自身がどうするかについては、もちろんわかってるけどね。ああ、そうだ。そのときのために名前を聞いておかなきゃね」

衛兵は一瞬、彼女の脅しに屈するかに見えたが、思い直したように笑いながら一歩下がった。

「プリンセス？ あんたが？」

プリンセスの頬が真っ赤になる。「王家の印だってちゃんとあるんだから」

「どこに？」

「もちろん隠してあるに決まってるでしょ。魔女とその手下が血眼になってあたしを捜してるのに、見えるところにつけてると思う？ これ、世間では変装っていうの。知らないの？」

どんなに堂々とした態度で厳しい言葉を発しても、いまの彼女がプリンセスに見えないことはセバスチャンも認めざるを得ない。服は汚れてぼろぼろに破れ、髪はネズミの巣のようだ。

おそらく自分も同じようなものに違いない。もっとも、たとえいつもの身なりで現れていたとしても、セバスチャンがだれだかわかる人はいなかっただろう。グラントレー家を出たとき、セバスチャンはまだ線の細いそばかすだらけの少年だった。セバスチャン自身、このまま公爵のテントに連れていかれても、自分の兄を見分けられる自信はない。一度、宮廷で見かけたときは、公爵の式服を着ていたから気づくことができたのだ。

衛兵はプリンセスに近寄り、服を触って王家の印を探しはじめる。彼女の体をまさぐる機会を楽しんでいるのが表情でわかる。セバスチャンは自分をつかんでいる衛兵たちを振りほどこうともがいた。「姫から手を放せ、無礼者！」しかし、プリンセスにはセバスチャンの助けなど必要なかったようだ。衛兵は彼女のすぐ前に立つという過ちを犯した。プリンセスは勢いよくひざをあげ、男の股間に命中させた。男はよろめきながらあとずさりする。別の衛兵がプリンセスに向かって手を振りあげた。プリンセスが小間使いのようにぶたれると思った瞬間、セバスチャンのなかで何かが弾けた。セバスチャンは渾身《こんしん》の力で衛兵たちを振り払い、手をあげた男を縛られたままの手で殴りつけた。

ほかの衛兵たちがセバスチャンに飛びかかる。セバスチャンは縛られた両手を振り回し、足を蹴りあげて必死に抵抗した。プリンセスが「セバスチャン！」と叫んだ直後、頭部に衝撃が走った。

気がつくと、セバスチャンはテントのなかにいた。支柱の前に座らされ、両手を柱の後ろで縛られている。頭が割れるように痛い。体じゅうの殴られたり蹴られたりした箇所がずきずきうずく。しかし、いちばんつらいのはのどの渇きだ。

「やっと起きた」近くでだれかがささやいた。「ひと晩じゅう気を失ってるつもりなのかと思ったよ、まじで。大丈夫?」この国でこんなふうに話す人はひとりしかいない。プリンセスがまだそばにいる。心が歓喜の声をあげた。

「大丈夫です」そう答えたつもりだが、のどがからからでほとんど声が出ない。

「かわいそうに。のどが渇いてるんだね。はい、飲んで」口もとにボウルがあてがわれる。セバスチャンはいっきに飲み干した。

「何があったんですか?」今度はなんとか声が出た。

「あなたはスパイとして逮捕されたよ。連中、女の子にはそういうことはできないと思ってるみたい。だからあたしは野営地でメイドとして働かされてる」プリンセスが召使いにされているという事実にセバスチャンは憤ったが、プリンセスはセバスチャンの肩に手を置いて言った。「落ち着いて。怒ったところで逃げられるわけじゃないし、あたしは別に名誉を守ってもらわなくたっていいもん。それに、あたしにとってここはある意味、いちばん安全な場所かもしれない。だれもあたしをプリンセスだと思わないなら、スパイがいても密告される心配はないし、魔女の手下もあの衛兵たちを突破して野営地に乗り込むのは難しいでしょ?」

プリンセスはセバスチャンの肩から手を離すと、例の奇妙なたいまつを灯した。「とりあえず、怪我の具合を見せて。脳しんとうについては、ここであたしにできることはあまりないから、ただ安静にしててもらうしかないかな。まあ、こうやって縛られてたら、どのみちおとなしくしてるほかないだろうけど。でも、頭の傷はひどいね」プリンセスは何か湿った冷たいものでセバスチャンの額を押さえる。傷にしみたが、セバスチャンは歯を食いしばって耐えた。

　プリンセスは手当てをしながら話す。「あたしは武器の有無を調べられなかったから、まだナイフはもってる。だから、ロープは切れるよ。問題は、そのあとどこへ行くかだよね。連中はまたあなたを捕まえると思うし、今度捕まったら、裁判とかを経ずに、その場で殺されるかもしれない。何か作戦を立てないと」

「わたしが何者かをなんとか証明できればいいのですが」

　プリンセスはセバスチャンの額に絆創膏《ばんそうこう》をはる。「まじで写真つきＩＤは素晴らしい発明だわ。いろんなことがさっさと進むもん。でも、それがないとなると、そうだな、何かあなたとお兄さんしか知らないことってない？」

「というと？」

「小さいころあなたがお兄さんを呼ぶときに使ってた呼び名とか。お気に入りのおもちゃとか。お兄さん、遊んでくれたって言ってたよね。いっしょにやったゲームとかない？　あなたが家にいたころに起こった出来事で、お兄さんが覚えていそうなことは？」

「そうですね……」すぐには何も浮かんでこない。この十年間、故郷のことは考えないよう努めてきた。プリンセスがセバスチャンの顔を濡らした布で拭きはじめたのも、思い出すことの妨げになった。彼女に触れられると集中できなくなる。

「少なくとも、これで家族から連絡がこなかった理由がわかったね」プリンセスは言った。

「あなたは死んだと思ってたんだから。きっとアーガス卿がそう伝えてたんだよ」

「それならなぜ、正式に埋葬するために遺体を送るよう求めなかったのでしょう」

「まあ、そうだけど。でも、そういうやりとりはあったのかもしれないよ」

「あるいは、本当に死んだと思っているわけではなく、縁を切ったということなのかもしれません。彼らにとって、わたしは死んだも同然ということなのでしょう」

プリンセスはセバスチャンの肩を軽くたたく。打ち身のあざをぎりぎりよけて。「そんなふうに言っちゃだめ！　だいたい、勘当されてると、衛兵たちはあなたが公爵の弟だって言ってもかたくなに信じなくなるの？　そんなの変でしょ。これはあなたの元上司の仕業に違いないよ。もしかすると、アーガス卿はあなたがあたしを救出したあとに、お兄さんにあなたは死んだって言ったのかもしれない。あなたが実家に助けを求めるのを阻止するために」

プリンセスは触れなかったが――そして、セバスチャン自身、彼女が触れなかったことにほっとしたのだが――その仮説は、これまでずっと家族から連絡がなかったことやセバスチャンの手紙にいっさい返事がなかったことの説明にはならない。

セバスチャンはむりやり頭を切りかえ、もう一度、子ども時代の記憶をたぐってみる。そして、ふと思い出した。「火の剣《ファイヤーブレイド》！」

「え？」

「ジョフリーのおもちゃの剣です。職人につくってもらったもので、兄は自分が真剣をもらったとき、それをわたしにくれたんです。大仰な儀式ごっこまでして」こんな状況でも、思い出すと笑みがもれる。「わたしにとって、それは騎士の称号を授与されるのと同じぐらい誇らしいことでした。兄もきっと覚えているはずです」

「わかった、火の剣《ファイヤーブレイド》だね。じゃあ、あたしはそろそろ仕事に戻る。逃げたと思われる前に」そう言うと、プリンセスはセバスチャンの頬にそっと手のひらを当てた。「心配しないで。あたしがなんとかする。あなたには絶対手を出させないから」プリンセスの顔が目の前にあって、セバスチャンは彼女がキスをすることを期待すると同時に、恐れた。ひとりの女性としての彼女にはもう別れを告げた。心のその部分にはふたをしたのだ。いまキスをされたら、彼女を失う痛みをもう一度味わうことになる。

プリンセスはセバスチャンの額にキスをした。忠実な従者に対してするように。セバスチャンの葛藤《かっとう》を感じ取ってそうしたのがわかり、彼女への思いはますます強くなった。

プリンセスは立ちあがり、テントの出口へ向かうと、外へ出る前に振り返ってささやいた。「ロープをほどこうとしてもがいたりしたらだめだよ。手首が生のハンバーグみたいになっちゃうから。あたしの消毒液も残り少なくなってきてるし」

ハンバーグがなんなのかは知らないが、彼女の言わんとすることはわかった。プリンセスには対処しなければならないことがすでにたくさんある。これ以上怪我を増やして彼女の手をわずらわせるわけにはいかない。セバスチャンはできるだけリラックスするよう努めた。任務を果たしたがために死刑に処されるかもしれないことについては考えないようにしながら。

15

マリエルがいなくなったので、ひとまずショーボートの上は安全だと判断し、ドーンは船室から出た。甲板にあがるや否や、スピンクが飛んできた。「ショーはどうしてあんなに早く終わっちゃったの？」甲高い声で訊く。

説明している暇はない。ジェレミーに危険が迫っているのだ。「スピンク、ふたつ先の船着き場にあるボートへ行って、ジェレミーに魔法使いたちが来るって警告して」ドーンは言った。

スピンクは首を傾げる。ドーンは理由を訊かれるかと心配になったが、スピンクはただ、「任務だ！　ぼく、任務、得意！」と言って飛び去った。

「急いでね！」ドーンは飛んでいく鳥に向かって言う。「それと、気づかれないように！」あとは、ジェレミーに逃げるチャンスを与えるための陽動作戦が必要だ。ふとデュエットのパートナーが目に入り、ドーンは小声で呼んだ。「ウィル！」ウィルは周囲を見回し、ドーンに気づくと、すぐにやってきた。「お願いがあるんだけど、いい？」

「もちろんさ！　なんでも言って。あんなに拍手をもらったのははじめてだよ。邪魔さえ入らなければ、もっとすごいことになっていただろうな」

「ものすごく大きな音を立ててほしいの。光ったりしたらなおいいわ。人々の注意を引きつけるようなものならなんでもいい」

ウィルは不敵な笑みを見せる。「それならいい方法があるよ」そう言うと、たいまつをふたつ手に取ってだれもいないステージの前方へ走っていき、ジャグリングを始めた。すぐに、波止場に残っていた人々がそれに気づいた。魔法使いたちも振り返ってこちらを見ている。ウィルはさらにふたつたいまつを加えてジャグリングを続ける。

ドーンは後甲板に走っていってジェレミーを捜す。どうやらスピンクの警告は間に合ったらしく、ジェレミーが船縁から川へ飛び込むのが見えた。ボートから十分離れた水面にジェレミーの頭が現れるのを確認して、ドーンはようやく止めていた息を吐く。ジェレミーはふたたび水のなかに潜った。ステージでは、ウィルが火を使った曲芸を始めていた。いろんなものに火をつけ、いかにも危険そうな技を披露している。ウィルは気がついていないようだが、甲板の隅でリーアンと彼女が波止場で見つけたらしい見知らぬ男がいちゃついていて、ウィルの灯した火でふたりの姿が煌々《こうこう》と照らし出されていた。

ドーンと交換したドレスは肩がずり落ち、スカートの部分は腰の辺りまでめくれている。むき出しになった脚が男の体に巻きつき、男の両手は彼女の髪の毛をまさぐっている。ウィルは燃えさかるたいまつに集中していて、後ろで起こっていることにはまったく気づいていない。でも、気づいていないのはウィルだけだ。ほかのメンバーは皆、ステージの端に集まり、ふたりを指さしてくすくす笑っている。ドーンはリーアンに教えなければと思うのだが、どうやって知らせればいいのかわからない。

ウィルの曲芸に歓声をあげていた観客も、背後にいるカップルに気づいたようだ。最初に気づいたひとりかふたりが笑いながら近くにいる人たちに教え、それがみるみる広がって、観客全体からものすごい笑い声がわき起こった。ウィルは困惑した顔で振り返り、ふたりに気づく。「リーアン？　そんなところで何してるの」ウィルの声で、ふたりはようやく自分たちが見られていることに気づいたようだ。

男はリーアンをひざから下ろすと、服の乱れを直し、逃げるようにタラップの方へ走っていった。リーアンも立ちあがり、着衣を整えることすらせずに船室の方へ走る。ヒューがリーアンを叱りつけながらあとを追っていく。ほかのメンバーが笑い転げるなか、ウィルはパフォーマンスを終えた。ウィルがたいまつを消すと、すぐさま一座のメンバー数人がステージに出て、いま起こったことを面白おかしく再現しはじめた。見られていることに気づかないカップルがどんどんあられもない格好でもつれ合っていき、観客からさらに大きな笑いと歓声が起こる。

一連の騒ぎに乗じて、ジェレミーはひそかに川から波止場にあがり、タラップを駆けあがった。

ドーンは走っていき、リーアンに借りたドレスが濡れるのもかまわずジェレミーに抱きついた。「大丈夫？」

「おれは大丈夫」ジェレミーはそう言って、ドーンを引き離す。「そんなにくっついたらびしょびしょになるぞ」

ドーンはもう一度ジェレミーを抱き締める。「魔法使いたちがボートに向かっていくのが見えて、生きた心地がしなかったわ」

「警告をもらって、そのあと何かが彼女のたちの注意を引いたみたいだった。ドーンがやってくれたのか」

「ウィルが才能あるバリトンであるだけじゃなくて、優秀な放火魔でもあったおかげよ」

ジェレミーは足が地面から浮くほどきつくドーンを抱き締めた。「おまえ、まじで最高。おかげで魔法使いたちに捕まらずにすんだ」

「何かわかった?」

ジェレミーは首を横に振る。「何も。ルーシーがいたら、ひとりで戻ってきたりしないよ。ボートのなかはかなり入念に調べた」

ルーシーの名前が出て、ドーンはジェレミーが売約済みであることを思い出した。ドーンはもぞもぞと彼の腕のなかから抜け出る。「はやくその濡れた服を着がえた方がいいわ」

「おまえもな」ジェレミーは笑いをかみ殺しているような顔で言った。ドーンは自分の服を見おろす。濡れたドレスはかなり透けていた。

着がえにいこうとすると、ヒューがリーアンを船室に引っ張り込むのが見えた。お説教が始まるのだろう。甲板ではほかのメンバーたちがさっきのシーンをパントマイムやダンスや歌で再現しながら笑い転げている。

ジェレミーがそれを見て怪《け》訝《げん》そうに眉をひそめた。「おれ、泳いでいる間に何かすごく面白いものを見逃したみたいだな」

「ウィルの陽動作戦が、リーアンと男の人がいちゃついているところを照らし出しちゃって、彼女のパパがそれを見ちゃったの」ドーンは説明する。

「まじか、それは見たかったな」

「なんだか気の毒で」

「気の毒？　彼女が？」

「だって、恥ずかしかったと思うわ。いまやみんながそれをネタにして面白がってるし」

「当然の報いだろ？　ふだんからみんなに優しくしてたら、そうなる前にだれかが教えてくれたはずだよ」

「でも、やっぱり責任を感じる。ウィルに陽動作戦を頼まなければ、彼女はこんな目に遭わなかっただろうから」

ジェレミーはドーンの両肩に手を置き、自分の方に向かせた。「おまえがウィルに陽動作戦を頼まなければ、おれはあのボートで魔法使いたちに捕まっていたかもしれない。そのあとどうなったかは神のみぞ知る、だ。だから、おまえはおれの命を救ったと言えるかもしれない。リーアンが少しばかり恥ずかしい思いをしたおかげで生き延びられたんだとすれば、おれは素直に喜ぶ」ジェレミーはそう言うと、ふと首を傾げて、眉を片方くいとあげた。「さっき、リーアンが男といちゃついてたって言ってたけど、具体的にどの程度いちゃついてたの？」

ドーンは顔が熱くなるのを感じた。幸い、周囲が暗くて、ジェレミーに赤くなった顔は見えていないはず。「波止場にいた男の人とキスしてたの。もしかしたら、それだけじゃないかもしれないけど。よくわからないわ。わたしはあなたのことが心配でそれどころじゃなかったか

「へえ、つまり、彼女は初デートでキスするんだ」

「ジェレミー！　変なこと考えてないでしょうね」

ジェレミーはおどけて眉を上げ下げする。「おれは誘わないよ。ただそういうタイプなんだら」

なって」

「その服、はやく着がえてきたら？」ドーンは急いで話題を変える。いまの抗議が必ずしもルーシーのためではなかったことに後ろめたさを感じたが、いまはそのことについて考えたくなかった。そして、彼の手の温もりについても。リーアンに借りたドレスはワンショルダーで、ジェレミーの手はじかにドーンの肌に触れている。その感触はどぎまぎするほど心地よかった。

「おまえもな」

「わたしの服はもうほとんど乾いてるけど、あなたのはまだ水が滴ってるわ。それに、こんなふうに肩をつかまれてちゃ、着がえにいけないわよ」

「ああ、そうか」ジェレミーはぱっと手を離して一歩下がった。「じゃあ、着がえてくるよ」

ドーンはメンバー用の船室へ行き、自分の服に着がえた。ジェレミーにはほとんど乾いているると言ったけれど、リーアンのドレスはいろんなところが開きすぎていて落ち着かない。甲板に戻ると、着がえを済ませたジェレミーが、行く予定だったハイキングのためにもってきていた材料で、皆にスモアのつくり方を披露していた。ジェレミーもなかなかのショーマンだ。一座のメンバーたちは息をのんで彼のやることを見つめている。「まず、こういう細い枝を用意します」そう言って、小枝を大仰に掲げてみせる。「片端を削ってとがらせます」ジェレミーはポケットナイフで小枝の先を削る。「小枝にマシュマロをつけ、火の上にかざします。まんべんなく焼けるよう、ていねいに回すのがコツだよ」

ジェレミーがスモアをつくるところはもう何度も見ているが、ドーンもいつのまにか彼の実演に見入っていた。百パーセント真面目にやっているわけではないところが、このショーをとても魅力的にしている。ジェレミーはドーンと目が合うたびにわざとらしくウインクするので、笑いを堪えるのが大変だ。

マシュマロが燃え出すと、ジェレミーはすばやく火から外し、華麗な動きで小枝を振って火を消した。「心配はいらないよ。これもプロセスの一部だから。火がつくことはよくあることで、おれはむしろ少し焦げ目がついた方が好みなんだ。さて、マシュマロのトーストがいい具合にできたところで、ここからがいよいよ魔法の本番です」ジェレミーはそう言うと、焼いたマシュマロをチョコレートをのせたグラハムクラッカーの上に置き、その上にさらに一枚グラハムクラッカーを置いてマシュマロをはさんだ。「ここでひと呼吸置いて、マシュマロの熱でチョコレートが溶けるのを待ちます。はい、できあがり!」スモアを一座の女性メンバーのひとりに差し出す。

女性はスモアにかじりつく。溶けたチョコレートがあごに垂れたが気にする様子はない。

「美味しい!」女性はグラハムクラッカーとマシュマロを口いっぱいに頰張ったまま言った。

「こんな美味しいもの食べたことないわ!」メンバーたちから拍手喝采が起こる。ドーンの肩にとまっていたスピンクも甲高い声でさえずった。

皆、スモアを食べたがった。ジェレミーが全員に自分の小枝を準備させるのを見ながら、ドーンは材料が足りることを祈った。「ショーのなかに彼のコーナーをつくるべきかもしれないな」いつのまに横に来ていたのか、ヒューがドーンの耳もとでささやいた。「呼び込みをやってもらってもいい。やつには客引きの才能がある。まあ、それでもおまえさんの才能にはかなわないがな。歌はずっとやってたのかい？」

「ええ、小さいころからずっと。歌を一曲も知らないうちから、自分で勝手につくって歌ってたわ。ちゃんと音楽の勉強を始めたのは、学校に行くようになってから」

「生まれもった才能ってわけか」

「そうね、たぶん。ちゃんと考えたことはないけど」

「で、ときに、ナイティンゲール嬢、おまえさんはいくつなんだい？」

「十六歳になったばかりよ、ここへ来る前の日に。どうして？」

「たった十六とは思えないうまさだ。それでいて、子どものような無垢さがある。だから、おまえさんはいささか年齢不詳のところがある」

「友達のルーシーによると、わたしは温室育ちってやつみたい」

「おまえさんは遠いところから来たんだろう？　別世界といっていいくらい遠いところから」

ドーンははっとしてヒューの方を向いた。ドーンの肩でスピンクが高らかに歌う。「遠い遠いところから来た女の子！」

「どうしてそんなふうに思うの?」ドーンはヒューに訊いた。

ヒューはドーンの腕をぽんぽんとたたく。「心配すんな。おまえさんがどこから来ようとおれには関係ない。ただ、おまえさんは謎だらけだから、ちょっと訊いてみただけだ。おれは知りたがり屋なんでね。じゃ、ちょっと失礼するよ。おれもあのうまそうなものを味見してみないとな」歩き出したヒューのあとをリーアンがついていく。彼女がそばにいたことに気づかなかった。ドーンを一瞥するリーアンの表情から、彼女がいまの会話を聞いていたのは間違いない。彼女はドーンがどこから来たかに大いに興味がありそうだった。

ヒューがどういう意味で〝謎だらけ〟と言ったのかが気になるが、考える暇もなくウィルが満面の笑みでやってきた。「あのスモアってやつ食べたかい? すごく美味しいよ!」

「わたしたちの町ではよく食べてるわ」ルーシーの家に泊まって裏庭でキャンプをすることを許された幾度かの夜のことを思い出す。いつもジェレミーがやってきて焚き火を起こしてくれた。「ジェレミーは炎を使う料理に限っては腕がいいの」ドーンはルーシーがよく言うジョークをそのまま言った。

「火を使わずにする料理なんてあるの?」

ドーンは一瞬言葉に詰まったが、ガスコンロや電気オーブンの説明をするのはやめて、ただ笑って首を横に振った。何人かのミュージシャンが陽気なジグを奏ではじめた。ウィルが片手を差し出す。ドーンがその手を取ると、ウィルはドーンの腰に腕を回し、甲板の上をくるくる回りはじめた。ふたりが踊り出すと、スピンクはドーンの肩から飛び立った。次の曲の頭でジエレミーがふたりの横に現れた。ウィルは紳士的にドーンの手をジェレミーに渡す。ジェレミーのダンスはウィルほどうまくはないが、音楽に合わせてそれらしいステップを踏もうとしている。最初怪しかったリズムも、いったんコツをつかむと、各段によくなった。

「踊れるなんて知らなかったわ」ドーンは言った。

「これは厳重に守られている秘密だからね。ルーシーのせいなんだ。なんの映画だったか覚えてないけど、ルーシーがその映画のダンスシーンを再現したがって、言うことを聞くのがおれだけだったから、むりやりパートナーにされたんだ。まあ、おれがターザンに夢中だったとき、木登りにつき合わせた借りがあるからあまり文句は言えないけど。ダンスは木登りよりずっと怪我は少ないしな」

幼いジェレミーがルーシーにダンスを強要されているところを想像して、ドーンは思わず笑った。そのイメージにかすかな嫉妬を感じながらも。「ルーシーがあなたにさせられないものってないんじゃない？」

「それはお互い様だね。まあ、彼女が主導権を握ってるときの方が、トラブルに巻き込まれる確率は低くなるけど。あ、でも、ダンスのこと、学校でだれかに言ったらただじゃおかないからな」

「へえ、わたしに何をする気？」

「何か考えるよ。期待してて」ジェレミーは背中に手を添えてドーンの体をぐっとのけぞらせ、また引き起こす。「これはスパイ映画で覚えた。タンゴは国際スパイにとって必須だからね」

ドーンはジョークに笑おうとしたが、息が詰まって笑えなかった。背中の手とドーンの手を握っているもう一方の手の感触にやけに意識がいってしまう。曲がスローなナンバーに変わった。ここでやめるべきだという思いと、やめたくない気持ちが交錯する。結局、後者の方が勝り、ジェレミーに体を引き寄せられてそのまま踊り続けた。「ルーシーは教え方がうまかったのね」自分で感じるほど声が震えていないといいのだけれど。「それとも、これもスパイ映画で覚えたやつ？」

「ルーシーにみっちり練習させられたんだ。将来、ジェームズ・ボンドになったとき役立つと思ったから黙って耐えたけど」体をぴったりつけて踊っているので、ジェレミーの息が首筋にかかる。

ジェレミーにくるりと回された拍子に、ヒューが甲板の隅からこちらを見ているのが目に入った。ヒューの方を気にしていたら、足がもつれて転びそうになった。ジェレミーがドーンの体をすばやく支える。「大丈夫？」

「ごめん、ちょっと考えごとしてた。ヒューの態度、少し変だと思わない？」

「変かどうか判断できるほど、ふだんの彼がどんなふうか知らないからなあ」

「さっきいろいろ訊かれたの。どこから来たのかとか、歌はどうやって学んだのかとか。そのあとずっと見られている気がする」

「まあ、おまえの周囲でこれだけ妙なことが起こってるんだ。おれが彼だったら、やっぱり気になるけどね」

曲が終わると、ジェレミーはメンバーのひとりに呼ばれてスモアづくりをチェックしにいった。すると、ヒューがジェレミーに近づいていき、彼の肩に手を置いて何やら深刻な表情で話しはじめた。ジェレミーはドーンの方をちらりと見てから、ヒューに向かってうなずく。ドーンはヒューがいなくなるのを待って、すぐにジェレミーのところへ行った。「彼、何を言ったの？」

「おまえから目を離すなって。特に、首都の町に入ったら絶対視界から出すなってさ」

「どうして？」

「さあね。でも、悪いアドバイスじゃないよ」ジェレミーはドーンの肩に腕を回して言う。「どのみち、目を離すつもりはなかったし。というわけで、おまえはもうおれから逃れられないからよろしく」これもジョークだとわかっているけれど、実際、ジェレミーの腕のなかは妙に心地よくて安心できた。

＊

ルーシーは疲れきっていたが、セバスチャンのことが心配で寝つけなかった。処刑の前には、たとえ形だけでも裁判くらいはするはず。そして、裁判のまねごとをするのは、少なくとも夜が明けてからだろう。ルーシーには考えがあった。でも、それを実行するのは朝になってからでなければならない。となると、ルーシーがいまセバスチャンのためにできる最善のことは、取れるうちにしっかり休息を取ることだ。

翌朝早く、ほかの召使いたちがまだ眠っているうちに、ルーシーは顔を洗い、きつい巻き毛を少しでも落ち着かせるべく髪を湿らせた。ブラジャーのストラップからドーンのネックレスを外して首につけると、公爵のテントの近くに隠れて召使いが朝食をもってくるのを待つ。朝食を運んできたのはルーシーよりさらに小柄な少女だった。重たそうにトレイをもっている。ルーシーは彼女に歩み寄り、トレイを受け取って言った。「これ、あたしがもっていく。あなたは自分の朝食を食べてきて」

少女は躊躇《ちゅうちょ》したが、ルーシーがすでにトレイをもっているので、肩をすくめて駆けていった。公爵のテントに入ると、暗さに目が慣れるのに二、三秒かかったが、どの人がジョフリーかはすぐにわかった。セバスチャンを少し年取らせた感じだ。髪はセバスチャンより少しだけカールが強く、こめかみに白髪が見えはじめているが、目は同じだ。あの衛兵たちはよほど間抜けなのか、公爵を近くで見たことがないかのどちらかだろう。でなければ、セバスチャンがうそをついていると思うはずがない。もちろん、彼は死んだと心底思い込んでいて、本人が現れるなんてことは想像すらできなかったという可能性もあるけれど。

ジョフリーは数人の男たちと地図を広げた折りたたみ式のテーブルの前に座っていた。ルーシーは彼らが地図を片づけるまで、テーブルのそばで待つ。そして、テーブルが空くと、公爵の前にトレイを置きながら小声で言った。「素晴らしい剣ですね、閣下。でも、火の剣《ファイヤーブレイド》にはかないませんよね」ルーシーは固唾《かたず》をのみ、仕事の続きをしにいくようなそぶりで歩き出す。彼は食いついてくるだろうか。テントの出口までできるだけゆっくり歩いていくが、公爵は何も言わない。やっぱりだめか……。

テントから出る寸前、後ろで声がした。「その者、待て！」

振り返ると、公爵がこちらに鋭い視線を向けていた。「なんでしょう、閣下」ルーシーは素知らぬ顔をしてみせる。

「こちらへ来なさい」ルーシーは公爵の前に行くと、ひざを折って頭を下げた。「火の剣《ファイヤーブレイド》のことをだれに聞いた？」

「閣下の弟君のセバスチャンにです」

「いつ、どこで聞いた」公爵の声はドラッグストアのアイスクリーム用冷凍庫より冷ややかだった。

「昨夜、この野営地で聞きました。彼があなたの弟だと名乗り、しかもあなたにそっくりなのにもかかわらず、間抜けな衛兵たちに信じてもらえず、スパイとして逮捕されたあとに」

ジョフリーの顔から血の気が引く。「わたしの弟は死んだのだ。アーガス卿は、わたしが魔女に逆らえばセバスチャンを殺すと言った。しかし、わたしは家族のために国を犠牲にすることはできなかった」

なるほど、そういうことだったのか。アーガス卿は、セバスチャンを人質にして公爵の動きを封じようとしたのだ。「じゃあ、いいタイミングで逃げられたんだね。地下牢にいるプリンセスを助け出すようフォルク軍曹に命じられたって言ってた」

「弟はプリンセスといっしょだったのか。プリンセスはどこにいる」

ルーシーはひとつ大きく息を吐く。これまではいつもまわりが勝手にプリンセスだと思い込んだので、自らそう名乗ったことはなかった。いまはじめて正面切ってプリンセスだと名乗り出るわけだが、でも、それはあくまでセバスチャンの命を救うためだ。「ここにいるよ。あたしがプリンセス。衛兵は信じなかったけどね。あ、先に言っとくけど、あたしの見た目やしゃべり方がプリンセスらしくないのは、ずっと別の世界に身を隠していたからなのと、ここ数日、あなたの弟と森のなかを走り回っていたせいだから。あんなことをしたあと王家の人間っぽく見える人なんて、まじでいないから」まあ、ドーンなら見えるかもしれないけれど、彼女は魔法で美しさと優雅さを与えられた本物のプリンセスだから例外だ。

ジョフリーの反応を待ったが、彼はただ眉をひそめてルーシーを見つめるばかりだ。いま耳にしたことを信じるべきかどうか考えているのだろう。「王家の印ももってるよ」ルーシーはドーンのネックレスを指さす。

「つまり、おまえはプリンセス・オーロラで、わたしの弟セバスチャンによって城の地下牢から救出され、ここへ連れてこられたと主張するわけか」

ルーシーは手を背中に回してひそかに指を交差させたいのを我慢しつつ言った。「そう、そのとおり。まあ、最初のプランは、あたしを王政支持者《ロイヤリスト》が待っている安全な隠れ家に送り届けるというものだったんだけど、どうやら王政支持者《ロイヤリスト》側に裏切り者かスパイがいるらしくて、その隠れ家で魔女たちが待ち伏せしてたの。なんとか逃げられたけど、パスワードや合図が全部相手に知られている以上、セバスチャンはあたしを連れていける安全な場所はもうここしかないと考えたわけ」

「たしかにつじつまは合う」ジョフリーはゆっくりうなずいた。「隠れ家が敵に知られ、そこにいた同胞が皆殺しにされたという知らせは聞いた。しかし、セバスチャンにプリンセスの救出が命じられたということはだれからも聞いていない」公爵はいぶかしげに目を細め、身を乗り出す。「おまえは魔女が送り込んだ偽者で、本物のプリンセスは魔女のもとに囚われているのかもしれない。そうではないという証拠はあるのか？　王家の印など、盗めばだれでも身につけられる」

今度はルーシーが青くなった。顔から血の気が引いていき、胃の辺りがずっしりと重くなる。偽者ではないことを証明するなんて無理だ。実際、偽者なんだから。「直接弟と話してみたらどう？　彼はあたしを本物だと思ってる。あなたも、会えば彼がセバスチャンだってすぐにわかるよ」

ルーシーは固唾をのんでジョフリーの反応を待つ。長い沈黙のあと、公爵は家来のひとりを呼び、囚人を連れてくるよう命じた。ルーシーはほんの少しほっとする。セバスチャンをひと目見れば、彼が弟であることはすぐに明らかになる。ルーシーがすべきことは、セバスチャンの潔白が証明されるまで偽者だとばれないでいることだ。そのあと自分の正体が知られたとしても、それはそのとき考えればいい。

ジョフリーはトレイの上の水差しからコップに飲み物を注ぎ、パンを食べた。プリンセスかもしれない人を前にし、長らく消息不明だった弟とまもなく再会するかもしれないにしては、ずいぶん落ち着いている。ルーシーは不安になった。ルーシーの主張を信じていたら、ルーシーを立たせたまま、食事などするだろうか。

まもなく男たちがセバスチャンを連れて戻ってきた。セバスチャンは依然として後ろ手に縛られている。薄暗いテントのなかでさえ、昨夜懐中電灯で見たときよりさらにひどい顔になっているのがわかる。無精ひげが伸び、目の下のくまとたくさんの打撲痕に加えて、目のまわりに真っ黒なあざができはじめている。昨夜、ルーシーが顔を拭いてあげていなければ、ホームレスにしか見えなかっただろう。

それでも、セバスチャンだということはわかる。だから、兄と似ていることは目がついている者ならだれでも気づくはずだ。男たちがセバスチャンを連れてテントに入ってくると、ジョフリーは顔をあげた。もっていたコップが手から滑り、地面に落ちて割れた。さっき血の気が引いたように見えた顔はさらに白くなり、唇さえ色を失っている。「セバスチャン?」ジョフリーはかすれた声で言った。

セバスチャンは毅然と顔をあげたままだが、やはり少し青ざめていた。「そうです」

「死んでいなかったのか」

「いまのところは」

ジョフリーははっとして声をあげた。「縄をほどけ!」衛兵たちがロープを切ると、セバスチャンは手首をさすった。赤く擦れたようになっているが、出血はしていない。ルーシーの言うことを聞いて、ちゃんとおとなしくしていたらしい。ジョフリーは立ちあがって弟のそばへ行く。「だれにやられた」あざを指して言った。

「あなたの家来たちに」セバスチャンは冷ややかに答える。

ジョフリーは側近に向かって言った。「彼を捕らえた者たちを連れてこい」

ルーシーは彼らが受ける報いを想像してにんまりした。だから言ったのに――。こんなときににやにやするのは賢明ではないかもしれないが、だれもルーシーのことは見ていない。ジョフリーはルーシーがここにいることすら忘れているようだし、セバスチャンも兄の方をまっすぐ見ている。

「成長したな」しばしの沈黙のあと、ジョフリーはようやく言った。

「人は成長するものです」

「当然だ。もう、いくつになった、十七か」

「この冬、十八になります。騎士の称号を叙される予定でした」

「ああ、そうだ。覚えている。アーガス卿はそのことについてだけはわたしに言い続けていた」ジョフリーはふいに嗚咽《おえつ》ともうめきともつかない声をもらし、弟を力強く抱き締めた。ルーシーは傷だらけのセバスチャンはいまさぞかし痛いだろうと思わず顔をゆがめたが、同時に目頭が熱くなるのを感じた。「おまえは死んだものと思っていた」ジョフリーは絞り出すように言った。「彼はわたしたちをおまえに会わせようとしなかった。おまえを彼のもとにやるべきではなかった」

やがていくぶん気持ちが落ち着いたのか、セバスチャンもぎこちなく兄の背中をたたいた。

この状況にどう対処していいのかわからず困惑しているように見える。無理もない。ずっと縁を切られたと思っていたのに、涙と抱擁で迎えられたのだ。

ジョフリーは呼吸を整えると、セバスチャンから離れた。「おまえを見たら、母上はさぞかし喜ばれるだろう」その声は依然としてかすれていた。そして、よりあらたまった口調で続けた。「プリンセスの救出を命じられたそうだな」

セバスチャンはルーシーの方をちらりと見る。「はい。地下牢から救出し、王政支持者《ロイヤリスト》のもとへお連れするよう、フォルク軍曹から指令を受けました」

「おまえはこの少女がプリンセス・オーロラだと信じているのか」

セバスチャンはふたたびルーシーの方を見る。「もちろんです。王家の印を身につけておられますし、世に言われているとおり、明らかに遠い異国で生きてこられました。姫のなじみのない話し方を聞いたでしょう？　それに、彼女には噂に語られるあらゆるプリンセス像がすべてあてはまります」

ルーシーの記憶にある『眠り姫』の物語では、プリンセスは魔法使いによって美しい容姿と魅力的な人柄と歌の才能を授けられていた。頭脳と知恵も、将来、国を率いる人物にはあった方がいいと思うのだが、どうもそれらはギフトのリストになかったらしい。もしかすると、本当は三人目の魔法使いが与える予定だったのに、急遽、呪いの内容を死から眠りに変えなければならなくなって、与え損なったのかもしれない。

とにかく、ルーシーにはそのいずれのギフトもない。セバスチャンが本当にルーシーをそんなふうに見ているのだとしたら、まさに恋は盲目だ。残念ながら、ジョフリーは同じように見てはくれないだろう。

公爵はルーシーの前に来ると、腰をかがめ、ネックレスをじっくりと見た。「たしかに王家のネックレスだ。ネックレスには魔力が備わっていると聞いているが……」

「われわれがメランサの罠にはまったとき、ネックレスが姫を魔女の魔法から守りました」セバスチャンは言った。

「姫、われわれに歌を歌っていただくことはできませんか」ジョフリーが言った。ていねいな口調ではあったが、目は鋭くルーシーの反応をうかがっている。

「はい？」ルーシーは訊き返す。

「プリンセス・オーロラは魔法使いから歌の才能を授けられたと聞いています。そのギフトを披露していただけたら、より自信をもってあなたをプリンセスとして皆の前にお連れできるかと思うのですが」

残念ながら、ルーシーは魔法使いからそんな才能を授かってはいない。歌は嫌いではない。小さいころから教会の聖歌隊で歌ってきたし、音程もしっかり取れる。ただ、ドーン級のギフトではない。歌えば間違いなく偽者だとばれるだろう。

とはいえ、プリンセスには圧倒的な美しさも与えられているはずだ。でも、いまのところだれも、ルーシーがミス・アメリカ級の容姿ではないことに疑問を呈してこない。もしかしたら、彼らが音楽に求めるレベルもそれほど高くないかもしれない。

「なるほどね、わかった……」ルーシーは言った。「でも、先に言っておくけど、もう長いこと練習してないから、かなり錆びついてるよ。それに、ここ数日ずっと森のなかを走り回って、のどを痛めちゃってる可能性もあるから」

困ったことに、何か歌うよう言われたとたん、何を歌えばいいかわからなくなった。頭が真っ白になって、何も浮かばない。『ハッピー・バースデー・トゥー・ユー』さえ歌詞を忘れずに歌いきれる自信がない。考えに考えて、ようやく『アメイジング・グレイス』に決めた。これなら少なくとも一番は歌詞を覚えている。それに、心をこめて歌えば、曲自体のシンプルな美しさに助けられて、ドーンの才能がなくてもそれなりに聴かせることができるような気がする。出だしは少し声が震えたが、なんとか大惨事に至ることなく歌いきった。ジョフリーの顔を直視できない。偽者であることがばれただろうか。それとも、プリンセスだと認めてもらえただろうか。

16

翌朝、首都の町に到着したとき、ジェレミーはヒューの言っていたとおりだと思った。どこもかしこも人だらけだ。川もボートでごった返している。一座はかなり早い時間に到着したため、まずまずの場所にボートをつけられたが、もう少し遅かったら町外れにしか係留できず、客を集めることは難しかっただろう。ドーンがボートの前甲板から町の奥にそびえ立つ城を見あげている。「あのお城ね、スピンク」ドーンは肩にとまっている鳥に言った。興奮で声が震えている。

「お城！」鳥は高らかに言った。「高い高い塔！　きみはあそこに行くの！」

「ああ、ぜひそうしたいもんだな」すぐそばで係留作業を監督していたヒューが言った。「だが、それにはまず、その権利を獲得しなきゃならない。そのためには、今夜、おれたちは一世一代のパフォーマンスをする必要がある」ヒューは声を張りあげてメンバーたちに言った。「さあ、舞台の準備だ！　時間どおりに終わったら、町を見物しにいっていいぞ！」

スピンクはヒューの許可を待たず、城に向かって飛び立った。〝高い高い塔〟の歌を歌いながら。「いいご身分だな、手伝いもせずに」ジェレミーは言った。

ドーンが笑う。「どうせいても邪魔になるだけよ。塔を見にいってくれてかえって助かったんじゃない？」

　メンバーたちは張り切ってステージの設営に取りかかると、昼前には作業を終え、夕方まで休憩をもらって意気揚々と出かけていった。ジェレミーはボートに残るつもりでいた。重要なステージの前にヒューがドーンを町に行かせるわけはないと思ったからだが、意外にも、ヒューはふたりに外出許可を出した。しかも、小遣いまでくれた。「昨夜の舞台は途中で終わったにもかかわらず、いつもよりずっと稼ぎが多かった。おまえさんに負う部分は少なからずある」ヒューはドーンに言った。

　ドーンはジェレミーを引っ張ってタラップを下り、波止場の人混みをかき分けて進んでいく。

「おい、おい、落ち着けよ」ジェレミーは言った。「城は逃げないから」ドーンは歩く速度を少し緩めたが、それでも彼女と組んでいる腕はたびたび引っ張られた。

　町に入る門まで来ると、黒い甲冑《かっちゅう》に身を包んだ衛兵に止められた。ほかに止められている人はいないので、ジェレミーは不安になる。「おまえたちは何者だ。ここにはなんの用で来た」

　ドーンは衛兵に向かってにっこりほほえんだ。「戴冠式のためにやってきた旅芸人です。一座の名前は北の国の吟遊詩人《ノース・カントリー・ミンストレルズ》といいます」

「今夜、ぜひ見にきてください」ジェレミーもあとに続く。

　もうひとり衛兵がやってきた。「どう思う？」最初の衛兵が同僚に訊く。「あのふたりと同じような年のころだが」

「いや、こいつはシンクレアの小僧じゃない」あとから来た方が言った。

最初の衛兵は顔をしかめて躊躇《ちゅうちょ》していたが、やがて行けというように手を動かした。「いまの、なんだったんだろう」衛兵たちから十分に離れてから、ジェレミーは言った。

「結局、通れたんだから、もう気にすることないわよ」ドーンは言った。「さあ、お城へ急ぎましょう」町の細い通りは混雑していて、皆、人をかき分けるようにして歩いている。ドーンが城に引き寄せられると言ったのは、あながちただの思い込みではないかもしれないとジェレミーは思った。人であふれた通りでこれだけもみくちゃにされながら、彼女は迷うことなく城に向かっていく。まるで頭のなかに方位磁石が埋め込まれているかのように。黒装束の兵士の姿が目につくようになってきた。彼らは町のあちこちにいて人々を見張っている。通行人たちが近づくのを避けているのか、彼らのまわりだけぽっかりスペースができている。

「もしネックレスに引き寄せられているなら、ルーシーは間違いなくお城のなかにいるわ」しばらくすると、ドーンはそう言ってジェレミーの腕をさらに強く引っ張った。それから、右手の人差し指をカーゴパンツの脚にこすりつける。

「どうかしたの?」ジェレミーは訊いた。「その指、さっきから何度もこすってるけど」

「わからない。何かに刺されたのかも。治ってきたと思ったんだけど、なんだかまたひどくなってきた」ジェレミーは指を見てみたが、赤くなってさえいない。「たぶん、ちょっと神経質になってるだけだと思う」ドーンは肩をすくめる。

城の門の前まで来た。さらに多くの兵士たちがいて、人々を城に近づかせないようにしている。前を通るだけの人たちさえ、近づきすぎると押し返された。「こんなんじゃ絶対なかには入れないな」ジェレミーは言った。「見学ツアーのチケットを売ってるとも思えないし」

「でも、入らなきゃ。なんとかして明日の戴冠式に出るグループに選ばれないと」

「とりあえず、マーケットを見てこよう」ジェレミーは言った。

ドーンは城から目を離さず言った。「どうして?」

「まず第一に、兵士たちが怪訝《けげん》そうにこっちを見てる。もし挙動不審で捕まったら、今度はシンクレアの小僧とかいうやつに似てないって理由で釈放されるとはかぎらない。第二に、前もそうだったように、マーケットは情報収集にもってこいの場所だ」ドーンは納得したようにうなずいたが、マーケットへはジェレミーが引っ張っていかなければならなかった。

マーケットはさらに人であふれていた。一見、祭りの日のようだが、よく見るとほとんどの人はどこか沈んだ硬い表情をしている。楽しそうに見えるのは、善良な市民とは言いがたい感じの人たちばかりだ。しばらくふたりで露店を見て回ったあと、ジェレミーはスカーフやショールを売っている店で商品をチェックするふりをしはじめた。

「ご主人は地元の人? それとも戴冠式のために来たの?」ジェレミーはピンクのショールを見ながら店主に訊いた。

「ああ、あたしはここの人間よ」店主の女は言った。「生まれも育ちもこの町」

「そう、よかった。ぼくらは戴冠式のために来たんだけど、何か地元のものを買いたいんだ。戴冠式に乗じて外からもち込まれたものは地元産ほどよくないだろうから」

「そのとおりよ、若旦那。よくわかってらっしゃる。よそから来た客のなかには、なんでもかんでも買っちまう人たちがいるからね。生まれてはじめてマーケットに来たみたいにさ。ここの織物はよそのものとは比べものにならないっていうのに」

「ここには毎日いるの？」

「市《いち》の立つ日はだいたいいるよ。織る時間も必要だから、毎日じゃないけど」

「実は、ぼくらここで友人と落ち合うことになってたんだ。彼女は数日前に到着しているはずなんだけど、まだ会えなくて」ドーンが前に出て、ルーシーの外見について伝える。

女主人は眉をひそめ、ほんの少し青ざめたように見えた。「うーん、そうだねえ。マーケットにはそりゃあたくさんの人が来るから、すぐには思い出せないねえ。とりあえず、あたしが考えてる間に商品を見て、気に入ったものがあったら声をかけてちょうだいな」

ドーンもジェレミーといっしょにスカーフを見はじめる。スカーフの多くは鮮やかな色で、なかには刺繍《ししゅう》が施されているものもあった。刺繍は白い布に青い刺繍糸で縁取りしたものと、深緑色の布に黒い糸で縁取りしたものの二種類だ。「わたし、これがいいわ」ドーンはピンクのショールを手に取って言った。

「悪いね。やっぱり、お客さんが言ったような感じの人を見た覚えはないわ」女主人はきっぱりと言った。「で、それ買うかい？」

「ちょっとひと回りしてから決めるよ」ジェレミーは言った。「ありがとう」ドーンを促して店から離れながら、ジェレミーは彼女の耳もとで言った。「なんか変だと感じたのは、おれの思い過ごしかな」

「わたしのチョイスが気に入らなかったのかしら」

「ああ、ピンクは邪悪な色だからな」

ドーンはひじでジェレミーの脇腹をつつく。「たしかに、話すことを恐がってる感じだったわね。ここにいる人たちのほとんどがなにかびくびくしているように見える」

「そうなんだよ。魔女は言論の自由の推進者ではなさそうだな」

そのあと質問したふたりの露店商はどちらもこの町にやってきたばかりの人だった。その次に質問した露店商は、それらしき人は見ていないと言った。ふたりは土産用の宝石やアクセサリーを売る店にやってきた。「何か気に入ったものはある？」ジェレミーはドーンに訊く。

「このチャーム、わたしのブレスレットに合いそうだわ」

「ひとつ選べよ。記念に買ったらいい」

「わたしのものを買う必要はないわ」

「このお金を稼いだのはおまえだよ。自分が好きなものを買いな」

ドーンはしばし陳列台を眺めてから、ルーシーに貸したネックレスのそれによく似たチャームを選び、店主に見せた。「これはおいくらですか？」

「ああ、いいものをお選びで。まさにこの機会にぴったりだ。おたくたち、戴冠式を見にきたんだね？」

「ええ、わたしたち旅芸人なんです」ドーンが答える。

「おれたち、ここで友人と会う予定で——」ジェレミーは言った。「彼女は数日前に着いてるはずなんだけど、まだ会えてないんだ」ルーシーについて描写してから訊く。「そういう感じの子、見てませんか」

店主はドーンが選んだチャームを見る。それからドーンとジェレミーを交互に見ると、ウインクし、ふたりの方に身を乗り出してささやいた。「国王陛下、ばんざい」

どう反応すればいいかわからず、ジェレミーはドーンと顔を見合わせる。国王はもういないはずだから、彼について口にするのは背信行為と見なされかねない。この店主は大きなリスクを冒している。ふたりを信用できると判断してのことだろう。ここは彼に同意することを示すために同じくらいのリスクを冒す必要がある。ジェレミーは店主に顔を寄せ、ささやいた。

「そう、国王陛下、ばんざい。それから、王妃陛下も、かな」

店主はにっこり笑い、指で自分の鼻先をぽんとたたいた。「手首を出してくれたら、あんたのブレスレットにこのチャームをつけてあげるよ、お嬢さん」店主は大きな声でそう言った。そして、ドーンが手を差し出すと、下を向き、チャームをつけながら小声で続ける。「あんたがたの友人は数日前にここへ来た。ひとりじゃなかった。どういう意味かわかるだろ? 連中は彼女を城へ連れていったよ」

「じゃあ、彼女はいま城にいるってこと?」

店主は肩をすくめる。

「それはわからない。何か騒ぎがあって、衛兵たちがだれかを捜しているようだったが、おれの知るかぎり、だれも彼女が城を出るのを見ていないし、その後、彼女の姿を見た者もいない。

でも、心配はいらない。作戦は進んでいるという話だ」チャームをつけ終えると、店主はふたたび大きな声で言った。「おお、いいね。よく似合ってる」

ジェレミーは代金を払い、ドーンを促して店から離れた。まだ訊きたいことはあったが、マーケットにも見張りの兵士たちがいるので、買い物をしたあとにいつまでも店主と話をしていたら怪しまれるかもしれない。「彼女、やっぱりここにいるらしいな」人混みのなかを歩きながらジェレミーはドーンの耳もとでささやいた。「しかも、危険な目に遭ってるみたいだ」

「どうしてお城に連れていかれたのか訊けばよかった」

「訊いても答を得られたかは疑問だよ。いまのところ、皆、彼女を見たと言うことさえためらってる感じだし」

「彼女が連れていかれたのは、わたしと間違われたからだわ。魔女はそもそもどうしてわたしを拉致しようとしたのかしら」

「戴冠式で歌わせるためとか？　だとしたら、ルーシーの歌を聴いて相当がっかりするだろうな」

「ルーシーはいい声をしてるわ」

「でも、おまえとは比べものにならないよ。おまえの声はたしかに別の世界から拉致するだけの価値はある」

ドーンは赤くなって目をそらし、急に話題を変えた。「食べ物を買うお金残ってる？　わたし、お腹空いちゃった」

ジェレミーはポケットのなかを探る。「あると思う。全部使っちゃおう。家に帰る前にドルに両替できるとは思えないし」ジェレミーはフルーツパイを買い、ふたりで低い塀に座って行き交う人々を眺めながら食べた。

「考えてみれば、おれたちいま首都の町にいるんだよな」ジェレミーは言った。「つまり、目的地に着いたわけだ。だったら、ボートに戻らずに、このままルーシーを捜せばいいんじゃない？」

「約束を破って？　ヒューは今日、わたしたちを信じて町に出してくれたのよ。それを裏切ることはできないわ」

「おれは異世界の旅芸人の一座にそこまで義理立てするつもりはないよ。どのみちルーシーを見つけたらここを去るわけだし」

「でも、お城に入る唯一の方法は、彼らといっしょに戴冠式に出ることよ。それに、別にひどい扱いを受けているわけではないわ」

「おまえはステージに立てるしね」

ドーンはまた赤くなってうつむく。「そうね。ステージには立ちたいわ」そして、顔をあげてジェレミーを見ると、目を潤《うる》ませて言った。「それに、何よりそうするのが正しいことだと思うもの」

「わかったよ。おまえがそうしたいなら」ジェレミーは言った。こんなふうに見られたらだれが反論できるだろう。

ルーシーが歌い終えると、テントのなかはしばらく静まり返った。ルーシーがすべてを白状して助けを請う覚悟を決めたとき、ジョフリーがひざをつき、ルーシーの手を取った。「お許しください、姫。立場上、どうしても確認する必要がありました」その言葉を合図とするかのように、テントのなかの全員がひざをつく。セバスチャンも痛む体でぎこちなくひざをつき、畏敬の念に打たれたような笑みを浮かべてルーシーを見つめた。

「いやだ、そんなことしなくていいよ」ルーシーは言った。そこまでよかったとは思えないが、とりあえずなんとかなったようだ。彼らがドーンの歌を聴いたことがなくて助かった。もし一度でも耳にしていたら、ルーシーはただちに偽者だとばれていただろう。

ジョフリーは立ちあがり、ルーシーを自分の椅子へ促す。「姫、さぞかし空腹でいらっしゃることでしょう。何かお召しあがりください。セバスチャン、おまえも食べなさい。さっそく遣いをやって母にこの知らせを届けよう。今夜は祝宴だ」

＊

セバスチャンはテーブルについたが、食事をする気分ではないようだ。「軍を召集したのですね」ルーシーが食べはじめると、セバスチャンはジョフリーに言った。

「そうだ。武力でしか魔女を排除できないなら、そうするまでだ。そして、プリンセスが戻られたいま、われわれは正当な王位継承者を得たことになる。王家に忠誠を誓う貴族たちは皆、兵を出している。アーンストミード王国もだ」

「アーンストミード？　なぜ彼らがわが国のために戦うのですか」

「魔女が一国では満足しないであろうことを懸念している。正当な統治者を玉座に据える方が彼らにとっても安心なのだ。その暁《あかつき》には同盟を組む可能性もある」

セバスチャンはひどく不満そうに見える。両国の間にはルーシーの知らない歴史があるのだろう。考えてみれば、ルーシーには知らないことがたくさんある。たとえば、自分の国の名前とか。まあ、正確にはドーンの国、ということだけれど。

＊

食事が終わると、ジョフリーはふたりを連れてテントを出た。外には大きな馬が一頭待っていた。「もっと話していたいが、これ以上ここに引きとめていたら母に許してもらえないだろう」

「ふたり乗りでもかまいませんか？」セバスチャンは困ったような笑みを浮かべてルーシーに訊いた。出会ったときもふたりで馬に乗った。もうずいぶん前のように思えるけれど、あれからほんの数日しかたっていないのだ。

「乗馬は得意じゃないから、かえってその方がいいと思う」ルーシーは言った。自分で感じるほど顔が赤くなっていなければいいのだけれど。もっとも、赤面しているのはルーシーだけではなかった。これを見てふたりの間に何かあると思わなかったら、ジョフリーは相当鈍感だ。それとも、あまりにあり得ないことで、そんな発想が浮かぶ余地などないだろうか。

　はじめて会った日と同じように、セバスチャンは先に馬にまたがると、ルーシーに向かって手を差し出した。ジョフリーに体をもちあげてもらい、ルーシーはセバスチャンの前に座った。セバスチャンは片腕をルーシーの腰に回すと、ただ支えるのではなく、自分の方にぎゅっと引き寄せた。ルーシーもセバスチャンに身を預ける。

「本当でしたね」セバスチャンはルーシーの耳もとで言った。「あなたは本当にわたしを絞首台から救ってくれました。あなたは命の恩人です」

「そうだね。だけどあたしは、すでに何回も命を救ってもらってるから、まだおあいこにはほど遠いよ。まあ、どのみち、あなたは死刑にはならなかったと思うけどね。お兄さんにそっくりだもん。手遅れになる前にだれかが絶対気づいたはずだよ」

　ふたりは城の中庭に入った。馬丁たちが馬からおりるルーシーを手助けする。セバスチャンの足が地面につくや否や、ひとりの女性が駆け寄ってきて彼に抱きついた。女性はひとしきり泣くと、ようやく一歩離れて、まじまじと彼を見つめる。「あなたのお父上にそっくりだわ」女性はささやいた。

　女性はルーシーに気づくと、「殿下」と言ってひざを曲げ、深々と頭を下げる。「わたくしどもの城へようこそお越しくださいました。このうえない栄誉でございます。わたくしは先代公爵夫人でございます。恐れながら、公爵夫人はいま直接ごあいさつすることがかないません。お詫びを申しておりました」

「公爵夫人？」セバスチャンがつぶやく。

先代公爵夫人は息子の腕を取った。「十年たったのよ。あなたの兄も立派な大人だわ。いまや、夫であり、父親でもあるのよ」

セバスチャンはいつのまにか自分に義理の姉と甥か姪ができていたことに衝撃を受けたようだ。

「知らなかったのね」母親は悲しげに言った。

セバスチャンは首を横に振る。「手紙をくれたのだとしたら、少なくともぼくのもとには届いていません」口をきゅっと結び、あごに力が入る。彼は剣を抜こうとするときよくこの顔をする。

母親は一瞬、ひどく驚いた表情を見せたが、気を取り直したように言った。「話はあとでゆっくりしましょう。まずは、お風呂に入って、清潔な服に着がえなさい。殿下は公爵夫人とほぼ同じサイズのようにお見受けするので、彼女の服をご用意させます。そして、あなたは――」先代公爵夫人は息子の方を向く。「ジョフリーとほぼ同じサイズね。本当にこんなに大きくなって。まだ信じられないわ」

セバスチャンの母は数人の召使いとともにルーシーを寝室へ案内した。セバスチャンは別の召使いたちと別の部屋へ行った。ルーシーが連れていかれたのは、博物館で見るような部屋だった。凝った彫刻の施された大きな家具があり、壁にはタペストリーがかかっている。床に大きな銅製のバスタブが置いてあって、湯気が上がっていた。ルーシーは着ている服を脱ぎ捨てていますぐ飛び込みたい気持ちをぐっと抑える。先代公爵夫人を卒倒させるわけにはいかない。

「召使いたちがお手伝いします」先代公爵夫人は言った。

「あ、大丈夫です。あたし、ひとりでできますから」

「では、入浴がお済みになったら、侍女に着がえのお手伝いをさせましょう」

お湯からあがってまだ体を拭いている最中に、侍女が腕いっぱいにドレスを抱えて現れた。侍女はひざを曲げて頭を下げると、巨大な四柱式ベッドの上にドレスを広げ、シルクのバスローブをもってルーシーのところにやってきた。そして、遠慮がちにルーシーの髪に触る。「殿下、とても素敵な巻き毛でいらっしゃいます」

「あ、ありがとう。えーと、あなたの名前はなんていうの？」

「ジリアンです、殿下。よろしければ、これから御髪《おぐし》を整えさせていただきます」

「オッケー、あなたに任せるよ」この髪をこれ以上ひどくするのは難しいだろうから、リアルな侍女がどんな仕事をするか見てみることにしよう。

ジリアンは香りのいいオイルを髪にすり込むと、布で頭をくるんだ。「乾くまでお待ちください。その間にドレスをお選びいただけますでしょうか」お願いされるまでもない。ルーシーは小走りでベッドまで行くと、さっそくドレスをチェックする。一着は白地に金のステッチが施されたドレスだ。ちょっとウエディングドレスっぽい。もう一着は赤に金の刺繍があるドレス。そして、三着目は深いロイヤルブルーにやはり金の刺繍だ。

「白はちょっとフォーマルすぎるかもね」ルーシーは言った。

「わたしもそう思います、殿下。戴冠式にお召しになるようなドレスかと」

なるほど、戴冠式ね。ちゃんと考えていなかったけれど、もしこちらが勝って、国王と王妃が戻らなかったら、理屈のうえでは自分が——いや、ドーンが——次の女王になるのだ。

「赤のドレスは大変目を引きますので——」ジリアンは言う。「群衆の前に出る際、効果的かと思います」

「じゃあ、青にしよう」ルーシーは言った。

ルーシーはジリアンの手を借りながら、バスローブを脱ぎ、シンプルな白いアンダードレスを着た。この数日着ていたものよりはるかに柔らかい。ジリアンはルーシーにドレスを着せ、たくさんのひもを手際よく結んでいく。なるほど、これを着るにはたしかに侍女の助けがいる。

「ああ、この色、とてもお似合いです。瞳の色がいっそう引き立ちます」ジリアンは言った。

「それでは、御髪を仕上げましょう」

ジリアンはルーシーを座らせ、頭に巻いていた布を取って髪を整える。それから、木箱を開けて、宝石のついたティアラを取り出し、ルーシーの頭にのせた。ティアラに合わせてさらに髪をセットすると、ルーシーの手を取り、部屋の隅にある鏡の前まで行った。

鏡のなかからひとりのプリンセスがこちらを見ている。もし、ショーウィンドウのガラスに映ったこの姿をちらっと目にしただけだったら、あるいは、この姿を撮った写真をだれかに見せられたら、自分だと気づかなかったかもしれない。髪は緩やかな螺旋《らせん》を描いて肩の下までおり、ドレスは体の線にぴったり沿ったボディスの下で腰からふわりと広がって、引き裾が床の上に贅沢に伸びている。そして、巻き毛の上にさりげなく収まったティアラ。仕上げはドーンのネックレスだ。セバスチャンはこの姿を見てどんな顔をするだろう。ルーシーはセバスチャンの目に映るプリンセスと自分がはじめて一致したように感じた。

ドアが開き、先代公爵夫人が入ってきた。優雅にお辞儀をしてから言う。「殿下、とてもお美しくていらっしゃいます。許嫁《いいなずけ》の君もさぞかしお喜びになられるでしょう」

「許嫁?」ルーシーは訊き返す。

「ご存じなかったのですか? ああ、もちろん、ご存じのわけがありませんね。大変失礼いたしました。ご自分の出自を知らされずに異国の地でお育ちになったことはセバスチャンから聞きました。殿下がお生まれになったとき、ご両親は隣国の王家と条約を結ばれたのです。殿下とご子息を婚約させ、同盟関係を築くことを」

「え、じゃあ、あたしは生まれたときから婚約者がいたってこと?」デートすらしたことがないのに婚約者がいるなんて笑える。まあ、婚約してるのはドーンなんだけど。でも、ドーンだってデートについてはルーシーと同じだ。

「こうしたことはよく行われます」先代公爵夫人は悲しげに肩をすくめる。「わたくしたちは結婚相手に愛情を感じられれば幸運なのです」夫人はほほえみ、ルーシーの手を取った。「でも、プリンス・ハラルドはとてもハンサムな青年ですわ。きっと殿下もお気に召すと思います」

ルーシーは先代公爵夫人に案内されて城の大広間へ行った。大広間ではジョフリーが公爵モード全開で会議を行っていた。ルーシーに気づくと、ジョフリーは言った。「皆に報告しよう。このうえなく喜ばしい知らせだ。長い不在を経て、ついに王女殿下が戻られた。こちらにあらせられるのがプリンセス・オーロラだ」すべての頭がいっせいにルーシーの方を向き、続いて深々と礼をした。ジョフリーがルーシーに向かって手を差し伸べると、人々はさっと左右に分かれて道をつくった。ルーシーはその間を歩いて公爵のいる高座まで行く。

ルーシーが高座にあがると、全員が立ちあがった。自分に向けられた人々の喜びに満ちた表情を見て、ルーシーははっとした。この人たちはプリンセスを待ち望んでいたのだ。彼らにとってプリンセスは、その存在自体が希望なのだ。後ろの方でだれかが叫んだ。「ばんざい！」すると、部屋中に割れるような拍手と歓声がわき起こった。ルーシーは圧倒された。ふだんのルーシーは衣装をつくる側だ。舞台に立って拍手を浴びるのには慣れていない。

ルーシーは大広間のなかを見回し、セバスチャンの姿を見つけた。彼は高座からそう遠くないところにいた。貴族にふさわしい服装に着がえている。ルーシーを見あげるその表情は、期待したとおりのものだった。セバスチャンを見る自分も同じような顔をしているに違いない。あざや傷はあるものの、若き未来の騎士はそれはそれは素敵だった。

ジョフリーは人々に静まるよう合図する。「そしてこちらは、われわれの最も信頼できる隣国、アーンストミード王国のプリンス・ハラルド殿下だ」その名前を耳にして、ルーシーは胃がきゅっと縮んだ。ひとりの男性が高座に向かってやってくる。

男性はまさに童話に出てくる王子そのものという感じだった。無個性でいくらでも替えがきく、という意味で。童話の主役はたいていプリンセスだから、王子はだいたいそんなものだ。しかも、このプリンスは、ドラゴンを退治するプリンスではなく、舞踏会でプリンセスと踊るプリンスだ。完璧な金髪に、完璧な顔、そして、ややうつろな目。ルーシーの世界でなら、デパートの下着の広告に出ていそうなタイプ。自分は――いや、プリンセスは――こんな人と結婚するわけ？

高座にあがると、彼は片ひざをつき、ルーシーの手を取って自分の口もとにもっていった。唇は指の関節の辺りをかすめただけで、実際には触れていない。ルーシーは軽くひざを曲げ、少しだけ頭を下げる。王家の人は別の王家の人にどうあいさつするのかわからないので、とりあえずそんな感じにしておいた。「まあ、悪くはないな」ルーシーの隣に立つと、プリンスは言った。「魔法使いが絶世の美女になるよう魔法をかけたと聞いていたけど、この出来映えには正直、落胆したと言わざるを得ない。でも、太ってはいないし、毛深くもなさそうだ」

こういうとき、フルレングスのスカートは便利だ。女はそのなかでだれにも気づかれずにいろんなことができる。履いているのがもっと重たい頑丈な靴か、かかとのとがったハイヒールだったらよかったのに。間違えたふりで彼の足を思いきり踏んでやったが、柔らかいバレエシューズなので望むほどのダメージは与えられなかっただろう。

ふたたびセバスチャンの方を見ると、彼はあごに力を入れ、口をきゅっと結んでいた。この状況は、『ローマの休日』の最後のシーンを思わせた。グレゴリー・ペックが宮殿に行き、最後にもう一度プリンセスとなったオードリー・ヘップバーンに会うのだ――ふたりでさんざん冒険をしたあとに。ただし、このドレスはオードリーのそれよりさらに素敵だ。

プリンス・ハラルドへの拍手はルーシーのときほど大きくなかった。拍手がやむと、ジョフリーは言った。「そして、最後に、弟の帰還を心から喜びたい。セバスチャン卿がついに無事、われわれのもとに戻ってきた」

拍手喝采のなか、セバスチャンが前に進み出る。高座にあがった弟を、ジョフリーはしっかりと抱擁した。セバスチャンが横に立つと、ルーシーはさりげなく彼の方に寄った。セバスチャンが好きだからではなく――好きなのは事実だけれど――ハラルドが耐えがたいにおいの香水を浴びるようにつけているからだ。そばにいるだけで涙目になる。

セバスチャンへの拍手がやむと、ジョフリーは言った。「プリンセスが戻られたいま、ついに運命のときがやってきた。明日、われわれは城に向けて出発する。魔女は明日、戴冠式を決行するつもりだ。呪いが完了し、最後の王位継承者を排除したと思っている。われわれは玉座を奪い返す。国王と王妃がどこにおられようとも、両陛下のために。そして、いまわれわれとともにおられるプリンセスのために！」

大広間は大歓声に包まれた。魔女の支配下での暮らしはよほどひどいものなのだろう。皆、希望に満ちた目でルーシーを見つめている。ルーシーは本物のプリンセスでないことがますます申しわけなくなった。「きみが女王となった暁には――」ハラルドが前を向いたまま小声で言った。「早々に結婚式をあげよう。そうしたらぼくは、この国の国王だ」ルーシーは急に本物のプリンセスじゃないことが心底うれしく思えた。この男をドーンに押しつけるつもりはないけれど、少なくともルーシーに彼と結婚する義務はない。

「ちょっとおにいさん、勝手に先走んないでくれる？」ルーシーは小声で言った。「あたし、まだ十六だよ。結婚なんて、まじあり得ないから。まず高校を卒業しなきゃなんないし、学位も取りたいし、だいたい未成年のあたしとそういうことしたら、ソッコー捕まるよ」

もちろん、いま言ったことの半分は彼にはちんぷんかんぷんだろう。案の定、ハラルドはぽかんとしてルーシーを見つめている。もしかすると、だれかに言い返されたのははじめてなのかもしれない。隣で、セバスチャンが肩を震わせている。彼に聞かせるつもりはなかったけれど、楽しんでくれているなら何よりだ。ふいにお尻をわしづかみにされて、ルーシーは悲鳴をのみ込んだ。ハラルドのやつ、美人じゃないと言いながら、体には触りたいらしい。ルーシーは立ち位置をずらすと、今回はあからさまに足を踏みつけた。

ジョフリーが言った。「さあ、出陣前の祝宴だ。次の祝宴は王家の城で行うことになるだろう。正当な女王とともに」ふたたび大歓声があがる。ハラルドがルーシーの手を取って高々と掲げた。ルーシーはもはや後戻りできないことを悟った。

17

ボートへ戻るドーンの心は弾んでいた。ルーシーの居場所はほぼ明らかになったし、今夜はステージがある。ルーシーが危険な目に遭っているのでなければ、この数日はドーンにとって人生最高の日々だといっていいくらいだ。おばたちの監視下で暮らすかわりに、自分がやりたいことをして過ごしているのだから。

気分がいいときいつもそうなるように、ドーンはいつのまにか歌を歌っていた。例によって、最初は鼻歌だったのが、歌の世界に入り込むにつれ、自分がどこにいるのかも忘れて大きな声で歌っていた。『ウエスト・サイド・ストーリー』の劇中歌『何かが起こりそう』を歌いながら、町の通りを歩く。学校のコーラス部が春のコンサートでやる予定の曲だ。人々が立ち止まってドーンの方を見ている。やがて歌いながら歩くドーンの後ろに人だかりができはじめた。

歌い終えると、大きな拍手が起こった。ジェレミーがすかさず言う。「いまのは今夜のショーでやるもののほんの一部だよ。場所は十九番停泊所。見逃す手はないよ。この小さな淑女の力量をぜひご堪能あれ！」

「十九番だね？」だれかが念を押す。ジェレミーはそのとおりだと答えた。

人々が散ると、ジェレミーは愉快そうに言った。「普通、通りでいきなり歌い出す？」

ドーンは肩をすくめる。「ごめんなさい。無意識のうちに歌い出してるの。頭のなかで歌ってるうちに、いつのまにか声に出ちゃってるのよ」

「人が町なかで突然歌い出すの、ミュージカルではありかもしれないけど、現実の世界でそれをやったら精神科に連れていかれるぞ。まあ、いまのは今夜のショーのいい宣伝になったみたいだけど。場所を確認した人たちのなかに役人みたいな格好をした人がいたな。もしかしたら王宮のスカウトマンかも」

ドーンはダンスのステップを踏んで、にっこり笑った。「ほらね。町なかで突然歌い出すのもそう悪いことじゃないでしょ？　でも、恥ずかしい思いをさせちゃったらごめんなさい。ルーシーにはときどき怒られるわ」

ふたりはヒューに言われた時間の少し前にボートに戻った。ヒューがタラップでふたりを迎える。「リーアンを見たかい？」

「町では会わなかったけど」ジェレミーが言った。

ヒューは鼻を鳴らす。「遅刻だな」

「ほんの少しよ」ドーンは言った。「きっとすぐに戻ってくるわ」

リーアンはショーの準備が始まってからようやく戻ってきた。ミュージシャンたちとリハーサルをするドーンの横を通りながら、リーアンは満面の笑みで言った。「今夜のショー、がんばって。幸運を祈ってる」

「まあ、ありがとう」ドーンは言った――こちらの世界には本番前に幸運を祈るのは縁起が悪いという迷信は存在しないのだと自分に言い聞かせながら。「彼女、今日の午後は楽しかったみたいね」ヒューを捜しにいったリーアンを目で追いつつ、ドーンはミュージシャンたちに言った。「わたしのことあまり好きじゃないんだと思ってたけど、きっと、悪い人間じゃないってわかってくれたのかもしれない」

　遅刻したのはリーアンだけではなかった。スピンクが戻ったのは、グループで歌う最初のナンバーが終わって、次のドーンとのデュエットが始まる直前だった。ヒューはスピンクをにらみつけたが、何も言わなかった。鳥に時間厳守を求めても無駄だということだろう。スピンクがショーのことを忘れずに戻ってきただけでもラッキーだと思うしかない。デュエットが終わると、ドーンはスピンクに訊いた。「どこに行ってたの？　戻ってこないかと思ったわ」

「ぼく、戻ったよ」スピンクはあっけらかんと言った。「歌うの大好きだもの。ぼくね、お城を見たよ！」

「そうね。そびえ立ってるから町からよく見えるわ」

「高い高い塔があったよ。お母さんが言ったとおり！　きみはあのお城に行くんだよ！」

「そのためには招待されるよう今夜いいパフォーマンスをしなきゃ。だからあなたもベストを尽くしてね」

「ぼくたち、お城に行くよ！」スピンクは言った。本当にそうなるといいのだけれど……。行けなかった場合の対策については、まだ何も考えていない。

　次の曲の途中、妙なことが起こった。バンドの演奏が突然止まったのだ。ドーンが驚いて振り返ると、ミュージシャンたちは依然として演奏を続けている。でも、音が聞こえない。彼ら自身も困惑しているようだ。アカペラで歌うのは恐くないので、ドーンは声量をあげ、そのまま歌い続けた。スピンクも歌に加わり、演奏のない分を補う。歌い終えたときの拍手喝采は、演奏があるときのそれにひけを取らないものだった。

次のパフォーマーたちの歌が始まっても、相変わらずミュージシャンたちは音を出すことができなかった。ヒューのバイオリンも音がまったく出ない。それでも、歌い手たちはプロだ。ドーンと同じようにアカペラでみごとに歌いあげた。彼らの歌が終わると、ヒューはバンドを舞台から下げた。「ダンスは飛ばす」ヒューは言った。「リーアン！」

「何、父さん」

「マジックをやれ。こっちが立て直す間、時間を稼いでくれ」

「任せといて」リーアンはジェレミーに向かって手招きする。「準備するの手伝ってくれる？」

パフォーマーのなかでただひとりリーアンだけがこの状況にまったく動揺していないように見える。リーアンのマジックは――本物の魔法であれ、手品であれ――うまくいくのだろうか。ドーンはふとそう思ったが、うまくいかないことを願いそうになって、考えるのをやめた。戴冠式に招待されるかどうかは、いまやリーアンの出来にかかっていると言える。

ヒューはほかの面々に向かって言った。「どうしてこんなことになっているのかわからないが、おそらくライバルの仕業だろう。こうなったら、残りのステージをいつも以上によくするだけだ」

「楽器が使えないことを逆手に取ればいいわ」ドーンは言った。「ハーモニーを練習したでしょ？　あれをやるの。きっとかなりのインパクトがあるわ」皆、疑わしげな顔をしている。「ほら、みんな！　ここであきらめるの？　大丈夫よ、きっとできるわ。わたしたちは戴冠式に出るべきグループだもの。こんなことで負けるわけにはいかないわよ」

ウィルが拳《こぶし》を突きあげる。「そうだ、まだ終わってないぞ！」

ほかのメンバーたちもリーアンのステージの邪魔にならないよう小さめの声をあげる。ドーンは皆の輪のなかに片手を突き出した。演劇部でステージにあがる前にいつもやるように。ところが、だれも手を出さない。どうやらこれは普遍的な慣習ではなかったようだ。ドーンはさりげなく手を引っ込めて言った。「さあ、わたしたちの実力を見せてやりましょう！」

リーアンの出し物は問題なく進行したため、観客は減らなかった。リーアンが舞台袖に下がると、一座のメンバー全員がステージに出た。ヒューの合図でまずドーンがひとりで歌い出し、そこに異なるパートが順に加わっていく。背中をぞくぞくさせる重厚なハーモニーに、がさつな波止場の観衆も静まり返った。ところが、歌がいよいよクライマックスにさしかかろうとしたとき、突然、ブーンという羽音のような大きな音が鳴り出して、コーラスをかき消した。歌が終わると、まばらに拍手はあったが、観客はすでに散りはじめていた。皆一様に耳をふさぎながら。

ドーンは大声で観客を呼び戻したい衝動を抑えつつ、ボートの手すりから身を乗り出す。ジェレミーが横に来て、ぎゅっと肩を抱いた。「きっと王宮のスカウトマンは最初のナンバーを見たよ。妙なことが起こる前の」

「そう願うわ。戴冠式に招待されなかったら、いったいどうやってお城に入ってルーシーを捜せばいいの？」

＊

皆が次々に高座にやってきてあいさつするので、ルーシーはさっきからずっと笑顔でうなずき続けている。ルーシーの心に自分は偽者であるという事実がますます重くのしかかってくる。許嫁《いいなずけ》が最悪な男だからだけではない。この人たちは皆、別人のもとに集結しているのだ。このまま即位させられるわけにはいかない。かといって、プリンセスがいなくなれば、彼らの努力は無に帰すことになる。

ルーシーはセバスチャンの方を見て、目を合わせた。セバスチャンは立ちあがり、主賓席の方へ歩いてくると、ルーシーの後ろで立ち止まる。「話があるの」ルーシーは前を向いたまま言った。「人に聞かれない場所で」

「頃合いを見て、主階段の下に来てください」

「わかった。そうする」ルーシーは笑顔のうなずきを再開する。これで、赤ちゃんを連れてきてキスを求める人でもいれば、選挙運動中の政治家みたいだ。ある意味、そうかもしれない。ルーシーを政権につかせる方法が、選挙のかわりに戦争だというだけで。

あいさつに来る人が途切れたとき、ルーシーはさりげなく席を離れ、階段を駆けおりた。数分後、セバスチャンがやってきた。ふたりは階段の下の人目につかない場所へ移動する。セバスチャンは依然として硬い表情のまま、ルーシーにはいっさい触れようとしなかった。やっぱり言わないでおこうか——ルーシーは思った。だめだめ、言わなきゃ。さもないと、このまま女王にされて、あの第一級最低男と結婚させられてしまう。

「あなたに言わなくちゃならないことがあるの」ルーシーはひとつ深呼吸し、覚悟を決めた。「あたし、本当はプリンセスじゃないの」何か言おうと口を開いたセバスチャンを、ルーシーは片手をあげて制する。「でも、だれがプリンセスかは知ってる。親友のドーンだよ。ドーン、オーロラ、どっちも曙《あけぼの》とか夜明けの光っていう意味があるでしょ？　たぶん、身元を隠すための名前だったんだと思う」ルーシーはネックレスに触れる。「これはドーンのなの。ドーンとあたしは誕生日が同じで、この前、誕生日だったの。あたしたちの世界ではね。ドーンはプレゼントを買うお金がないからって、これをくれたの。あ、本当にくれたわけじゃないよ。彼女がママからもらったものをあたしがもらうわけにはいかないもん。一日だけつけさせてもらう予定だったんだ。そしたら、あの男たちがあたしをドーンと間違えて拉致したの」

セバスチャンがまた何か言おうとしたが、ルーシーは話し続けた。彼が言葉を発する前に、すべて吐き出したかった。「最初に言うべきだったと思う。でも、恐くて言い出せなかった。だって、どこの馬の骨ともわからない子だったらここまで助けてくれないでしょ？　それに、少なくとも魔女があたしをプリンセスだと思ってる間は、ドーンの身は安全だから。というわけで、あたしはプリンセスじゃないの。だから、あたしを玉座につかせるために戦争なんかしないで。それと、あたしをあのバカ男と結婚させるのもなし」

「あなたはプリンセスではないのですか？」

「だから、いまそう言ったでしょ？　あたしの名前はルーシー・ジョーダン。あたしはごく普通の平凡な人間で、ただの人違いの被害者」

セバスチャンの顔にみるみる笑みが広がる。セバスチャンはルーシーを抱きあげると、くるりと回ってキスをした。「ルーシー・ジョーダン」嚙みしめるように言う。

「そう、それがあたし」ルーシーは言った。キスとスピンで頭がくらくらする。真実を知ったとき彼がどんな反応をするかとても不安だったが、これは想定していなかった。セバスチャンにとって、ルーシーが別の人と婚約していないことは、自分が偽者のために戦い血を流したという事実より重要らしい。それはつまり、彼が好きなのはプリンセスのルーシーではなく、ルーシー自身だということだ。そう思ったら、ますます頭がくらくらしてきた。「それで、これからどうする？　だれかに話さないと」

セバスチャンは首を横に振る。「いや、だれにも言ってはいけません」

「でも、彼らは偽者のために戦争をしようとしてるんだよ？」

「彼らは王位詐称者を排除するために戦うのです。あの魔女を即位させるわけにはいきません。あなたが――プリンセスとしてのあなたがいないと、彼女を阻止するのはより困難になります。スパイがだれなのかまだわかっていません。もし、プリンセスはいないという話がもれれば、われわれにとって大きな打撃となります。だから、いまはまだだれにも言うべきではありません。次期統治者については、メランサを倒してから考えればいいことです」

「本当にそれで大丈夫？　ドーンとあたしは全然似てないし、みんな自分たちが偽者のために戦ったことに気づいちゃうよ」

「こういう状況は、まったく前例がないわけではありません。王家が暗殺を避けるためにおとりを使うことはよくあります。本物のプリンセスを守っている魔法使いたちがおとりを使ったことにすればいい。プリンセスが直面するであろう試練に耐え得る人物をおとりにし、その間に本物のプリンセスをひそかに安全な場所へ連れていったということに」セバスチャンはにっこりする。「あなたはまさに試練に耐えられる人物です。もっとはやくあなたがプリンセスではないことに気づくべきでした。本物のプリンセスがこれほど勇敢で忍耐強いはずがない」

「つまり、まずその魔女を追いやって、それから、ドーンか、もしくは王様と王妃様を捜し出すってこと？」ルーシーはいまひとつ気乗りしない。それが、この作戦がよくないものだからなのか、それとも、大勢の人たちの前でプリンセスのふりをするのが恐いからなのかはわからない。

「魔法使いたちも城に来るはずです。彼女たちならどのようにことを運べばよいか知っているでしょう」セバスチャンは眉間にしわを寄せ、少し躊躇《ちゅうちょ》してから言った。「それから、あなたを家に帰す方法も。それは、つまり、あなたがそうしたければ、ということですが」

ルーシーは言葉に詰まった。ジレンマだ。もちろん家には帰りたい。向こうにはママや友達がいて、二十一世紀のさまざまな文明の利器がある。でも、セバスチャンと離れたくはない。

「ママ、死ぬほど心配してると思う」ルーシーは言った。「小さいころパパが死んで、うちはママとあたしだけなの。だから、このままひとりにするわけにはいかない」

「もちろんです。家族と離ればなれになるべきではありません」セバスチャンはふたたびストイックなグレゴリー・ペックに戻っている。このバージョンもかなりイケる。ルーシーはあらためて彼にキスしたくなった。

「せめてお兄さんには言うべきじゃない？　だれかひとりでもあたしたち以外に知っている人がいた方がいいような気がする」

セバスチャンはしばし考えてから、首を横に振った。「やはり、言わない方がいいと思います。いずれにせよ、いまそのような話をする機会はないと思います。兄には然るべきときがきたら話しましょう。さあ、そろそろ広間に戻った方がいい」セバスチャンはふたたび笑顔になった。「お会いできてうれしいです、ルーシー・ジョーダン」

結果的に、心配は杞憂《きゆう》だった。考えてみれば、セバスチャンは真実を聞いたとたんに態度を豹変させるような人ではない。ただ、だれにも言わないという彼の判断が本当に適切かどうかはわからない。これは重要な局面でいきなり開示するような情報ではないだろう。頭に冠をのせられる直前に、「サプラーイズ！　あたし、実はプリンセスじゃないの」なんて言える？

もちろん、ハラルドと結婚させられそうになったらすぐに言うけど。

＊

一座のメンバーは皆、いつもより早く床に入った。あのひどいパフォーマンスのあとではだれも浮かれ騒ぐ気分にはなれなかったのだろう。早く寝た分、翌朝の起床は早かった。戴冠式に呼ばれるかどうかは正午までに判明することになっている。もはやだれも期待していなかったが、それでもヒューは万一に備えて用意しておくよう皆に命じた。ドーンはレースのドレスを着ながら、城に入るための第二の案を考えた。ヒューを裏切るようなことはしたくないけれど、戴冠式に招待された一座を見つけてメンバーにしてもらうのがいちばん手っ取り早いだろう。ライバルのグループはきっとドーンの引き抜きに興味を示すはず。あるいは、城へ行ってソロのパフォーマーとして出演させてもらえないか直談判してみようか。その場で歌ってもいい。

メンバーたちは舞台衣装を着て甲板をぶらぶらしている。何人かは軽くパフォーマンスの動きを確認し、ミュージシャンたちは楽器の手入れをしている。リーアンがジェレミーにマジックの道具の準備をさせているのが見えた。いつにも増して得意げな顔だ。まさか、ひとりだけ招待状を受け取っているとか？　ドーンはジェレミーのそばへ行く。「今朝、スピンクを見た？」

「そういえば、見てないな」ジェレミーは顔をしかめる。「まあ、あいつはいつも気の向くまま出たり入ったりしてるから」

「今日、出番があるかもしれないこと、覚えてるといいんだけど」

「昨夜、あんな舞台をやって、まだ呼ばれる可能性があると思ってんの？」リーアンが言った。

ドーンは肩をすくめる。「まだわからないわ。トラブルがうちの一座のせいじゃないことは明らかだし、わたしたちのパフォーマンス自体はとてもよかったもの。あなたのときは何も問題は起こらなかったし」

リーアンは突然真っ赤になり、ジェレミーからマジックの道具箱をひったくるように取った。

「だれがあんなことをしたのか知らないけど、魔力をもつ者のことは怒らせたくなかったんじゃないの？」そう言うと、どすどすと大股で立ち去った。

「賛辞のつもりだったんだけど」ドーンは言った。「ゆうべ、完璧にステージをやり遂げたのは彼女だけだったから」

「何かうしろめたいことでもあるんじゃない？」

「自分の父親の一座の妨害をしたっていうの？　まさか、そんなのあり得ないわ」

甲板にいる人たちの視線がいっせいに、波止場を歩くふたりの黒服の男に向けられる。手もとに複数の封筒が見える。戴冠式への招待状に違いない。ドーンは指を交差させた。練習するふりをしていたメンバーたちも動きを止めて、彼らのどちらかがボートに来るかどうか固唾《かたず》をのんで見つめている。オーディションの結果が張り出されるのを待っているときと似ている、とドーンは思った。三十分近く経過して、ようやく男たちがこちらへ向かってきた。手もとにはまだ封筒が残っている。ドーンは無意識にジェレミーの手を取り、ぎゅっと握った。

黒服の男たちはボートのタラップの前まで来ると、立ち止まり、残っている封筒をチェックする。甲板で皆がいっせいに息をのんだ。黒服のひとりがタラップをのぼってきて、ヒューに封筒を渡した。ヒューは男が船をおりるのを待って、封を切り、羊皮紙を広げた。一座はヒューのまわりに集まる。ドーンは息をするよう自分に言い聞かせる。酸欠で倒れている場合ではない。これはオーディションの結果を待つときよりずっと緊張する。はるかに大きなことがこの結果にかかっているのだ。

文書を読んでいたヒューがようやく顔をあげた。「おい、おまえたち、何やってる」ぶっきらぼうに言う。「大事なステージが控えているってのに。あと三十分で出発だぞ。はやく準備しろ」皆が歓声をあげると、ヒューはにっこり笑った。

ドーンがジェレミーの方を向くと、ジェレミーは両手を広げた。ドーンはその腕のなかに飛び込む。「やったわ！」

「まずは第一歩だ。次はなかに入ってからどうするかを考えなくちゃ」

「ネックレスが導いてくれると思う。引き寄せられる感覚に従っていけば、きっとルーシーがいるところにたどり着けるわ」

「そこはおそらく厳重に監視されてるだろうけどね」

「それはたどり着いてから考えましょ」

三十分もたたないうちに、河岸の波止場にはパフォーマーたちの行列ができ、ヒューの一座もそれに加わった。ジェレミーと手をつないで歩くドーンのすぐ横をヒューが歩いている。ヒューがこの先ずっとこんな感じでそばにいるのだとしたら、城に入ったあとが問題だ。彼はドーンがひとりで勝手に歩き回るのをよしとしないだろう。

町には昨日以上にたくさん兵士がいた。そして、昨日より重装備になっている。屋根の上には弓矢をもった兵士たちもいる。魔女はかなり用心深い人らしい。沿道には大勢の見物人がいるが、兵士たちの動きを見るかぎり、人々はどうやら強制的にパレードを見物させられているようだ。川の方角から何やら大きな音が聞こえてきた。衛兵たちの注意がそちらに向く。何かを警戒しているようだ。ドーンは何が起こっているのか気になったが、行列の流れに押され、振り向くことさえできずに歩き続ける。

ヒューが後ろを振り返り、ドーンから少し後れた。後ろの方で叫び声があがった。数人の兵士が持ち場を離れ、パレードの流れに逆らって川の方へ向かう。「なんの音かしら」ヒューが隣に戻ってくると、ドーンは訊いた。

「勝手に即位させるようなことはしないと思ってたさ」ヒューは言った。「彼らは戦うつもりだ」

「だれが？」

ヒューはその質問には答えず、ドーンの肩に手を置いて言った。「何か起こったら、安全な場所へ避難するんだ。必要なら隠れてもいい。とにかく身の安全を守れ」そして、ジェレミーの方を向いて続ける。「彼女を守れ。それがおまえの仕事だ。それ以外のことはいっさい気にしなくていい。わかったな？」

ジェレミーはうなずく。「最初からそのつもりだよ」

「よし」

川の方から聞こえる音は、川とは逆方向に歩いているにもかかわらず、どんどん大きくなっていく。でも、ドーンの意識は前に向かっていた。城の方へ。例の引っ張られるような感覚はいまや、耳鳴りがするほど強くなっていた。こんな状態で果たして歌など歌えるだろうか。歌えるかどうか不安になるなんてはじめてだ。

城門に到着すると、パフォーマーたちはなかへ誘導された。衛兵たちは行列をはやく城内へ入れようと人々を急がせていたが、遠くでトランペットの音が鳴り響くと、ヒューの一座のすぐ後ろで門が閉じられた。一歩遅かったら自分たちが閉め出されていたところだ。ドーンは思わず身震いする。一行は城の中庭から謁見室へと誘導された。主階段の前を通るとき、ドーンはそのまま階段をのぼりたくなった。のぼるべきだという確信があったのだが、ジェレミーに引っ張られて一座といっしょに謁見室へ行った。

謁見室は人でごった返していた。大勢のパフォーマーたちのほか、観客として招かれた貴族たちもいる。でも、玉座は空で、魔女の姿はなかった。役人からは、次期女王が到着するまでパフォーマンスをしてはならないと言われた。ヒューは一座を謁見室の隅に移動させ、いつ指示があってもいいように準備をしておくよう命じた。ミュージシャンたちは楽器を取り出してチューニングを始め、歌い手たちは発声練習を開始する。ほかのグループも同じことをしているので、部屋のなかはさまざまな音が入り乱れてカオス状態だ。

皆のようにウォーミングアップをすべきだとはわかっているが、ネックレスの力を感じてドーンはそれどころではなかった。ルーシーは近くにいる。こんなところでもたもたしている場合ではない。体にロープを巻かれ、思いきり引っ張られているような感じだ。勝手に歩き出そうとする脚をなんとか抑えようと足踏みしているうちに、気づいたらほかのメンバーたちから二メートルほど離れていた。

まだ時間はありそうだし、魔女の姿はどこにもない。城内を調べるならいまだ。パフォーマンスが始まる前に戻れば問題ないだろう。ドーンは人々をかき分けて謁見室を出ると、まっすぐ階段へ向かった。

18

翌朝、軍隊に激励のスピーチをしなければならないことを知って、ルーシーはプリンセスのふりを続けるというセバスチャンの提案に反対しなかったことをあらためて後悔した。そうならそうと前もって言ってくれれば、何か考えておいたのに。英語のクラスでやったシェイクスピアの演説を思い出そうとしても、チアリーダーのかけ声しか頭に浮かんでこない。いくらなんでも、軍隊に向かって、「行け、行け、ゴーゴー！　V、I、C、T、O、R、Y！」と叫ぶわけにはいかないだろう。歴史上の有名なスピーチはどうだろう。たとえば、第二次世界大戦のときにチャーチルが言ったこととか。でも、これもまた残念ながら、血と涙について何か言っていたということしか思い出せない。歴史の時間、授業に集中しなさいとよく先生に注意されたけれど、ちゃんと言うこと聞いておけばよかった。

ルーシーは大きな白馬に乗せられた。赤いドレスの裾がきれいに馬のまわりに広がるよう従者たちが整える。ハラルドはルーシーの隣で鉄灰色の馬にまたがり、セバスチャンとジョフリーは隊列の先頭にいる。一行は、野営地を見おろす丘の上までやってきた。野営地には大勢の兵士たちがいた。まるで人の海だ。兵士たちはルーシーを見るなり歓声をあげた。真っ赤なドレスを着て白い馬にまたがる姿は、遠くからでもなかなかの光景に違いない。隊列は斜面を下って部隊のいる谷までおりる。兵士たちの前まで来ると、ジョフリーはあぶみを踏んで立ちあがった。「われわれは本日、進軍する。大義はここにある！」ジョフリーがそう叫んでルーシーの方を見ると、ふたたび大歓声があがった。

ジョフリーはルーシーに向かってうなずく。どうやら出番のようだ。相変わらず何をしゃべればいいかわからない。「あ、ええと、こんにちは」そう言ってから、あまりの威厳のなさに思わず顔をゆがめた。兵士たちはルーシーがプリンセスとして育っていないことを知らないだろうし、アメリカ人のティーンエイジャーのために戦うつもりでここに集まっているわけでもない。きちんと説明する必要がある。「数日前まで、あたしは自分がだれなのか知りませんでした。つまり、故郷のこととか、立場のこととか。いまは、自分の故郷がこの素晴らしい王国で、こんなに大勢の勇敢な兵士たちがあたしのために戦ってくれることを誇りに思っています」

だんだん調子が出てきたので、ルーシーはさらに声を大きくして続ける。「でも、あなたたちが戦うのは、実はあたしのためじゃありません。あなたたちはあなたたち自身のために、あなたたちの家族が安全な場所で幸せに暮らせるよう、そのために戦うのです。あなたたちの国のために、故郷のために、お互いのために戦うのです。心底愛するもののためだから、あなたたちは力のかぎり戦うとあたしは確信しています」ここまできたらやっぱり言うしかない。「行け、行け、ゴーゴー！　V、I、C、T、O、R、Y！」

兵士たちが「行け、行け、ゴーゴー！」と叫び返し、ルーシーは危うく馬から落ちそうになった。

「ノリがいいね」ルーシーは小声でつぶやく。思いつきでやったことにしては、なかなかうまくいった。ただし、これを書きとめて学校で教えるのはやめてほしい。でも、いつか機会があれば、〝押し戻せ！　押し戻せ！　もーっと、もーっと、押し戻せ！〟は教えてもいいかな。フットボールのチアリーディングのかけ声がこれほど戦時にしっくりくるというのはちょっと恐くもある。

スピーチが終わると、ジョフリーはルーシーをエスコートして兵士たちの列の間を歩いた。ルーシーはロイヤルファミリー風に手を振り、兵士たちがルーシーに向かって〝行け、行け、ゴーゴー！〟と叫ぶたびに、吹き出しそうになるのを必死に堪えた。

その後、軍隊は城に向かって行進を開始した。ハラルドとセバスチャンはルーシーの護衛を課された小隊のなかにいる。セバスチャンは指揮官のようだが、年配の人が横にいて、実際には彼が命令を出しているようだ。

前にいる兵士たちが歩き出すのを待っているとき、セバスチャンはその人をルーシーのところへ連れてきた。「殿下」セバスチャンは笑みを堪えているような表情で言った。「フォルク軍曹をご紹介します。わたしに騎士となるための訓練を施してくれた恩師です」

フォルクは頭を下げた。傷と日焼けのせいで顔はかなり老けて見えるが、体はセバスチャンに負けず劣らず引き締まっていて、実際のところ何歳なのか見当がつかない。「殿下、先ほどは素晴らしい演説でした」

「ありがとう。それと、あらためてあなたにお礼を言わないと。あなたがセバスチャンを訓練したんなら、セバスチャンがあたしを守り通せたのはあなたのおかげってことになるよね。つまり、あなたもあたしの命の恩人」

「彼は優秀な教え子でした、殿下」

「あなたがここにいるとは思っていませんでした」セバスチャンはフォルクに言った。「わたしを送り出したあとアーガス卿が何かしたのではないかと危惧していました」

　フォルクは地面につばを吐き、すぐさまルーシーに、「失礼いたしました、殿下」と言った。そして、セバスチャンに向かって続ける。「あそこにいたのは閣下にはわたしが必要だったからです。閣下を送り出してしまえば、いつまでも裏切り者に仕える必要はありません」

「今回のことが終わったら、兄はきっとあなたを家臣として迎え入れると思います」

　軍隊全体が完全に動き出すのを待って、ようやくルーシーたちは出発した。乗馬の初心者で、かつ横乗りをしているルーシーに配慮してか、隊列の動きはゆっくりだ。一行はやがてルーシーが拉致された日に通った道にやってきた。あれからほんの数日しかたっていないなんて信じられない。いろんなことが大きく変わった。ルーシー自身も変わった。まもなく、ルーシーを助けようとした村人たちを兵士たちが暴行したあの村に入った。ルーシーは懸命に涙を堪える。村人たちが沿道に並んでいるが、人数はあのときよりずっと少なく、怪我をした痛々しい姿の人たちが目につく。彼らはプリンセスでもなんでもないルーシーを守ろうとしてこんな目に遭った。心が潰れそうになったが、なんとか毅然《きぜん》とした表情を保つ。村人たちは皆、プリンセスが敵の手から逃れたことを知って、とてもうれしそうだ。いまは泣き顔のプリンセスなど見たくないだろう。ルーシーは美人コンテストの優勝者ばりの笑顔をつくり、沿道の人々に手を振った。そして、あとでだれかに頼んでこの村に食料や生活必需品を送らせようと思った。

一行はやがて、川を見おろす場所にやってきた。川にかかった橋の向こうに首都の町と城が見えるが、戦闘が行われていることを示すようなものは特に認められなかった。橋に衛兵がいないことを除いて。

ルーシーはセバスチャンの手を借りて馬からおり、彼にエスコートされて周囲から死角になる場所へ移動する。ようやくセバスチャンと話ができると思ったとき、突然、ハラルドが女の子顔負けの甲高い悲鳴をあげた。「犬だ！　野犬だ！　ぼくたちを襲わせるために魔女が放ったんだ！」

ルーシーとセバスチャンはハラルドの視線の先を見る。ルーシーはすぐさま歓声をあげた。「レイラ！　ラーキン！」そう言うと、ドレスの裾をもちあげて走り出す。「戻ってきてくれたの?!」

「ほかの動物たちから軍隊が召集されたと聞いて、きっとこの道で落ち合えると思ったのです」ラーキンが言った。荒々しいしゃがれ声だが、しっぽが勢いよく揺れている。

「ふたりとも会いたかったよ」ルーシーは言った。

ハラルドがおそるおそる近づく。「こ、この犬たち、しゃべるのか?!」

「え？　なに、あなたの国にはしゃべる動物はいないの？」

「少なくとも、ぼくが接する動物のなかには」

「それは損してるね」ルーシーは肩をすくめる。「レイラ、ラーキン、こちらはアーンストミード王国のハラルド王子。彼のことは無視していいから」

ルーシーたちはふたたび町を見おろす場所へ行った。レイラが隣にいることで、ルーシーは各段に心強くなった。

戦況は王政支持者《ロイヤリスト》が優勢のようだ。少なくとも、後退してくる部隊はない。ルーシーと護衛部隊が華々しく登場するときがきたら、軍隊から合図がくることになっている。プリンセスが姿を現すことで、町の人々を大義のもとに集結させる。そして、いっきに城を奪還し、魔女を捕らえるか殺すかするのがねらいだ。

待つのは楽ではなかった。とりわけ、すぐそこで人々が傷つき、場合によっては命を落としているのかと思うと。しかも、部分的にはルーシーのために。これは童話には描かれないプリンセスの宿命のひとつだ。

＊

ドーンは主階段をのぼりきった。意外にも衛兵にはひとりも会わなかった。どうやら、城の防衛の方に重きが置かれ、内部の警備はおざなりになっているらしい。広い踊り場の両側にさらに階段があった。どちらへ行けばいいかは考えるまでもなかった。何かに引っ張られるような感覚はどんどん強くなっている。ドーンは迷わず左の階段をのぼった。のぼりきると、廊下に出た。廊下の先にはまた別の階段があった。階段は上に行くにつれて、どんどんせまくなっていく。やがて階段は壁に沿って螺旋《らせん》を描くようになり、ドーンは自分がスピンクの言っていた高い高い塔のなかにいることに気がついた。

引っ張る力はもはや身を任せればエレベーターのようにもちあげてくれるのではないかと思えるほど強くなっていたが、残念ながらやはり自分の足でのぼらなければならなかった。途中、せまい踊り場に小さなドアがあったが、引っ張られるまま階段をのぼり続ける。

やがて階段は終わり、突き当たりにドアがあった。ドーンを誘《いざな》うかのようにほんの少し開いている。そっと押すと、ドアは大きく開いて、円形の部屋が現れた。部屋を囲むように並ぶ窓から光がさんさんと差し込んでいる。休日の午後に読書をしたりするのにちょうどよさそうな部屋だ。

ふと、部屋に人がいることに気がついた。豪華な衣装に身を包んだ女性が窓のそばの椅子に座っている。「あ、ごめんなさい、勝手に入ってしまって」ドーンはドアの方へあとずさりする。

女性はにっこりほほえんだ。「いいのよ、どうぞ入ってちょうだい」

ドーンはおずおずと部屋に入っていく。この場所で間違いないはずなのだが、ルーシーの姿はない。そもそもここは囚人を閉じ込めておくような場所にも見えない。むしろ貴婦人の寝室といった感じだ。

「何か捜しているの？」女性は訊いた。男性のテノールのパートを歌えそうな低い声だ。

「あの、ここに……いえ、やっぱり、間違えたみたいです」

女性はふたたびにっこりした。でも、今回はどこかトゲのある冷たい笑みだった。「あら、そう？　本当に間違い？」

「きみはお城にいるよ！　高い高い塔にいるよ！」聞き覚えのある声が部屋の反対側から聞こえた。振り向くと、窓辺にスピンクがいた。

「スピンク！　ここで何してるの？」

「彼は自分の仕事をしているのよ」女性は言った。「一族の義務を果たしているの。わたしが目論んだ形ではないけれど、まあ、結果的にうまくいったわ」

スピンクは舞いあがって部屋を横切り、女性の椅子の背にとまった。「遠い遠いところから来た女の子をお城に連れてきたよ！」羽毛を膨らませて胸を張り、高らかにさえずる。

ドーンは混乱して首を横に振った。「いったいどういうこと？」

「わからなくてもいいわ」女性は言った。「わかったところで、どうせすぐに意味はなくなるから。あなたがわたしの思う人物ならね。もしそうなら、なぜここまで予定どおりにいかなかったのかの説明もつくわ。もっとはやく気づくべきだった」

ドーンは口のなかがからからになった。特に脅すようなことを言われたわけではないけれど、自分がいま大きな危険に直面していることがわかる。自ら罠に足を踏み入れたのだ。そして、この鳥がそのお膳立てをした。でも、ドーンにとっていまいちばん重要なのは女性が口にした言葉だった。「わたしをだれだと思うの？」

女性は椅子の背にもたれ、脚を組んだ。「何かいま、しなくてはならないと感じることはない？　どうしてもしなければならないと思うことは」

ドーンは指をスカートにこすりつけていることに気がついた。この痛みを消すために何かに触る必要がある。まるで別の意志をもっているかのように、右手が勝手にあがる。ドーンは自分の手に引っ張られるようにして部屋の隅に置かれた糸車の前まで行った。糸車？　いまのいままでネックレスに引っ張られているのだと思っていたけれど、呼んでいたのは糸車だったの？　いったいどういうこと？

糸車は学校の教科書で絵を見たことはあるが、本物を目にするのははじめてだ。糸車に触ろうと手を伸ばしたとき、ふと思い出した。スピンクの〝高い高い塔〟の歌にメランサという魔女が出てきたことを。ドーンはいま、その魔女とおぼしき人物と塔の部屋にいる。

考えている間にも手はひとりでに動いていた。そして、気づいたときには指が糸車に触れていた。そして、視界が真っ暗になった。

＊

何時間もたったように思えたころ、川の対岸の町の城壁からラッパの音が聞こえ、旗が振られるのが見えた。城へ向かうときがきた。城壁の内側で王政支持者《ロイヤリスト》の分隊と白襟の黒いドレスを着た女性たちのグループがルーシーたちを出迎えた。女性たちはドーンのおばを彷彿《ほうふつ》とさせた。よく見ると、そのうちの三人はまさにドーンのおばたちだった。セバスチャンに本当のことを打ち明けておいてよかった。そうでなければ、彼女たちがルーシーに気づいたとき、かなりまずいことになっていただろう。

ところが、おばたちは気づいたようなそぶりはまったく見せず、ルーシーに向かって頭を下げた。ルーシーについている男たちも黒いドレスの女性たちに礼をした。「殿下、わたしたちはもてるすべての能力を殿下のために捧げる所存です」リーダーらしき女性が——記憶が正しければドーンのおばのマリエルだ——言った。マリエルの目がかすかにウインクしたように見えた。

「ありがとう」ルーシーは言った。おばたちといっしょにいる女性たちは、セバスチャンが言っていた魔法使いだろう。

「ご体調はいかがですか、殿下」マリエルは言った。今回は間違いなく、その目が茶目っ気をはらんで光るのがわかった。

「正直、大変だったけど、でも、大丈夫です」

「報告を！」セバスチャンが出迎えた分隊に向かって声をあげた。

「町の大半は制圧しました、閣下。現在、城門を突破しようとしているところです」

「城門はわたしたちに任せてください」マリエルが言った。魔法使いたちはマーチングバンドさながらの一糸乱れぬ足取りで、城に向かって歩き出した。セバスチャンの合図で、ルーシーと兵士たちもあとに続く。

町なかではさほど流血はなかったようだ。目にする死体は魔女側の兵士だけだ。そのうちの何人が王政支持者《ロイヤリスト》の兵士によって殺されたのかはわからない。町の人々もかなり勇猛果敢に戦ったように見える。通りのあちこちに武器として使えそうなものを手にした市民の姿があった。少なくとも、ふたりの兵士は、重そうな鉄鍋をもった主婦たちによって殴り倒されたようだ。

ルーシーの隊列が通ると、沿道に並んだ市民から歓声があがった。なかには涙を流している人たちもいる。でも、笑顔だから、うれし涙なのだろう。人々がこちらに向かって何か投げはじめた。ルーシーは反射的に身をすくめたが、すぐに飛んでくるのが花だと気づいた。ルーシーはホームカミング・クイーンの気持ちがはじめてわかったような気がした。もっとも、ホームカミング・クイーンのパレードを見物している人たちはそこまで喜んではいないだろう。パレードを目にして泣いている人など見たことがない。

戴冠式を祝う旗や横断幕が、お祭りの雰囲気を醸し出している。さっきまで通りのあちこちで戦闘があり、この先では依然として戦いが続いていることをつい忘れそうになる。でも、暗い顔をして沿道の人たちの気持ちに水を差したくはない。ルーシーは精いっぱい笑顔をつくり、ロイヤルファミリースタイルで手を振った。本当はプリンセスではないのにこんなふうに歓声を浴びるのはなんだか詐欺のような気もするけれど、兵士たちとともに戦場に立っているのは事実なので、少しはその資格があるかもしれない。

一行は城門に到着した。軍が城を包囲している。ジョフリーが破城槌で門を突く部隊を指揮していた。セバスチャンがジョフリーに作業を止めるよう言い、魔法使いたちの方を指さす。ジョフリーはうなずき、兵士たちに下がって待機するよう命じた。魔法使いたちは門の前に並び、手をつないだ。するとまもなく、城門がひとりでに開きはじめた。「浮上術はそれほど難しい魔術ではないわ」ドーンのおばのミリアムが言った。「わたしたちは向こう側のかんぬきを浮かせただけ」

「メランサはだいぶ気が散っているようね」マリエルが言う。「門に防御の魔術をかけ忘れるなんて」

ジョフリーは部隊を連れて城の中庭へと進む。セバスチャン、ルーシー、ハラルド、そして魔法使いたちは門の前で待機した。まもなく、剣と剣のぶつかり合う音や、悲鳴や怒号が聞こえてきて、ルーシーは思わず首をすくめた。城内の様子が見えないので、戦闘がどのくらい続くかも見当がつかない。「なかはどんな状況だろう」ルーシーはセバスチャンに訊いた。

「安全が確保できたら合図があるはずです」セバスチャンは言った。

「わたしが見てきます」ラーキンがそう言って門のなかへ走っていき、少しすると戻ってきた。「まだ抵抗は続いていますが、王政支持者軍《ロイヤリスト》が優勢です。まもなく制圧できるでしょう」ルーシーがもう一度犬たちを偵察にいかせようとしたとき、フォルクが出てきてセバスチャンに敬礼した。「中庭を制圧しました、閣下」セバスチャンの合図で、一行は城門をくぐる。

城の入口の扉が開いているのが見えた。

ところが、突然、ばきばきという何かが割れるような音がし、続いて低い地鳴りのような音とともに城の壁に沿って蔦《つた》が伸びはじめた。セバスチャンが馬から飛びおり、兵士たちに呼びかけたが、彼らがたどり着く前に蔦はすでに城の入口を覆っていた。花をつけた蔓がぐんぐん壁をのぼっていく一方で、下の方は棘《とげ》のある太いロープのような蔦に変わっていく。まもなく、城全体が有棘性の蔦に完全に覆われた。

「城にはちゃんと防御の魔術をかけていたようだな」セバスチャンがつぶやく。

ルーシーは首を横に振った。この光景にはなんとなく覚えがある。蔦はたぶん城を守るためではない。なぜそう思うのかその理由に気づいたとき、心臓がのどもとまで跳びあがり、そのあとお腹の底に落ちて、そこにずっしりと沈んでいくように感じた。ルーシーはドーンのおばたちの方を見る。「まさか、ドーンはここにいないよね？」ルーシーの懸念が的外れではないことを彼女たちの表情が物語っていた。この蔦は呪いの一部だ。ドーンは城のなかにいて、糸車に触ったのだ。彼女はいま意識のない状態にあって、真の愛《トゥルー・ラブ》の相手にキスをされるまで目覚めることはない。問題は、ルーシーの知るかぎり、ドーンには気になっている男子すらいないことだ。ルーシーが最後に会ったときからいままでの間に彼女がだれかと出会って恋に落ちていないかぎり、ルーシーたちはドーンのために意識のない女の子に恋のできる男の子を見つけなければならないのだ。

もちろん、その前にまず、〝真の愛《トゥルー・ラブ》〟の定義をはっきりさせる必要がある。それはドーンが愛する人なのか、それともドーンのことを愛する人なのか。そして、それは相思相愛でなければならないのか。それとも、この先、愛することになるまだ会ったことのない運命の相手、ということなのか。こうしてみると、だれも呪いの中身やそれを解く方法についてきちんと考えていないような気がする。すべてが曖昧すぎる。

ルーシーはふと、もっと重大な問題があることに気がついた。魔女は本物のプリンセスがだれかを知ってしまった。そしていま、彼女はその本人といっしょにいる。意識のない無抵抗なプリンセスと。「はやくお城のなかに入らないと！」ルーシーは言った。

すでにセバスチャンとフォルク、そして数人の兵士たちが、入口を覆った蔦を剣やナイフで取り除く作業に取りかかっている。ルーシーは兵士のひとりに手を借りて馬からおりると、ドーンのおばたちのところへ行った。「ドーンはどうしてここにいるの？　魔女があたしをプリンセスだと思ってるかぎり、ドーンは安全だと思ってたのに」

マティルダがなだめるようにルーシーの腕に手を置く。「あなたを捜しにきたみたい。誕生日が無事に過ぎたらドーンを故郷へ連れ帰るよう、庭の物置にポータルをつくったのだけれど、あの子はそれを見つけてしまったの。あの少年といっしょにこちらへ来たようだわ」おばたちが〝あの少年〟と言うとき、それはジェレミーを意味する。少なくとも、ドーンはこのクレイジーな世界にひとりでいるわけではないらしい。「あなたはもうわかったみたいね」

「だっておとぎ話《フェアリーテイル》と同じだから。これは『眠り姫』でしょ？　でも、ドーンは自分がだれなのか知らないんだよね？」ルーシーは訊いた。

「話すつもりだったわ」

「ちょっと遅すぎない？　もし知ってたら、ドーンは自ら魔女のもとへやってきたりしなかったはずだよ」ルーシーは返事を待たずにきびすを返すと、長いドレスの裾をたくしあげて、扉を開けようとしている兵士たちのところへ行った。ようやくできた隙間から犬たちが先になかに入ると、兵士たちは扉を覆う残りの蔦を切り開いた。

「姫」セバスチャンに呼ばれて、ルーシーは扉の前まで行く。ドーンのおばたちもやってきた。ハラルドは後ろの方でぐずぐずしている。「ぼくは城内の安全が確保されるまでここで待っているよ。最適なタイミングで華々しく登場する方がよくないかい？」

ルーシーはやれやれというように目玉を回し、城のなかへ入った。「あなたは蔦の意味をご存じのようですね」セバスチャンがルーシーに訊く。

「ドーンがお城のなかにいて、糸車に触ったということだよ。はやく彼女のところへ行かないと」

「彼女はどこに？」

ここまではほぼおとぎ話《フェアリーテイル》のとおりだから、これもそうであることを願う。「いちばん高い塔」ルーシーは言った。「そこが最も可能性が高い場所だと思う。どうやって行けばいいかわかる？」

セバスチャンはうなずき、皆を主階段の方へ導いた。踊り場まで来たとき、「ルーシー？」という声が聞こえ、だれかに力いっぱい抱き締められた。「無事だったんだ！」声の主が体を離し、一歩下がったとき、ようやくそれがジェレミーだとわかった。ルーシーはあらためてジェレミーに抱きつく。

「うわ、だいぶイメチェンしたな」ジェレミーはまじまじとルーシーを見つめた。

「ああ、これ？　話せば長くなるから、あとでね。いまはドーンを捜すのが先」

ジェレミーはおばたちを見てぎょっとした。「その人たちから離れろ、ルーシー」ジェレミーは言った。「おれたち、ずっと追いかけられてたんだ。おばっていうのは偽の姿で、本当はドーンを誘拐して、ずっと向こうの世界に隔離してたんだ」

「違うわ！」マティルダが憤慨して言う。

「わたしたちはあの子を守っていたのよ」マリエルが言った。「だいたい、あなたたちが逃げ回らなければ、こんな大変な思いはしなくてすんだわ。戴冠式に呼ばれないよう妨害までしたのに」

「やっぱりあんたたちの仕業だったんだ！」ジェレミーは叫ぶ。

「どうやらそっちも長い話がありそうだね」ルーシーはジェレミーに言った。「とにかく、いま、ドーンがピンチなの。敵はおばさんたちじゃない。急いで助けにいかないと」

「こちらへ！」セバスチャンが左の階段の上から皆を呼んだ。

「いったいどういうことなのか、ヒントくらいくれる？」ジェレミーが走りながらルーシーに訊く。

「『眠り姫』だよ」

「は？」

「小さいとき、あたしにつき合っていっしょに観たでしょ？　覚えてない？　悪い魔女だか妖精だかが赤ちゃんのプリセンスに呪いをかけるの。十六歳の誕生日の日没までに糸車の針に指を刺して死ぬって。で、よい妖精だか魔法使いだかが、急いでその呪いに手を加えて、死ぬかわりに眠るようにして、プリンセスをだれも彼女のことを知らない安全な場所へ連れていくの。

ただ、よほど遠くへ行く必要があったのか、別の世界まで行っちゃったみたいね」ジェレミーがまだぽかんとしているので、ルーシーは続ける。「プリンセスの名前はオーロラ。オーロラには夜明《ドーン》けという意味がある」

「ああ……」ジェレミーはようやくわかったようだ。「じゃあ、おばさんたちは……」

「そう、よい魔法使い」

「で、ドーンは……」

「おとぎ話《フェアリーテイル》のプリンセス」

「でも、十六歳の誕生日はもう過ぎただろ？」

「あたしたちの世界ではね。時差があるのか、カレンダーが狂っているのか知らないけど、ここでは今日があたしたちの誕生日みたい」

「じゃあ、ドーンは今日、糸車に指を刺して眠りにつくってこと？」

「すでにそうなったみたい。お城に入るのに、棘だらけの蔓《つる》を切らなきゃならなかったから。蔦が城を覆ったってことは呪いが発動したってことなの」

「ちなみに、おまえはどういう位置づけになってんの？」

「みんなあたしがプリンセスだと思ってる。魔女の手下はドーンのネックレスをつけてるのを見てあたしを拉致したの。あのまま向こうにいればドーンは安全だったのに」

「おれたちはおまえを助けようとしたんだ。だいたいドーン自身が絶対に行くって聞かなかったから」

次の階段をのぼりきると、廊下に大勢敵兵がいた。これだけ厳重に守っているということは、この先で何か重要なことが起きているに違いない。兵士たちを率いているのはアーガス卿自身だった。

19

セバスチャンとフォルクはほぼ同時に剣を抜いた。兵士たちもそれに続く。「ルーシー」セバスチャンは小声で言った。「塔へ続く階段は廊下の突き当たりのドアの向こうにあります。行けると思ったら行ってください。わたしたちはここでできるかぎり敵を食い止めます」

「了解」ルーシーは言った。それから、「ありがとう」とつけ加える。もっとたくさん言いたいことがあったが、いまは時間がない。話すチャンスはまた絶対にあると自分に言い聞かせる。

ルーシー、ジェレミー、犬たち、そして三人のおばは、にらみ合いが終わると同時に始まるであろう戦闘に備えて廊下の隅に移動した。「わたしに挑むつもりなのか。いい度胸だな」アーガス卿は薄ら笑いを浮かべてセバスチャンに言った。

「は？　何言ってんの？」セバスチャンは言った。この数日の間にいくつかルーシーの言葉を学んだらしい。「あなたは魔女の手下になり、この国を裏切った。そして、わたしを家族から遠ざけ、さらに兄を脅迫する道具にした。もちろん挑むに決まっている」

セバスチャンがアーガス卿に突進し、戦闘の火蓋が切られた。ルーシーはセバスチャンの動きを目で追う。これまでの戦いでは、自分の身を守るのに忙しくて、彼の剣さばきをきちんと見るチャンスはなかった。彼の戦いぶりはみごとだった。剣の使い方について詳しいわけではないけれど、その身のこなしは敏捷でとても優雅に見えた。

「あれだれ？」ジェレミーが訊く。

「セバスチャンだよ。あたしがまだ生きているのは彼のおかげ」ルーシーは言った。

鉄と鉄のぶつかり合う音が廊下に響き渡る。この状況で冷静な判断をするのは簡単ではない。セバスチャンがアーガス卿を何歩か後退させた。城の衛兵数人が指揮官の危機に気づいて援護に向かうと、廊下の片側に空間ができた。「いまがチャンス。行くよ」ルーシーは戦う男たちの横をすり抜ける。振り返ってセバスチャンの無事を確認したいのを我慢しながら。

ジェレミー、レイラ、そしておばたちも、ルーシーに続く。突き当たりのドアを出ると、螺《ら》旋《せん》階段があった。「また階段？」ルーシーは肩で息をしながら言う。レイラがルーシーを追い越して階段を駆けあがり、おばたちもそれに続く。ルーシーはジェレミーと最後尾についた。

最上階のドアはすでに開いていた。一行は慎重に部屋のなかに入る。最初にルーシーの目に入ったのは、四柱式ベッドの上に横たわるドーンの姿だった。まるで葬式のために寝かされているみたいだ。ルーシーは呪いが死から眠りに変更されたという話が本当であることを心底願った。青灰色の頭をした赤っぽい鳥が枕もとにいて、悲しげにさえずっている。ドーンならこっちでさっそく動物の友達をつくっていたとしても意外ではない。例の赤いドレスを着た魔女が、ベッドの横に立っていた――こちらに背を向けて。

微動だにせず横たわるドーンを見て、ジェレミーは茫然と立ち尽くしている。顔から血の気が引き、ドーンと同じくらい青白くなっている。ジェレミーはうなるように言った。「スピンク?」鳥は羽の下に頭をうずめる。

ルーシーがジェレミーにどうしたのか訊こうとしたとき、魔女が振り返った。「あら、来たのね。悪いわね、彼女を守ろうとするあなたたちの努力は、結局すべて無駄に終わったわ。勝ったのはわたしよ。国王と王妃は行方不明で、プリンセスは死んだ。玉座はわたしのものよ!」魔女は勝ち誇ったようにドーンを指さす。

「だからって、あなたが女王ってことにはならないよ」ルーシーは言った。「あなたがやってるのはあくまで不法占拠でしょ。プリンセスを殺したからって、あなたが支配者になれるわけじゃない」

「玉座に座っているのはわたしよ」

「まだ座ってない」ルーシーは言った。「あなたの部下は全滅したからね。もうあきらめた方がいいよ」

「だったら、だれを玉座に据えるというの? 国王も、王妃も、プリンセスもいないのに」

「プリンセスならいる」ドアの方から声が聞こえた。振り返ると、汗だくでくたくたという様子のセバスチャンが立っていた。セバスチャンはルーシーの方を指し示す。「われわれのもとにはすでに国民に認められたプリンセスがいる。あなたが拉致し、その後、執拗に追いかけたおかげでね。あなたは自ら彼女にお墨つきを与えたのだ」

「彼女は本物のプリンセスではないわ!」

「それを知っているのはこの部屋にいる人たちだけよ」マリエルが言った。

「プリンセスは偽者だと主張したところで、あなたを信じる人がいると思う?」ルーシーはつけ加える。

また屁理屈を言い返してくると思ったら、魔女は何も言わず両手を高くあげた。全身が淡く光り出す。レイラが魔女に飛びかかった瞬間、ふたりの姿がそろって消えた。残された全員が魔女の立っていた場所を茫然と見つめていると、部屋のドアがばたんと閉まった。セバスチャンがすぐに開けにいったが、ドアはびくともしなかった。「封鎖されている」

マリエルがドアに向かって両手を揺らす。「魔法だわ。わたしには解けない」

「まるでトラップドア（秘密の抜け穴）を使ったような早業だったな」ジェレミーが言った。

ミリアムが魔女の消えた場所を調べている。「まさにトラップドアね。ただし、魔法のトラップドアよ。わたしたちも使えるかもしれない」

「よかった。じゃあ、はやくあたしたちもここから出よう」ルーシーは言った。「本物のプリンセスとみんながプリンセスだと思っている人物の両方がここに閉じ込められていたんじゃ、あの魔女、本当に即位できちゃうよ」

ミリアムは首を横に振る。「残念ながら、わたしたちは魔法で自分たちを移動させることができるけれど、あなたたちを連れていくことはできないの」

「でも、レイラはメランサといっしょに行ったよ」

「これはメランサの脱出用ハッチだから、彼女に対しては素直に開くわ。わたしたちの場合、むりやりこじ開ける必要がある。だれかをいっしょに連れていくのはリスクが高すぎるわ」

「わかった。じゃあ、行って。そして、必ず魔女を止めて」

マティルダが両手でルーシーの手を包む。「下から助けを送るわ」

「兄のグラントレー公と話してください」セバスチャンが言った。「彼が指揮をとっています」

おばたちはひとりずつ魔法のトラップドアのなかに消えていき、塔の部屋にはルーシーとセバスチャン、ジェレミー、そして意識のないドーンだけが残った。依然として真っ青な顔のままジェレミーはドーンのそばへ行く。ルーシーはセバスチャンに言った。「アーガス卿を倒したんだね?」

セバスチャンはこのうえなく満足そうに言った。「はい。フォルクと兵士たちが塔の入口を見張っています」

「まさか殺しては――」

「生きていますよ。捕虜として捕らえました。裏切り行為についてきちんと裁きを受けてもらわなければ」

「あたしが縫わなきゃならないような傷はなさそうだね」

「ええ、いまのところ、自覚できているものは。痛みはたいていあとからきます」セバスチャンは眠っているプリンセスに目をやると、険しい表情になってルーシーの手を取った。「あなたが納得していないことは承知しています。ですが、もうしばらくの間、プリンセスのふりを続けていただく必要がありそうです。国王と王妃が見つかるか、なんらかの形で正当な統治者が玉座につくまで」

「ちょっと待って。彼女が死んだと思ってるの？」

「違うのですか？」

「まじで、おとぎ話《フェアリーテイル》は必読書にされるべきだね。男子に対しても」

「おとぎ話《フェアリーテイル》なら知っています。プリンセスもの以外は」

ルーシーはやれやれという顔をしそうになるのをなんとか堪える。「おとぎ話《フェアリーテイル》によると、よい魔法使いたちが呪いの一部を変えて、死ぬかわりに仮死状態になるようにしたの」もちろん、ディズニー映画はドキュメンタリーではないので、物語のとおりだという保証はない。いまのドーンはたしかに蠟人形のように見える。

「ドーンのこと、どうやって起こすの？」ジェレミーが訊いた。

「そこが問題なんだよね。バージョンによって微妙に違ってて、百年眠り続けるって書いてあるものもある。でも、それは今回の場合あてはまらないと思う。だって、わざわざそんなふうに呪いを変えてなんの意味がある？　百年眠り続けるなんて、死ぬのと大して変わらないじゃん。より一般的なバージョンでは、プリンセスを目覚めさせるのは真の愛《トゥルー・ラブ》の相手とのファーストキスってことになってる。そう考えると、おばさんたちがドーンに男子を近づけなかったのも無理ないね。命を救うのにファーストキスが必要なんだとしたら、高校のアホ男子なんかにキスさせるわけにはいかないよ。ただ、問題は〝真の愛《トゥルー・ラブ》〟をどう定義するか、なんだ。ドーンにボーイフレンドはいないし」

「ここを出たら、プリンス・ハラルドを捜してみましょう」セバスチャンが言った。「彼は彼女の許嫁《いいなずけ》ですし」

「彼女のなんだって?」ジェレミーがぎょっとして言った。青かった顔が真っ赤になっている。

「隣国の王子なんだけど、ふたりが赤ん坊のとき、同盟関係を結ぶために双方の両親が結婚の約束をしたらしいの」ルーシーはジェレミーに説明してから、セバスチャンの方を向いた。

「でも、どう考えたって彼は真の愛《トゥルー・ラブ》の定義にあてはまらないよ。あの男は人を仮死状態から目覚めさせるっていうより、むしろ仮死状態にさせるタイプだもん」ルーシーはふたたびジェレミーの方を向く。「彼、まじでひどいから。それに、こんな方法で同盟を結ぶのはいいアイデアだとは思えない。だから、婚約は破棄するべきだよ」

ジェレミーの顔がますます赤くなっていく。彼がこんなふうになるのは珍しい。「裏切り者を捕虜にするなら、こいつも数に入れた方がいいな」ジェレミーは言った。「おれたちを売った鳥だ」

鳥はジェレミーの手が届かない部屋の反対側の窓辺に飛んでいく。賢明な行動だ。ジェレミーはいつ鳥の首をへし折ってもおかしくないような目つきになっている。「こんなことになるなんて知らなかったの!」鳥は泣き声になる。「ぼく、ただお母さんに言われたことをやっただけだよ。お母さんはメランサが悪い魔女だとも、遠くから来た子をいじめるとも言わなかった。ぼくはメランサに彼女が来たことを伝えることになってたの。彼女は本当はお庭にいるべきだったんだけど、ぼく、勘違いしてここに連れてきちゃったの」

ルーシーは窓から外を見る。地面ははるか下だ——めまいがするくらいに。「ラプンツェル方式は使えないね。あたしの髪、この窓から脱出できるほど長くないもん」ルーシーは男子たちのぽかんとした顔を無視する。おとぎ話《フェアリーテイル》を読まない彼らが悪いのだ。

「煙くさくありませんか？」しばらくするとセバスチャンが言った。

ルーシーは鼻をくんくんさせる。「うん、たしかに」

「におうな」ジェレミーも言った。

セバスチャンはドアまで行くと、縁のにおいをかいでから、木製のドアに手を当てた。「階段に煙がきているようですが、扉の温度はあがっていないので、火そのものはさほど近くはないようです」

ルーシーは窓を指さす。「少なくとも煙が充満して死ぬってことはないね」

「でも、塔の土台が焼けて、おれたちの足の下で崩れ落ちるのはまずくない？」ジェレミーはそう言うと、鳥の方を向く。「スピンク、おまえに埋め合わせするチャンスをやる。謁見室へ行ってヒューにおれたちが助けを必要としてるって伝えるんだ。塔が火事で、おれたちはいちばん上の部屋にいるって」鳥は張り切って窓から飛び立った。「おばさんたちはおそらく火事のことを知らない」ジェレミーは続ける。「おれたちがいっしょに旅してきた人たちも少し魔法を使えるみたいなんだ。もちろん、あの鳥が謁見室に着いたときちゃんと来た理由を覚えてるってことが前提になるけど。ああ、その前に、謁見室が見つけられるかどうかが問題だな」

セバスチャンは顔をしかめ、部屋の真ん中を行ったり来たりしている。「この塔についてはいろいろ噂があります」セバスチャンは言った。「メランサが何年にもわたってひそかにここに住んでいたと言う者もいれば、プリンセスに呪いをかけたあと、国王と王妃を追いやって城を乗っ取るまでの間、ひんぱんにここに来ていたと言う者もいます。塔への階段は警備されていますから、階段をのぼってくることはできません」

ルーシーはメランサとおばたちが消えた場所を指さす。「だから、魔法のトラップドアがあるんでしょ？」

「それは当時使えなかったはずです。城内で勝手に魔法が使われないよう防御の魔術がかけられていましたから。さっきのような魔術が使われれば、宮廷の魔法使いたちが即座に飛んできたでしょう」

「つまり、秘密の出入口があるってこと？」

「おそらく」

「でも、下で火事が――」ジェレミーが言った。

「火事は階段部分です。秘密の通路が別の場所を通っていれば、脱出することは可能です。ただ、急いで見つける必要があります」

「じゃあ、はやく探そう！」ルーシーは言った。

三人は壁かけをめくったり床板をつついたりして部屋のなかを徹底的に調べた。やがて最後に一カ所、見ていない場所が残った。ドーンが寝ているベッドの下だ。セバスチャンとジェレミーがベッドを横にずらすと、その下に四角い絨毯《じゅうたん》が現れた。まるで〝秘密の通路はここです〟と言っているかのようだ。ルーシーは急いで絨毯をめくる。すると、床板の種類がほかと違う部分があった。

　セバスチャンが剣で板をもちあげると、真下に向かってのびるマンホールのようなせまいトンネルがあり、壁に沿ってはしごがおりていた。「このはしごで塔のいちばん下までおりるの？」ルーシーは泣きごとのような言い方にならないよう気をつけながら訊く。

「この通路は途中で階下の別の部屋に出られるようになっていると思います」セバスチャンは言った。「火事の場所さえ通り越せば、階段を使っておりられます。問題は、どうやってプリンセスを運び出すかです。肩にかついでおりるには、トンネルはせますぎます。わたしが背負いますので、落ちないよう背中にしっかりと縛っていただくのはどうでしょう」

　ジェレミーが咳払いをした。ルーシーとセバスチャンが振り向くと、ジェレミーは顔をさっき以上に赤くして言った。「ドーンが自分で動けたら、それがいちばん簡単なんじゃないの？」そして、ドーンの枕もとへ行き、身をかがめてそっと唇にキスをした。

　ドーンの顔に少しずつ血の気が戻ってきた。そして、目が開く。ルーシーは茫然として固まった。このまま気を失うかもしれない。じゃなかったら、吐くかも。ジェレミーがドーンの真《トゥ》の愛《ルー・ラブ》の相手？　まじで？　ジェレミーはあたしの運命の人でしょ？　何かで胸を刺されたような気がした。ほんの一瞬、ドーンが嫌いになった。美しくて、才能があって、そして何より、ジェレミーに恋をされたドーンが。小さいころからずっといっしょにいるのに、ジェレミーはルーシーが女の子だということにすら気づいていない。このふたり、いつからそんなことになってたの？　あたしは親友ふたりにずっとだまされてたの？

セバスチャンの顔を見て、ルーシーは正気に戻った。セバスチャンに対して感じている気持ちをジェレミーに対しては感じない。向こうへ戻って二度とセバスチャンに会えなくなったとしても、この気持ちをジェレミーに対して抱くことはないだろう。

ドーンは額をこすりながら、ゆっくりと体を起こした。「何があったの？」おぼつかない口調でそう訊くと、瞬きをし、焦点を定めようとするかのように目を細めてルーシーを見る。

「ルーシー！　無事だったのね！　だけど、ここで何してるの？」

「話せばものすごく長くなる」三人が同時に言った。

「ここから出たあとで説明するよ」ルーシーはつけ足す。

「歩ける？」ジェレミーが訊いた。

「うん、たぶん」

「わたしが先に行きます」セバスチャンがそう言って、トンネルに足を入れ、はしごをおりはじめた。「床板は開けたままにしてください。空気が通るように」ルーシーはドレスの裾を腕に巻きつけ、セバスチャンのあとに続く。ドーンがそのあとに続き、ジェレミーがしんがりとなった。

ルーシーは一歩ずつつま先で確認しながらはしごをおりる。こんなものをのぼりおりしていたなんて、魔女にとって城のなかに潜伏場所をもつことはよほど重要だったらしい。この空洞がどのくらい下まで続いているのかは考えないようにした。はしごをおりはじめて数分後、トンネルのなかが異様に暖かくなった。ルーシーは温度がふたたび下がるまで息をのんではしごをおりる。階段とこのトンネルを隔てる壁が焼け落ちていないことを祈りながら。

腕がいよいよ限界に近づいてきたとき、下からセバスチャンの声が聞こえた。「そこでちょっと止まってください。このドアから入れるか調べてみます」ドアの開く音が聞こえ、まもなくいくぶん新鮮な空気のにおいがした。「大丈夫そうです。ルーシー、わたしのいるところまでおりてきてください」

ルーシーはドアと同じ高さまではしごをおりる。はしごから部屋に入るドアまでは一メートルほどあった。下は底の見えない暗闇だ。セバスチャンは戸口に立ち、ルーシーの方に手を伸ばす。「大丈夫です。わたしが受け止めますから」ルーシーは大きく息を吸い、思いきりジャンプした。セバスチャンはルーシーを抱き止め、部屋のなかへ引き入れる。続いてドーンとジェレミーも同じようにして部屋に引き入れた。

部屋の反対側のドアからかすかに煙のにおいがする。「階段を使って大丈夫かな」ジェレミーが訊く。「けっこう煙くさいけど」

「煙は上に行くんだよ」ルーシーは言った。「いざというときは、止まる、倒れる、転がる（着衣に着火したときの自己防衛策として子どもたちが習う標語）。覚えてるでしょ？」

階段はやや煙たかったが、はしごをおりるよりずっと楽だった。下へ行くにつれて空気の状態もよくなっていった。ルーシーはドレスの裾を腕に巻きつけたままセバスチャンのあとについて階段を駆けおりる。後ろからジェレミーがまだ少しふらつくドーンを支えておりてくる。

ルーシーはふたりのことをなるべく考えないようにした。もちろんドーンもジェレミーも大好きだし、幸せでいてほしい。でも、自分が拉致されたあとふたりの間に何があったのか、どうしても気になってしまう。それともやはり、もっと前から何かあったのだろうか。ジェレミーがルーシーを女の子扱いしなかったのはそのため?

塔の入口に到着すると、セバスチャンは片手をあげ、しばし待つよう合図した。そして、そっと外をのぞき、手招きする。廊下では、フォルクとラーキン、そして数人の兵士が見張りをしていた。「塔が火事です」セバスチャンはフォルクに言った。「城の上に燃え落ちる前に火を消し止めないと」

「わたしが消火活動を指揮します、閣下」フォルクは言った。

「それはあなたの部下にやらせてください。あなたにはいっしょに来てもらいたい」セバスチャンは階段に向かって歩き出し、皆もそれに続いた。謁見室へと続く主階段にはジョフリーの兵士たちがいた。「どういう状況だ」セバスチャンはリーダーに訊く。

「閣下、謁見室は先ほど封鎖されました。われわれはなかに入れませんし、なかの人たちも外へは出られないようです」

「なかにはだれがいる」

「公爵閣下と閣下の兵士たちが大勢います。それから、プリンス・ハラルドもいらっしゃると思われます」

「まじで……」ルーシーはつぶやく。「どさくさに紛れて玉座に座らなきゃいいけど」

「ミュージシャンたちもいるわ」ドーンが言った。「戴冠式のお祝いのために連れてこられたパフォーマーたちはみんななかにいるはず」

「おそらく魔女もなかにいます」セバスチャンが言った。「自らを即位させるまで謁見室を封鎖するつもりなのでしょう。でも、たしか……」セバスチャンは眉間にしわを寄せて考える。「彼女が封鎖し損ねているかもしれない入口がひとつあります。こちらへ！」セバスチャンはいまおりてきた階段を駆けあがると、羽目板の一部を触る。「この辺りに吟遊詩人用のバルコニーがあるはずなんですが、もう何年も使われていないので、彼女はその存在を知らないかもしれない」

やがて、セバスチャンの手が然るべき箇所に触れたらしく、引き戸が開き、ほこりをかぶったベルベットのカーテンが現れた。カーテンを開けると、そこには謁見室を見おろすバルコニーがあった。セバスチャンは兵士たちに待機するよう命じる。セバスチャン、ルーシー、ドーン、そしてジェレミーは、這ってバルコニーに出ると、体勢を低くしたまま手すりの間からそっと下をのぞいた。

魔女は玉座の前に立ち、ジョフリーやドーンのおばたちと口論していた。魔女の豪華な赤いドレスには、明らかに嚙み切ったとみられる穴が開いている。ジョフリーの足もとに鋭い目つきで座っているレイラの手柄だろう。「わたしを女王にしたくないというなら、いったいだれを玉座につかせるというの？」メランサは言った。「わたしの勘違いでなければ、国王、王妃、そしてプリンセスの全員がいないいま、この国の最高位の公爵としてあなたもその候補のひとりとなるのよね、閣下。ひょっとして自ら権力を握るためにクーデターを起こそうとしているのでは？」

「わたしは正当な統治者のために王座を強奪者から奪還しようとしているのだ」ジョフリーは言った。

「正当な統治者というのはいったいだれなのかしら」魔女はくすくす笑う。彼女の低い声にはなんとも不釣り合いな笑い方だ。「国王と王妃は見つかっていないのでしょう？」

「だが、プリンセスを見つけた」

メランサは周囲を見回す。目を大きく開き、とぼけた表情で。「まあ、本当？　どこにいるの？　ちゃんと生きているのかしら。そもそも、それは本物のプリンセスなの？」魔女の言葉に人々からどよめきが起こる。

「プリンセスを登場させた方がいいんじゃない？　このままだと収拾がつかなくなりそう」ルーシーはセバスチャンに言った。

ジョフリーの返答を待って群衆が静まり返ったとき、突然、甲高い声が静寂を貫いた。「塔が火事だよ！　彼らを助けなきゃ！」

例の鳥がようやく謁見室を見つけて、窓から入ってきたようだ。火事という言葉に人々はパニックになり、パフォーマーもそのほかの出席者たちもいっせいに閉じられたドアに向かって走り出した。「あのばかが……」ジェレミーがつぶやく。

「でも、みんなの気をそらすことにはなったわ」ドーンが言った。

セバスチャンも同じ意見のようだ。彼は待機していた兵士たちに合図を出す。兵士たちはバルコニーについている螺旋階段で謁見室へおりていった。人々はパニック状態で、だれも兵士たちが入ってきたことに気づかない。セバスチャン、ルーシー、ジェレミー、ドーン、ラーキンは兵士たちに続いて階段をおり、バルコニーの下に身を潜めた。

それでも、おばたちはルーシーたちに気づいたようだ。ミリアムだけほかの魔法使いたちとジョフリーのもとに残り、マリエルとマティルダが群衆の間を縫ってドーンのところへやってきた。「やっと会えたわ！」マティルダがドーンを抱き締める。「無事だったのね！」

ドーンは体をよじって逃げようとしたが、ジェレミーがドーンの肩に手を置いて言った。「大丈夫。おばさんたちはおれたちを捕まえにきたんじゃない。全部勘違いだった」

「でも――」

マリエルがドーンをさえぎって言った。「ちょっと待って、この子、目が覚めているわ。いったい、どうやって――」

「その話はあと」ルーシーは言った。「これからどうするかを決めなきゃ」

マリエルはルーシーとドーンを交互に見る。「公爵のところにプリンセスを連れていって、この状況を収める必要があるわ」そう言うと、顔をしかめてセバスチャンの方を見る。「あなたはシンクレア家の次男ですね？」

「そうです」ドーンとジェレミーが混乱した表情で顔を見合わせる。

マリエルは顔をしかめたままうなずいた。「プリンセスを兄上のところへ連れていってください」そう言って、ルーシーの方に頭を傾ける。

セバスチャンはルーシーの腕を取って歩き出す。兵士たちが群衆をかき分けて道をつくる。

「でも、あたし本物じゃないよ」ルーシーは言った。そして、歩きながらドーンの方を振り返る。「いまは本物のプリンセスがいるじゃん」

「兵士たちが見たプリンセスはあなたです。ジョフリーもあなたがプリンセスだと思っている。それが重要です。いまは別の人がプリンセスだと名乗り出るときではありません」

ルーシーは気が乗らなかった。本人がそこにいるのに、どうしてドーンのふりなどできるだろう。だいたい、魔女はもうルーシーが偽者だと知っているのに、プリンセスで押し通すことなどできるだろうか。でも、もはや逃げ道はない。玉座はすぐそこにあるし、両側には兵士たちがいて、すべてのドアは封鎖されている。ここを乗り切って国を救うには、命がけでプリンセスを演じるしかないのだ。

20

ドーンは、驚くほど堂々とした姿のルーシーが、兵士たちが捜していた〝シンクレアの小僧〟その人であるらしい背の高い若者にエスコートされていくのを見つめながら、自分の身に起こったことを思い出そうとしていた。最後に覚えているのは、魔女とスピンクがいる塔の部屋で糸車に触れたこと。そのあと、目が覚めたら、ジェレミーとルーシーとシンクレア家の次男がいた。そして、いま、ルーシーがプリンセス？

ドーンははっとした。脚の力が抜けそうになり、思わずジェレミーの腕をつかむ。彼らはルーシーをプリンセスだと思っている。ルーシーはドーンと間違われて連れ去られた。ということはつまり、ドーンがプリンセスだということになる。ドーンはマリエルの方を向く。「わたしはだれ？　本当はわたしがこの国のプリンセスなの？　おばさんたちがずっと隠してきた秘密はこれだったの？」

「あとにしましょう、ドーン」マリエルは言った。

「どうして？　わたしは本当のことが知りたいの。もうそはたくさん」

「いまはルーシーがプリンセスを演じ続けるのが最もいい策だと思うわ」マティルダがドーンの肩に優しく手を置いて言った。ドーンはその手を振り払う。

「だれがプリンセスを演じるかなんてどうでもいい。そもそもわたしはプリンセスになんかなりたくない。わたしは自分がだれかを知りたいの。おばさんたちが何を隠していたのか知りたいの」涙があふれそうになり、ドーンは急いで瞬きする。いまは泣くときではない――ドーンは自分に言い聞かせる。わたしは怒っているんだ、ものすごく。おばたちがはじめからうそなどついていなかったら、あるいは少なくともルーシーが連れ去られたときにすべてを話してくれていたら、こんなことにはならなかった。「おばさんたちはわたしを魔女から守ろうとしていたのよね？　すべてはそのためなんでしょ？　それで、向こうの世界で暮らしていたのよね？」

「そうよ」マティルダはそう言って、もう一度ドーンに触れようと手を伸ばしかけてやめた。「でも、本当に、いまはこの話をするのに適した状況ではないわ」

ドーンは顔をあげる。ヒューと一座のメンバーたちがこちらを見ていた。ドーンと目が合い、ヒューの顔が安堵したようにほころぶ。ドーンもにっこり笑って手を振った。少なくとも彼はドーンに対して正直だった。ほんの数日で、彼は父親のような存在になっていた。父親というものを知らないので、あくまで父親がいたらこんな感じかなということだけれど。父と母、それもおばたちに訊かなければならないことのひとつだ。いや、魔法使いたち、と言うべきだろう。彼女たちはおそらく本当のおばではないだろうから。ドーンはジェレミーの腕を放し、群衆をかき分けてヒューのところへ向かった。ジェレミーとおばたちふたりもあとに続く。

ルーシーを捜して視線を外した拍子に、ヒューを見失った。謁見室は依然として混乱状態だが、ドーンはシンクレア家の次男の頭が見えた気がした。メランサも彼らに気づいたに違いない。魔女はぞっとするような薄笑いを浮かべると、両手を高々とあげた。バチバチという大きな音とともに指先から炎が放たれる。

出口を求めて争っていた群衆がいっせいに振り返り、部屋が静まり返った。その静寂のなかで、魔女は言った。「で、プリンセスとやらはどこなのかしら」

「ここにいる！　この人がわれわれの正当なプリンセスだ！」だれかが叫んだ。声の主は魔女と言い合いをしていた公爵ではなかった。叫んだのはヒューだった。ヒューは人々をかき分け、ドーンのところへやってくると、ドーンの手をつかんで高々ともちあげた。「正当なプリンセスはここだ！　彼女はおれたちのもとに帰ってきた。伝説のとおり、美しさと歌の才能を兼ね備えている！」

ドーンの後ろでマリエルがため息をもらした。ドーンはかぶりを振る。謁見室にいる全員の視線がドーンに注がれた。「それは何かの間違いよ」ヒューにうそをつくことに後ろめたさを感じながら、ドーンは言った。「わたしはあなたが思っている人物ではないわ」怪訝《けげん》そうに眉を寄せるヒューに、ドーンはささやく。「お願い、そういうことにして」

ドーンが目覚めているのを見て、魔女は一瞬ぎょっとしたようだが、すぐに大きな笑い声をあげた。「いったいプリンセスは何人いるの？　グラントレー公が連れてきたプリンセス、いまここに現れたプリンセス。今日はほかにもまだプリンセスが来ているのかしら」

魔女が皮肉を言っているのはわかっているが、ドーンは心のどこかで手があがるのを期待していた。プリンセスの座なら喜んで譲る。異世界でプリンセスをやることになったら、ブロードウェイでスターになることはできない。だからといって、ここでプリンセスをやりながらヒューの一座で歌うことも無理だろう。

残念ながら、手をあげる者はいなかった。「じゃあ、ふたりだけ？」魔女はふんと鼻で笑う。「問題は、どちらが本物で、どちらがなりすましかということね」

「それを見極める方法がひとつあるわ」マリエルが言った。「あなたが自分でつくった方法よ」

メランサは細い眉を片方くいとあげる。口が曲がり、何か考えているようだ。マリエルが何か企んでいるのはたしかで、魔女もおそらくそれに気づいているだろう。そのうえで、どう対応すべきか判断しようとしているのだ。やがてメランサはにっこり笑って言った。「そうね、やってみましょう。殿下、こちらへいらしてくださる？」

マリエルはドーンの腕を取りながら、耳もとでささやいた。「大丈夫。わたしを信じて」群衆は高座に向かうマリエルとドーンに道を空ける。ふたりが高座にあがると、魔女は糸車を指さした。塔にあったものとよく似ている。

メランサは窓の方を見る。「日はまだ落ちていないわ。今日はプリンセスの十六歳の誕生日よ。プリンセスが糸車の針で指を刺したらどうなるか、あなたも知っているわね？」

「わたしがこの少女を糸車に触れさせるのは、彼女がプリンセスではないと信じているからよ」マリエルは言った。「あなたも知っているように、わたしはあなたと違って罪のない者をいたずらに傷つけるようなことはしないわ」

「そうね、たしかにわたしとは違うわ」メランサはドーンの手首をつかむと、指を紡錘《つむ》の上におろした。

「いたっ！」ドーンは声をあげて、魔女の手から自分の手を引き抜く。

「これで気がすんだかしら」マリエルはそう言うと、メランサの返事を待たずにドーンを連れて高座からおり、高座の前まで来ていたヒュー、ジェレミー、マティルダと合流する。

魔女にさほど動揺した様子はなかった。魔女はグラントレー公の方を見て言う。「閣下、あなたのプリンセス候補にも同じことをしていただこうかしら」

公爵はルーシーの前に立つ。「殿下には指一本触れさせない！」

ルーシーはマリエルと視線を交わすと、公爵の前に出た。「あたし、テストを受けるよ」公爵はルーシーを止めようとしたが、セバスチャンとミリアムがそれを制した。ミリアムがルーシーの手を取り、高座にあがる。そして、糸車の前まで行き、ルーシーの指を紡錘につけた。

ルーシーは静かに床にくずおれる。

人々からどよめきが起こった。ドーンはジェレミーの肩に顔を埋めた。ミリアムがルーシーに危害を加えるはずはない。でも、ついさっきまでは、おばたちが意図的にルーシーを危険にさらしたと思っていた。もう何を信じていいかわからない。

＊

ルーシーはできるだけ呼吸を浅くし、無表情を維持するよう努めた。ミリアムの意図はだいたい読めた。ルーシーは『眠り姫』を読んでいるので、自分がすべきことはわかっている。あとは、ミリアムがこの状況をちゃんと収拾してくれることを祈るだけだ。

頭のすぐ上でミリアムの声がした。「こうなることを期待していたかしら、メランサ」返事はない。ふたたびミリアムの声が聞こえた。「でも、皆さん、心配はいりません。プリンセスは無事です。わたしは姉妹《シスター》たちとともにこの恐ろしい呪いに対抗する方法を見つけました。プリンセスは命を落とすかわりに眠りに落ちたのです。そして、彼女を目覚めさせるのは難しいことではありません。必要なのは真の愛《トゥルー・ラブ》の相手からのキスです」

「そういうことなら」ハラルドの声がし、床が振動して、彼が高座にあがってきたのがわかった。ルーシーは顔をしかめそうになるのを必死に堪える。もし彼にキスされたら、意識を失っているふりを続けて、彼が真の愛《トゥルー・ラブ》の相手ではないことを示せばいいのだ。

「待って！」マティルダの声がして、彼女が高座に近づいてくるのがわかった。「婚約は条件ではないわ。それに、あなたには愛を感じません」よく言った、マティルダ！　ルーシーは表情を変えないよう気をつけながら心のなかで叫んだ。長い静寂のあと、ふたたびマティルダが言った。「そこのお若い方、あなたはさっきまで彼女といっしょにいましたね。わたしはあなたが彼女に向けるまなざしを見ました。彼女のために戦うところも。真の愛《トゥルー・ラブ》の相手はあなたに違いないわ」

足音が聞こえ、だれかが自分の上にかがむのがわかった。思わずにっこりしてしまいそうになるのを懸命に我慢しながら、唇にあの懐かしい唇が触れるのを待つ。ファーストキスではない。でも、ルーシーはプリンセスではないし、魔法で仮死状態になっているわけでもないから、特に問題ではない。ルーシーは少々長めにキスを受けてから目を開けた。「ハーイ」小さな声で言う。

「こんにちは、わたしのルーシー」セバスチャンはほほえんでささやき返す。ルーシー以外はだれも聞き取れなかっただろう。謁見室にいる全員が——おそらく魔女以外ということになるけれど——歓声をあげ、指笛を吹き、拍手をしていたから。

セバスチャンはルーシーの体を起こし、立ちあがらせる。ふたりは手をつないだまま、笑みを浮かべて人々の方を向いた。

「さあ、どうしましょう」マティルダはいたずらっぽくほほえむ。「婚約は考え直さなくてはならなそうね。真の愛《トゥルー・ラブ》の邪魔をするのは運命に逆らうことだわ」

魔女がうなり声をあげ、両手を前に突き出した。手からギザギザの稲妻《いなずま》が放たれる。標的はルーシーではなくドーンだった。ルーシーはドーンが無防備だということに気づいた。魔法から身を守ると思われるドーンのネックレスはまだルーシーがつけている。ルーシーはセバスチャンの手を放し、メランサとドーンの間に立って自分の体で稲妻を受け止めた。ネックレスが異様に熱くなったが、ルーシーは足を踏ん張り、その場に立ち続ける。メランサは稲妻をルーシーの肩越しにドーンに向けようとした。ルーシーは手をあげてそれをさえぎる。なんだかジェレミーのW·i·iでゲームをしているときみたいな動きになっているけれど、これにはポイントよりずっと大きなものがかかっている。

三人のおばと魔法使いたちも動いた。全員が魔女に向かって両手をあげる。魔女のまわりに光の輪が現れ、稲妻が止まった。ふらつくルーシーをセバスチャンが支える。ネックレスの熱で少なくとも二度ぐらいのやけどをしているような気がするが、ネックレスなしで稲妻を受けていたらきっともっとひどいことになっていただろう。あるいは、ドーンがそれを受けていても。

逃げようとするメランサを、光の球が檻のように閉じ込めた。ジョフリーがルーシーのところにやってきた。「殿下、魔女は魔法使いたちに任せてはいかがでしょう。彼女たちの方が扱い方をよく知っています」

「うん、お願い」ルーシーは言った。「もしちょっと痛い目に遭わせる必要があるなら、あたしは許可するから」

公爵は声を張りあげる。「ご婦人がた！　魔女はあなたたちに任せる。どうぞ好きにされるといい」

リーダーが公爵に頭を下げる。そして、ほかの魔法使いたちに向かって言った。「姉妹《シスター》たち！　では、参りましょう！」魔法使いたちは魔女を取り囲んで歩き出す。魔女は光の球に包まれたまま引きずられるようにして歩いた。ドーンのおばたちが高座に残ったので、ルーシーはほっとした。あとで本物のプリンセスを明らかにする際、きっと彼女たちの助けが必要になる。そして、家に帰るときも。

人々はメランサが謁見室から出ていくのを黙って見つめている。皆、自分の目が信じられないという顔をしている。その静寂を破るように、ジョフリーが声をあげた。「宮廷の諸侯、そして、この国のすべての民よ、ここにあらせられるのがわれらが王女殿下、プリンセス・オーロラだ！」

大歓声があがり、ルーシーはドーンが舞台に立ちたがる気持ちが少しわかった気がした――拍手喝采を浴びる気分がこういうものなのだとしたら。ルーシーはドーンと目を合わせ、ウインクする。ドーンは満面に笑みを浮かべて拍手をした。気の毒なことに、ジェレミーだけがひどく混乱した顔をしている。すべてが終わったら、たっぷり時間をかけて説明してあげよう。

「そして――」歓声がいくぶん収まるのを待って、ジョフリーは続ける。「今日、皆がここに集まったのは戴冠式のためだ。われわれのもとにプリンセスが、正当な女王《クィーン》が戻ったいま、さっそく式をとり行おうではないか！」

ルーシーは驚いてジョフリーの方を向いた。ちょっと流れがはやすぎない？　ルーシーは、魔女を排除しても国にはちゃんと統治者がいるという印象を人々に与えるためにプリンセスのふりをしているにすぎない。即位するつもりなどもちろんない。そもそも本物のプリンセスではないし、このあと家に帰らなければならないのだから。

「だめ！」自分でも驚くほど大きな声が出た。「今日は戴冠式はやりません。国王と王妃がどこにいるのかわかってないんだから。彼らが死んだということがはっきり確認できるまで、冠はかぶりません」そう言ってから、マリエルの方をちらりと見ると、マリエルはうなずいた。いつも固く結ばれている口もとにかすかに笑みが浮かんでいる。「あたしたちは国王と王妃を必ず見つけます」ルーシーは続けた。「それが最優先事項です」

人々はふたたび歓声をあげ、兵士たちは声をそろえて叫んだ。「行け、行け、ゴーゴー！」

ジェレミーがぎょっとして彼らの方を見る。ルーシーは小さく笑って肩をすくめた。

マリエルが高座にあがってきて言った。「プリンセスはグラントレー公を摂政とすることをお望みのようです。閣下、国王と王妃が見つかるまで、あなたがこの国を指揮してください」

ジョフリーはマリエルに深々と頭を下げる。「光栄の極みです。謹んでお引き受けいたします」

ルーシーは群衆の方を向いた。「せっかく戴冠式のために来てくれたのに、こんなことになってごめんなさい。でも、足を運んでくれてありがとう」解散の合図として受け取ってくれることを願いつつ言う。戴冠式はなかったけれど、人々はさほどがっかりしてはいないだろう。なにしろ、ふたりのプリンセス候補と魔法の戦い《マジカルバトル》を目撃できたのだから。メランサが扉にかけた魔術は、魔法使いたちが彼女を連れて出ていったときに解けたので、今回は皆、落ち着いて退出することができた。

「じゃ、次はあたしだね」ルーシーはつぶやいた。

その言葉を聞いたジョフリーは意味を誤解し、ルーシーをエスコートして高座をおりると、謁見室の裏にある控えの間へ行った。セバスチャンとハラルド、ドーンのおばたちもあとに続く。ルーシーはセバスチャンに言った。「あたしの友達を連れてきてくれる？」セバスチャンはうなずいて部屋を出ていき、まもなくドーンとジェレミー、そして犬たちを伴って戻ってきた。困惑した様子のジョフリーとハラルドにルーシーは言った。「彼らはあっちの世界の友達なの」

ルーシーは心のうちを読み取ってくれることを期待してセバスチャンを見る。セバスチャンはうなずいた。「兄上、わたしたちは兄上に言わなければならないことがあります」

ジョフリーはやれやれという顔をした。「わたしは盲目ではない。ふたりを見ればわかる。もちろん反対はしない。一応、条約の内容を確認する必要があるがな」

「ちょ、ちょっと！」ルーシーは言った。「言わなきゃならないのはそのことじゃないの。まあ、条約の確認はやっておいてもらっていいけど。その、なんていうか、つまり、あたしは本当はプリンセスじゃないの。魔女がプリンセスを捜すために手下をあっちの世界に送り込んだとき、彼らがとんでもない人違いをしたの。プリンセスのふりをしたのは、ついさっきまで本物のプリンセスがどこにいるかわからなかったのと、彼女の安全を守りたかったから。それに、あなたもプリンセスの居場所がわからないってことになったら、作戦が台無しになったでしょ？」

「しかし、では、本物のプリンセスはどこに？」

ルーシーはドーンを指さす。「彼女がそうだよ」

「でも、彼女は先ほどテストに失敗したのでは……」

「彼女はすでに呪いにかかっていたのです」マリエルが説明する。「あの時点では、呪いはもう完全に解けていました」

「で、あたしは自分の番がきたとき、やるべき演技をしたわけ」ルーシーは言った。

「では、彼女が本物のプリンセス・オーロラなのか?」ハラルドが言う。信じられないという顔だ。『裸の王様』効果というやつだろう。ルーシーは豪華なドレスとティアラを身につけている。一方、ドーンはスティーヴィー・ニックスのガレージセールで見繕ったような服を着ていて、およそプリンセスらしからぬ格好だ。

「だからね」ルーシーは言う。「オーロラは夜明《ドーン》けっていう意味でしょ? 図を描いて説明しなきゃだめ?」

ドーンはにっこりした。「でも、わたしよりルーシーの方がずっといいプリンセスになるわ」おばたち三人が同時にルーシーを見た。彼女たちにじっと見られてルーシーは落ち着かなくなる。「たしかにそうね」やがてマリエルが言った。

ドーンの瞳がぱっと輝く。この表情をルーシーは知っている。彼女がこの顔をすると、たいていろくなことにはならない。「わたし、リーダーとしてみんなを引っ張ったり、何かを決めたりするの、得意じゃないし——」ドーンは言った。「そもそもプリンセスになんかなりたくないわ。わたしは女優になりたいの。みんなルーシーをプリンセスだと思ってるんだから、わざわざ言う必要はないんじゃない? わたしの両親を捜す間、このままルーシーがプリンセスでいるんじゃだめなの?」

「だめでしょ。だって、そもそもあたし、この世界の出身じゃないからね」ルーシーは言った。

「ここにはいられないよ。ママはどうするの?」

「基本的に、プリンセスが必要になるのは祭典や式典のときだけだわ。国の統治は公爵が行うのだから」マリエルがひとり言のようにつぶやく。「もちろん、国王と王妃が見つかるまでのことだけど」

ルーシーは頭を振る。「本気であたしをプリンセスでいさせるつもり？　だいたいそんなに簡単にふたつの世界を行ったり来たりできるの？」

「こちらに来ようと思えばいつでも来られたわ」マリエルは言った。「身を隠している間はいたずらに注意を引きたくなかったからそうしなかっただけ。ということで、閣下、この方法をどう思います？」

「国情を安定させるには、間違いなく有効でしょう。国王と王妃が不在であることを考えると、現時点でまったく別の人物をプリンセスとして立てるのは、またあらたな簒奪者を呼び寄せかねません。もし、ミス……」

「ルーシーです。ルーシー・ジョーダン」

「もし、ミス・ルーシーがよろしければ――」

「まあ、いいけど……」まさにウサギの穴に落ちたような気分だけれど、これはあくまでパートタイムの仕事だと自分に言い聞かせる。「でも、あたし、この世界のこと何も知らないよ。まるで童話のなかに放り込まれたみたい」

「ある意味、そうかもしれないわね」ミリアムが言う。「人々は何もないところから物語をつくったと思う？　わたしたちの世界とあなたたちの世界はいろいろな形でつながっているわ。

そのつながりを通って、物語は生まれたのよ。わたしたちにとっての歴史、あるいはこれから歴史になるものが、あなたたちにとってはおとぎ話《フェアリーテイル》になるの」

「じゃあ、今後、『眠り姫』は違うエンディングになるってこと?」

「それは、どの本を読むかや、話を聞いた人がどのように語るかによるわね。どの物語にも複数のバージョンがあるわ」

「おれたち、家に帰れるんだよね?」ジェレミーがおばたちに訊いた。「ルーシーが行ったり来たりできるなら、おれたちを向こうに戻すこともできるんだろ? いまごろうちの母親、おれが行方不明でパニックになってるよ」

ルーシーは母のことを考えて胸がきゅっとなった。どんなに心配しているだろう。「そうだよ、はやく帰らないと」

ミリアムはどこか得意げに言った。「あちらへ連れて帰れるだけではなく、あなたたちが向こうを出た時間の直後に戻ることができるわ。ジェレミーとドーンがこちらに来る理由が必要だから、戻るのはルーシーがいなくなったあとでなければならないけれど、少なくともジェレミーのご両親を心配させることはなくなるわね」

「それなら、わたしは舞台のリハーサルをすっぽかさずにすむわ!」ドーンはうれしそうに言った。「ギネヴィアをやれるってことね。まあ、役をもらえていたらということだけど」

「もらえてるに決まってるよ」ルーシーは言った。「だって、ドーンは本物のプリンセスだよ? 王様と結婚するプリンセス役はドーン以外にいないよ」

「ボートに荷物を取りにいって、彼らにおれたちがやめることを言わないと」ジェレミーが言った。

「お別れなのね」ドーンはさみしそうに言う。「ヒューにはきちんと説明しないといけないわ」

「では、あなたたちは行きなさい。できるだけはやく戻るのよ」マリエルが言った。「戻ったら、ポータルを準備するわ。ああ、それから、リーアンに言ってちょうだい。もし、修道院に来たいなら、いつでも歓迎すると。彼女にはずいぶん協力してもらったから。まあ、あなたたちふたりを守ろうとするこちらの努力を当の本人たちがことごとく無にしてくれたのだけれど」

＊

ドーンはジェレミーといっしょに川へ向かった。城の外の雰囲気は、城に来たときとはまったく違っていた。通りのあちこちで人々が歌ったり踊ったりしている。いっしょに歌ったり踊ったりしたくならないのは、それだけ気が動転しているということだろう。ドーンはふらつかないようジェレミーの腕をしっかりつかんで歩いた。

感情を言葉で表現できないくらい感動したり動揺したりしたときは、ドーンはいつも歌いたくなる。でも、この状況に適した歌は思いつかない。ドーンの知るかぎり、ブロードウェイのナンバーに、自分が長い間別の世界にかくまわれていたプリンセスであることを知った女の子の歌はない。糸車に触れて仮死状態になる歌ももちろんない。

糸車のことを考えたら、またかめまいがしてきた。ルーシーとおばたちが魔女を追い詰めるために打ったお芝居によると、プリンセスを魔法の眠りから目覚めさせる唯一の方法は真の愛《トゥルー・ラブ》の相手からのキスだという。じゃあ、だれがドーンにキスをしたのだろう。セバスチャンではないことはたしかだ。彼はルーシーに夢中なのだから。となると、残るは……。

　ドーンはふと、ジェレミーにしがみついていることに気がついた。彼の腕をつかんでいる手を緩め、少しだけ体を離す。ジェレミーはキスのことについて何も言わない。でも、ここまでそんな話ができる状況ではなかった。彼の方をちらりと見る。顔がかっと熱くなった。キスをしたのはジェレミー？　それで目が覚めたというのは、つまり、どういうこと？　何をどう考えればよいのかわからないが、ひとつはっきりしているのは、ファーストキスのときに意識がなかったなんてあんまりだ、ということだ。

　ボートに到着すると、歓声と優しい冷やかしがふたりを迎えた。「これはこれは、王女殿下ではありませんか！」ウィルが満面に笑みを浮かべて言った。「もう少しで王族と歌ったと自慢できるところだったんだけどな」

　近くでヒューがくっくっと笑い、ウインクする。「おれたちに話すことがありそうだな」

「ええ。でも、とても長くなるから、いまは無理なの」ドーンは言った。

「おれは間違ってなかったってことでいいかい？」

「そうね、まったく的外れというわけではないかな」ドーンはヒューの耳もとでささやくと、彼の頬にキスをした。

「お別れかい？」

ドーンは涙を堪える。「ええ。家に帰らないとならないの。向こうでも舞台があるから。でも、ときどき戻ってこられると思う」ルーシーが行き来できるなら、もちろんドーンだってできるに違いない。

スピンクが飛んできて、ドーンの肩にとまった。「ぼく、ここに残りたい！」鳥は甲高い声で言った。

「ああ、いいとも」ヒューが言った。「パフォーマーをひとり失うことにはなるが、うちはこの先も歌う鳥のいる唯一の一座だ」

ドーンはジェレミーと視線を交わす。この鳥にとんでもない目に遭わされたことをヒューに言うべきだろうか。意外にも、ジェレミーがかすかに首を横に振ってから先に言った。「がんばれよ、スピンク」

「ありがとう！」鳥はヒューというより、ジェレミーに向かってそう言うと、ドーンの髪の毛を二、三度引っ張ってから飛び立った。一座の持ち歌のひとつをデスカントで歌いながら。

「わたしたちを助けてくれてありがとう」ドーンはヒューに言った。「プリンセスはきっとあなたの一座を王室御用達にすると思うわ」

「それから、リーアンに魔法使いたちの力になってくれてありがとうと伝えて。修道院には彼女の席があるってさ」ジェレミーがつけ足す。「そう言えば、わかるはずだよ」

ドーンは複雑な気持ちでボートをあとにした。この一座はプロのパフォーマーとしての生活をはじめて味わった場所だ。離れがたいけれど、ブロードウェイがあるのは向こうの世界だと自分に言い聞かせた。

＊

召使いが厩舎《きゅうしゃ》から鞍袋に入れっぱなしにしていたルーシーのリュックサックをもってきた。ルーシーは別室へ行って自分の服に着がえる。ジーンズをはくのは妙な感じだ。ティアラを外すときにはさみしさすら覚えた。髪をポニーテイルにし、リュックサックをもって大広間へ行く。

セバスチャンがルーシーを見てにっこり笑った。「はじめて会ったときの格好ですね」

「なのに、お別れだよ」

「ひとまず、です」

「うん、ひとまず、だね」ルーシーは目を閉じ、頭を振った。「こんなとんでもない計画に同意したなんて信じられないよ。でも、同意してよかった。永遠のさよならを言わずにすむもん」

「わたしはメランサの手下が人違いをしてくれてよかったです」

「あたしも」部屋の向こう側で何かが光った。ポータルの準備ができたらしい。ルーシーはセバスチャンに抱きつき、キスをした。ドーンとジェレミーが戻ってきて、ついに帰るときがきた。ルーシーはまたすぐに会えると自分に言い聞かせ、セバスチャンから離れる。このつらさは別の学校に通う男子と遠距離恋愛するなんてレベルのものではない。ポータルを通るとき、ルーシーはセバスチャンの顔を見ることができなかった。

ルーシー、ドーン、ジェレミー、そして三人のおばたちが、ドーンの家の裏庭の物置小屋に戻ったのは、朝のかなり早い時間だった。「ひと晩家に帰らなかった理由を考えなきゃ」ルーシーは言った。「ママはジェレミーのところに連絡しちゃったから、電話するのを忘れたまま家に泊まったってことにはできないし。それとも、工場《こうば》の男たちが誘拐の通報をしたかな」

「工場の男たち?」ジェレミーが訊く。

「あたし、金属加工の工場の真ん前で拉致されたの。少なくも、ひとりはそれを目撃してるよ。もしかして、彼ら、何も言ってないの?」

「きっと幻覚を見たとでも思ったんだろう。もしくは、五分後には全部忘れてたか」

ジェレミーがそのまま学校に向かったので、ルーシーはひとりで家に帰らなければならなかった。汚れた服とていねいにカールされた髪を見て、母はなんと言うだろう。ルーシーは歩きながら、ポニーテイルを指ですき、できるだけカールを崩した。

ルーシーが玄関のドアを開けるなり、母は叫びながら駆け寄ってきてルーシーを抱き締めた。

「いったいどこに行ってたの?」

ルーシーは母を抱き締め返す。母の顔を見て、思っていた以上にうれしい自分がいた。「道に迷ったの」まったくのうそというわけではない。「森のなかに何か見えた気がして、見にいったらすっかり方向がわからなくなって、そのうち暗くなって動けなくなったの。朝になって明るくなったら、ようやく道がわかって、それで帰ってこられた。心配かけてごめんなさい。でも、ほら、バッテリーが五分で切れたりしない新しい携帯電話があれば、連絡できたんだけどさ」

ルーシーは自宅謹慎を命じられた。でもいまは、暖かくて安全で居心地のいい家のなかで過ごすこと以外、特に何かしたいとは思わないので、これはあまりお仕置きにはなっていない。ルーシーはたっぷりある時間を使っておとぎ話《フェアリーテイル》を読みまくった。自分の王国が今後またあらたな危機に見舞われたときに備えて。

エピローグ

ルーシーはソーダ売り場のカウンターに立って、歴史の教科書を読んでいる。将来、女王になる可能性がわずかでもあると思うと、勉強にも身が入る。歴史や政治、経済についての知識はきっと必要になるはず。でも、あれから数週間たち、向こうの世界からなんの音沙汰もないと、すべてが夢だったのではないかとも思えてくる。ドーンやジェレミーと思い出話をするときだけが、唯一、あれが現実だったことを確認できる時間だ。

こうしてヘアネットの上に紙の帽子をかぶり、エプロンをつけて、放課後の生意気な子どもたちにアイスクリームソーダをつくっていると、自分がプリンセスであることなど忘れてしまいそうになる。

ドアについたベルが鳴り、客が数人、ドラッグストアに入ってきた。教科書に目を落としたままでいると、客たちはカウンターに来て座った。顔をあげると、ドーンとジェレミーだった。ふたりの横にもうひとり男子がいる。なんとなく見覚えがあるけれど、どこで会ったか思い出せない。長身で、肩幅が広く、同じくらいの年ごろだ。栗色の髪はサイドとバックが短く、トップがやや長めでウェーブがかかっている。着ているポロシャツとジーンズは新品のように見える。

彼がルーシーに向かってにっこりしたとき、ようやくそれがだれかわかった。「ルーシー、いとこのセバスチャンよ、覚えてるでしょ？」ドーンがにやりとして言った。「夏休みをうちで過ごすことになったの」

「ここで何してるの？」ルーシーは思わず言った。どうしてこっちが紙の帽子をかぶっているときに現れなくちゃならないの？　最後に会ったときはプリンセスの姿だったのに。でも、その笑顔を見るかぎり、彼はまったく気にしていないようだ。

「魔法使いたちが国王と王妃の居場所をほぼ特定したんです」セバスチャンは言った。「魔法使いのひとりが非常時に別の場所へ移動するためのタリスマン（魔力的な護身の効果をもつ装身具）を王家に渡していたそうで、行き先がこの地域の、プリンセスの守護者たちがいた場所の近くらしいということがわかったんです」

「じゃあ、彼らはこのテキサス東部にいるってこと？　まじかあ。この辺りのロイヤルファミリーはビューティークイーンだけかと思ってた」

「わたしたちに捜索を手伝ってほしいんですって。それで、セバスチャンが派遣されてきたの」ドーンが言った。

「あなたと過ごした経験から、わたしがいちばん現地の言語や習慣に詳しいと思われたようです」セバスチャンは続ける。「友人たちも連れてきました。外で待っています」

ルーシーはカウンターから出て、窓の外を見た。レイラとラーキンが歩道で辛抱強く待っている。首に首輪とタグをつけて。ルーシーは三人の方に向き直る。「まずはアイスクリームサンデーで腹ごしらえだよ。それから、捜索プランを立てなきゃ」

でも、その前にまず、セバスチャンからのハグとキスだ。プリンセスといえど、たまには個人的希望を優先しなくちゃならないときがある。

訳者あとがき

テキサスの小さな田舎町に暮らす高校生ルーシーは、十六歳の誕生日に甲冑に身を包んだ騎馬の男たちに拉致される。わけのわからないまま連れてこられた異世界で、なぜか敵意をむき出しにする魔女とその手下たちによって城の地下牢に幽閉されるが、ルーシーをプリンセスだと信じる王政支持者《ロイヤリスト》に救い出され、逃避行が始まる。どうやら人違いによる拉致だったようだが、次第に強くなっていく既視感に、ルーシーは自分がおとぎ話《フェアリーテイル》の世界にいることを悟るのだった。

そのころ現実の世界では、ルーシーの親友ドーンが、育ての親であるおばたちがルーシーの失踪に関わっているらしいことに気づく。おばたちが庭の物置小屋のなかに光のゲートをつくるのを目撃したドーンは、抗いがたい強烈な衝動に駆られてゲートを通り、大切な友人を捜しにいく。

邪悪な魔女の手からドーンの故郷であるらしい王国を救うため、ハンサムな若き従者セバスチャンとともに図らずもおとぎ話《フェアリーテイル》の筋書きを書きかえていくことになったルーシー。一方で、おとぎ話《フェアリーテイル》を読む機会をまったく与えられずに育ったドーンは、何も知らないまま自らの宿命に引き寄せられていく――。

〈㈱魔法製作所〉と〈フェアリーテイル〉の両シリーズで、それぞれ現代のニューヨークと魔法界、同じく現代のニューヨークと妖精界という、ふたつの異なる世界が交差する物語を不思議なリアリティをもって描いた著者だが、本書では、現代のテキサスに暮らす高校生たちが童話の世界に迷い込む。

主人公のルーシーは、幼なじみのジェレミーに恋心を打ち明けられずひとり妄想に耽ったり、学校の華やかな勝ち組女子たちにときどき引け目を感じたりもする、ごく普通のティーンエイジャー。そんないまどきの平凡な女の子が、突然、中世と思《おぼ》しき世界を舞台とするおとぎ話《フェアリーテイル》のなかに放り込まれたために体験するさまざまなカルチャーショックが、ユーモアたっぷりに描かれる。一方で、ルーシーの現代っ子ならではの考え方や行動が、思いがけずわが身や周囲を助けることにもなる。ルーシーは自分の言動がもたらす予想外の展開に戸惑いつつも、自分で自分にドライなツッコミを入れながら、なかば開き直って流れに身を任せていく。

いささか自意識過剰、注意散漫、ビビりで少々自虐的――小さな欠点はいろいろあるけれど、父を早くに亡くし、看護師の母とふたりきりの母子家庭に育ったルーシーは、実は裁縫が得意で怪我の応急処置もできるなかなかのしっかり者。そして何より、友達思いで、いざとなると肝が据わる。そうした素地があってこそかもしれないが、プリンセスに間違われたためにせざるを得なくなった冒険の旅で、しばしばパニックになりかかりながらも次第に責任感とたくましさを身につけていく様子は、痛快で、ちょっとかっこよくさえある。そして、そんなルーシーの姿は、おとぎ話《フェアリーテイル》のなかに生きるセバスチャンにとって、まさに驚きに満ちた型破りのプリンセス。現実の世界ではごく平均的な〝庶民〟のルーシーも、意外性の塊のような女の子になるのだ。彼がルーシーに魅了されるのも無理はない。

容姿も性格もまったく違うルーシーとドーン、ふたりの旅のパートナーとなるセバスチャンとジェレミー。物語はこの四人の主要なキャラクターの視点を行き来しながら描かれる。本書は、彼らがそれぞれの冒険のなかで、戸惑い、決断し、行動し、新たな気づきを得ていく、成長の物語でもある。

主人公はティーンエイジャーだが、同時進行する複数のプロットに冒険やロマンスが組み込まれていて、大人の読者も楽しめるファンタジーではないだろうか。『眠り姫』をベースに、『ヘンゼルとグレーテル』や『三匹のやぎとトロール』など童話のパロディーが随所にちりばめられ、そのあたりはスウェンドソンの面目躍如といったところ。終盤、クライマックスに向かっての疾走感も著者ならではと言えるだろう。

エンディングにはとっておきのデザートのようなエピローグ。続編を期待させる粋な終わり方だが、さて、どうなることか。訳者はひそかに期待しているのだが……。

訳者紹介 キャロル大学（米国）卒業。主な訳書に、スウェンドソン〈㈱魔法製作所シリーズ〉〈フェアリーテイル・シリーズ〉、スタフォード『すべてがちょうどよいところ』、マイケルズ『猫へ…』、ル・ゲレ『匂いの魔力』などがある。

検印
廃止

偽のプリンセスと糸車の呪い

2022年6月24日　初版

著者　シャンナ・スウェンドソン

訳者　今《いま》 泉《いずみ》 敦《あつ》 子《こ》

発行所　（株）東京創元社
代表者　渋谷健太郎

162-0814／東京都新宿区新小川町1-5
電話　03・3268・8231-営業部
　　　03・3268・8204-編集部
URL　http://www.tsogen.co.jp
DTP　キャップス
暁印刷・本間製本

乱丁・落丁本は、ご面倒ですが小社までご送付ください。送料小社負担にてお取替えいたします。

ISBN978-4-488-50315-4　C0197

伝承、謎、ロマンスが詰まった豊穣の物語

THE NIGHT TIGER◆Yangsze Choo

夜の獣、夢の少年

上 **下**

ヤンシィー・チュウ

坏 香織 訳 創元推理文庫

◆

ダンスホールで働くジーリンは、
ダンス中に客の男のポケットに入っていたあるものを、
偶然抜き取ってしまう。
それはなんと、ガラス容器に入れられた、
干からびた人間の指だった。
なんとか返そうとジーリンは男の行方を探すが、
彼女と踊った翌日に男は死亡していた。
どうやらその指はバトゥ・ガジャ地方病院の看護婦から
男が手に入れた幸運のお守りらしい。
ジーリンは血のつながらないきょうだい、
シンの手引きで病院に潜り込むのだが……。
英国植民地のマラヤを舞台にした、東洋幻想譚。